장두이 창작 뮤지컬 희곡집

장두이 창작 뮤지컬 희곡집

장두이 지음/ 모두출판협동조합(이사장 이재욱) 펴냄

초판발행 2025년 11월 17일

디자인 김채윤

ISBN 979-11-89203-66-5(03810)

ⓒ 장두이, 2025

모두북스 등록일 2017년 3월 28일 등록번호 제 2013-3호

주소 서울 도봉구 덕릉로 54가길 25 (창동 557-85, 우 01473)

전화 02)2237-3301, 02)2237-3316 팩스 02)2237-3389

이메일 seekook@naver.com

*책값은 뒤표지에 씌여 있습니다.

장두이

창작
뮤지컬

희곡집

MODOOBOOKS

책을 펴내며

유사 이래 연극과 음악은 불가분의 관계다.

서양 연극의 뿌리인 고대 그리스 연극은 물론 셰익스피어 연극이나 오페라도 두말할 나위 없이 '음악'이 중요한 요소로 구성된 '뮤직 드라마' 그 자체였다. 그뿐인가? 필자가 경험한 우리나라를 비롯한 동양 연극 역시 그대로 '뮤지컬 드라마'다.

인도의 카타칼리, 중국의 경극, 인도네시아 발리섬의 토팽은 1인 뮤지컬 드라마인 우리나라의 판소리나 봉산탈춤, 양주별산대놀이 등 가면극과 어깨를 나란히 견줄 수 있는 드라마로서 '대사와 음악과 춤'이 혼연일체로 버무려지고 곁들여진 '뮤직 디어터'이자 '뮤지컬 드라마'이며 '뮤지컬 풍자 코미디'인 것이다.

필자는 국내는 물론 미국, 유럽 등지에서 정통 연극부터 희극, 뮤지컬, 뮤직 디어터, 댄스 드라마, 퍼포먼스까지 두루 섭렵하며 활동해 온 지 어언 55년이 넘는 세월이 흘렀다. 하지만 연극이라는 공연예술의 전 분야를 아우르며 그 깊고 넓은 정석(定石)을 총체적으로 찾기에는 아직도 가야 할 길이 멀고 멀다고 느낄 뿐이다.

1996년 영구 귀국하여 외국 뮤지컬이 아닌, 창작 뮤지컬 <바람 타오르는 불길>, 뮤지컬 <고래사냥>에 출연하고, 필자가 직접 쓰거나 연출한 뮤지컬 <19 그리고 80>, <여우 사냥>, <영웅을 생각하며>, 댄스컬 <성공을 넘어>, 뮤직 디어터 <바리공주>, 뮤직 디어터 <아이갸이갸 심청>, <미스터리 댄싱 츄츄>, <마지막 숨표>, 1인 뮤지컬 <춤추는 원숭이 빨간 피터>, 국악 뮤지컬 <흐르는 강물처럼>과 <한강수야>, 그리고 최근의 <뮤지컬 배우를 꿈꾸는 허수아비> 등을 만들어 왔다.

상당히 오랜 기간 이런 작업에 매달리면서 가능한 한 외국의 뮤지컬이 아니라 우리 고유의 '창작 뮤지컬'을 장려하고, 만들고, 키워서 무대에 올리고 싶었던 일념뿐이었다고 해도 지나친 말이 아니다.

그동안 3권의 희곡집 『장두이 희곡집』, 『장두이 두 번째 희곡집』, 『장두이 뉴희곡집』에 이어 『장두이 창작 뮤지컬 희곡집』을 출간하면서 그동안 음악 작곡과 편곡을 도맡아 해준 아내 신수정과 전통 판소리 <심청>, <춘향>, <박씨전>에 새로운 시각과 영감을 얻게 해준 도살푸리 김숙자 선생, 시조창의 김월하 선생, 그리고 양주별산대놀이의 유경성 선생 등 여러분께 특별히 감사드린다. 이분들의 도움이 필자가 국악 뮤지컬을 쓰고 공연하게 했던 원동력이었다.

뮤지컬을 인연으로 해외에서 만난 분들의 면면도 떠오른다. 특히 뉴욕에서 활동할 때, 뮤지컬의 본질을 일깨워 준 멘토로서 이미 고인이 된 LAMAMA 극장의 Ellen Stewart를 가장 먼저 손꼽을 수 있다. 뮤지컬 작곡가이며 연출가 Elizabeth Swados, 뮤지션 Genji Ito와 David Swayer, 그리고 작곡가로 지금도 친구 이상의 우정을 나누고 있는 W. Lucas가 있다.

4년 넘게 함께 작업하면서, 폭넓고 깊이 있는 연극과 음악극에 대한 지평과 감각을 눈 뜨게 해준 '연극예도(演劇藝道)'의 스승, 세계적인 연출가 Jerzy Grotowsky와 Peter Brook 선생에게 감사한다.

귀국 후 국내 무대에서 뮤지컬을 공연(公演)하며 희로애락을 함께 나누었던 윤복희, 김금지, 박정자 선배와 후배 남경주, 배혜선, 이건명 등과 제자들에게도 진정 어린 뮤지컬 사랑으로 인사를 대신한다.

이번 『장두이 창작 뮤지컬 희곡집』이 우리 연극계에 아직 부족한 뮤지컬 창작 현실을 후학들이 깨닫는 데 조금이나마 참조가 되고, 더

나은 작품을 기대하는 필자의 또 다른 바람을 갈무리하는 마음을 담아낼 수 있기를 희망한다.

다행히 '2025년 서울문화재단 원로예술지원'의 혜택과 도움으로 오랜 염원을 풀고, 단행본으로 출간하게 되어 깊은 감사의 말을 전하며, 더불어 흔쾌히 성심성의를 다해 출간의 기회를 마련해 준, '모두출판협동조합' 이재욱 대표님과 직원분들께 고마운 마음을 전한다.

2025년 6월

뮤지컬의 지평

  뮤지컬(Musical)은 크리켓이 야구로, 축구가 미식축구로 둔갑하여 발전되었듯이, 미국에서 완성된 공연예술의 한 장르로 자리 굳힌 음악극이다. 건국 이백 년을 넘긴 신세계 미국은 유럽의 음악극 형식인 정통 오페라에서부터 발라드 오페라, 코믹 오페라, 보드빌, 벌레스크, 파스타치오, 레뷔 등의 공연 형식을 차용(借用)해 발전시켜, 마침내 오늘날 대중적인 '뮤지컬' 음악극을 완성하기에 이른 것이다.

  이렇게 세계의 공연 시장과 뮤지컬 영화 작품을 통해 세계인들의 눈과 귀를 황홀경의 공간으로 초대한 미국의 뮤지컬 작품들은 불멸의 뮤지컬 고전 <사운드 오브 뮤직>능 비롯하여 이루 헤아릴 수 없이 많다. <쇼 보트>, <빅 리버>, <캬바레>, <댐 양키즈>, <파자마 게임>, <지붕 위의 바이올린>, <웨스트 사이드 스토리>, <캔디드>, <컴파니>, <코러스 라인>, <오클라호마>, <남태평양>, <7인의 신부>, <포기 앤 베스>, <판타스틱스>, <시카고>, <렌트>, <라이언 킹>, <슈렉>, <리틀 숍 오브 호러스>, <파이어리츠 오브 팬쟌스>, <가이즈 앤 돌즈>, <댄싱>, <프로듀서즈>, <스위니 토드>, <뮤직 맨>, <무빙 아웃>, <골든 보이>, <헤어 스프레이>, <키스 미 케이트>, <인 더 하이츠>, <드림 걸즈>, <타잔>, <인어 공주>, <겨울 왕국>...등.

  그뿐인가? 미국인들은 미국과 유럽의 지경을 벗어난 동양에도 눈을 돌려, 뮤지컬 <킹 앤드 아이>, <퍼시픽 오우버쳐>, <플라우어 드럼 쏭>, <알라딘>, <쇼군> 등을 만들어 냈다. 이제 뮤지컬은 세계의 공연예술로서 더 넓은 지평을 열어가고 있다.

　뉴욕 브로드웨이와 런던 웨스트엔드를 중심으로 한 뮤지컬은 뮤지컬답게 음악이 어필하고 드라마의 완성과 더불어 성장했다. 이러한 미국식 뮤지컬을 받아들여, 동양에선 일본이 먼저 극단 '사계', '토쿄 키드 브라더즈', '다까라주카' 등을 중심으로 점차 일본식 뮤지컬 스타일을 구축해 왔다.

　여기에 우리나라 역시 일본보다는 뒤늦게 뮤지컬이 대중 공연예술의 한 자리를 잡아가는 중이다. 천만다행으로 우리에겐 조상이 물려준 공연예술의 전통 가운데, 기막힌 1인 뮤지컬 드라마 '판소리'가 있고, '민요'가 있고, 또한 한국 전통의 '가면극'이 있어 사실상 뮤지컬적인 민족이라고 해야 할 것이다!

　우리 K-팝이 세계를 강타했듯이, 언젠가 우리 뮤지컬이 세계 뮤지컬 시장에 커다란 족적(足跡)을 남길 기회가 반드시 오리라 믿는다. 차제에 이 창작 뮤지컬 희곡집이 조그마하나마 우리 뮤지컬 연극의 발전에 이바지하길 바라는 마음이다.

차례

한국무용의 先驅者 한성준 뮤지컬

일제 치하에서 우리 한국무용으로 민족정신을 고취하며, 독자적인 민족예술 정신을 선양하는 데 앞장선 무용가 한성준(韓成俊, 1874~1942) 선생의 업적을 기리는 뮤지컬입니다.

등장인물

한성준	한국 근대 춤의 아버지
차수련(27세)	한성준의 춤과 사상을 존경하며 흠모하는 신여성, 여기자.
백운채(66세)	한성준의 외조부로 어릴 적의 스승
한영숙(16세)	한성준의 외손녀, 계승자
강선영(11세)	한성준의 제자
이시이 바쿠(48세)	일본 현대무용의 대가
최승희(24세)	한국 신(新)무용의 스타. 한성준의 명성을 듣고 제자로 춤을 배운다.
조택원(28세)	일본에 유학하여 일찌감치 서양 무용을 배운 조선 신무용 개척가
이만득(34세)	일본의 앞잡이
박팔영(47세)	당시 극장 공연 흥행사
홍명철(51세)	극장주
정일수(39세)	홍명철 극장의 상임 연출자
이동백(38세)	판소리 대가
순사부장(41세)	한성준, 이동백을 취조 조사하던 일본 경찰 부장
레뷔댄서들/김영임, 민식, 우철, 명덕(모두 20대 초반)	한성준과 춤 배틀을 하는 댄서들

한성준-춤으로 말한다

천덕(16세)　　　　입심 좋은 줄광대로 한성준과 재담 놀이가 탁월하다.

앙상블(한성준의 제자들/일본 순사/일본 군인들/마을 사람들 외)

뮤지컬 넘버

<1막>

뮤지컬 넘버#1　　　프롤로그 음악-연주곡

뮤지컬 넘버#2　　　단가-솔로곡

뮤지컬 넘버#3　　　춤으로 노래하라-백운채/한성준 듀엣

뮤지컬 넘버#4　　　화답 BG 음악-연주곡

뮤지컬 넘버#5　　　한량무 장단-연주곡

뮤지컬 넘버#6　　　우리의 소명-차수련/한성준 듀엣

뮤지컬 넘버#7　　　춤을 추어요-한성준/차수련 듀엣

뮤지컬 넘버#8　　　남사당 놀음 노래-합창곡

뮤지컬 넘버#9　　　세상 민심 유람하세-줄광대 천덕/한성준 듀엣

뮤지컬 넘버#10　　철면피들-한성준/이동백/이상범/합창곡

<2막>

뮤지컬 넘버#11　　Louis Prima의 Sing Sing Sing Sing-연주곡

뮤지컬 넘버#12　　춤배틀 장면의 보드빌 시대 연주곡들

(Cha Cha Cha D'mour/Billie Holiday의 Lady in Satin 노래 등 4곡)

뮤지컬 넘버#13　　장구 연주곡

뮤지컬 넘버#14　　니들이 우리 춤을 알아?-한성준/차수련/ 듀엣

뮤지컬 넘버#15　　학춤 음악-연주곡

뮤지컬 넘버#16　　셜 위 댄스-연주곡(조택원/최승희 춤곡)

뮤지컬 넘버#17　　랩소디 인 블루-연주곡(최승희 춤곡)

<무대>

매우 간소한 오브제 개념의 무대로서,
출연자들이 시종일관 간편하게 움직이며,
순식간에 만들어지는 하나의 매직 같은,
매우 다양한 디자인과 색깔로 수놓아지는,
무대의 다변화가 이뤄지면 좋겠다.

<때>

한성준의 삶의 궤적을
물리적인 시간이 아닌, 드라마틱 타임으로,
극적 변화를 꾀한다.

\<1막\>

(1장)

(프롤로그 음악이 관현악으로 연주되며,

\<뮤지컬 넘버#1: 프롤로그 연주곡\>

무대에 흰나비 한 마리가 날아든다.
이어서 차츰 수십 마리의 나비가 날아든다.
\<사이\>
그리고 학 한 마리가 날아와,
우아한 춤을 추기 시작한다.
이때, 무대 상수에서 등장하는 한성준.
분명 학을 따라온 것이다.
손에 든 막대기로 학과 함께 여러 모습을 연출하며 논다.
이어 학이 걷고 뛰고 하는 모습을 따라 하며,
춤 동작으로 발전시킨다.
\<사이\>
나비들이 사라지고,
다시 날아든 학 3마리와 함께
한성준이 본격적인 학춤을 추기 시작한다.
그때, 하수 쪽에서 포수가 나타난다.
총으로 학을 겨냥해 쏜다. 쓰러지는 학...!
황급히 쓰러진 학에게 달려가 학을 부둥켜안고 애달파 하는 한성준.
이 모든 장면이 하나의 무용공연처럼 전개되었으면 한다.)
(이어서 무대 앞쪽에 스포트 조명이 들어오고,

차수련이 관객을 향한다.)

차수련 한성준! 내가 그분을 처음 만난 것은,

어느 따스한 봄날,

신문에 낼 기사를 작성하기 위해,

당대의 명창 이동백 선생을 찾았을 때입니다.

(2장)

(이동백의 집. 이동백이 소리북을 앞에 둔 채 단가를 부르고 있고,

<뮤지컬 넘버#2 : 단가-이산저산 솔로곡>

그 앞엔 한성준이 '단가무'를 추고 있다.

차수련이 이동백의 집으로 들어오다가 춤추는 한성준을 한편에서 조심스럽게 지켜본다. 수련의 단정하고 수려한 모습.

인기척을 느끼고, 이동백이 북을 멈춘다.)

이동백 (차수련을 알아보고) 어서 오세요! 차 기자님!

차수련 제가 방해한 건 아닌가요?

이동백 천만에. 내가 아니구, 우리 성준 군을 훼방하셨지!

차수련 죄송합니다.

이동백 죄송할 일이지! 하지만 마침 잘 오셨어.

(한성준을 가리키며)

장차 이 나라 무용계 최고의 국보가 될 사람이요.

이런 자리에서 만나게 됐으니 얼마나 좋아요.

...서로 인사해요!

차수련 안녕하세요! 차수련이라고 합니다.

한성준 한성준입니다.

차수련	춤집이 좋으시던데요!
이동백	하하하... 역시 차 기자님은 귀 명창에 눈은 명무야!
	(수련이 허탈하게 웃는다. 부끄러워하지만, 당당하다.)
	자, 내가 뭘 하면 되지요?
차수련	그냥 하시던 것 좀 보고요....
이동백	아니, 나하고 '인타뷰'가 '인터뷴'가 하자고 안 그러셨어?
차수련	(방끗 웃으며) 인터뷰요? 천천히 하죠.
	하시던 단가는 넘기셔야 진짜 소리가 시작되는 것 아닌
	가요?
	거기에 진짜 춤도 나올 것 같구요!
이동백	(호탕하게 웃으며) 역시...! 좋습니다! (한성준에게)
	성준이! 이제 진짜 해볼까?

(차수련이 가볍게 박수를 친다.
다시 이동백의 단가가 이어진다.
한성준의 활달하고 기품이 배어있는 범상치 않은 춤이 나온다.
이어서, 차수련과 한성준의 대화가 춤을 추는 과정에서도 계속된다.)

차수련	(관객에게) 나중에 한성준 선생에게 들은 이야기지만,
한성준	(춤을 추며 대답한다) '소리를 알아야 춤을 추고...'
차수련	'춤을 알아야 소리를 할 수 있다!'
한성준/차수련	'소리와 춤은 떼려야 뗄 수 없는 우주의 이치!'
차수련	음양이 함께 있어
한성준	조화를 이룬다....
차수련	(다시 관객에게) 한성준 선생은 일곱 살 때부터 춤을 배웠고,
	장단을 익혔고, 소리를 들었던 것입니다.
	그냥 듣고 봤을까요?
	손짓 하나, 발걸음 하나, 눈짓 하나, 그냥 그대로 쌓인 건 아
	니죠....

첫눈에도 선생은 총체적인 종합예술의 경지였습니다!

(무대는 어느새 이동백의 북장단이 계속되는 가운데, 한성준의 외조부 백운채가 춤을 가르치고 있는 장면으로 재연된다. 대나무를 손에 든 백운채가 중간 중간에 한성준의 춤 자세를 교정해 주고 있다.)

백운채   (소리로 단가 장단을 맞추며) 덩기덩 덩더더 더 더덩 딱 덩덕!

하나, 둘, 셋, 네엣...!

무릎을 더 죽이고!

어깨 힘 빼!

그렇지...!

뱃심으로 숨을 모두고... 장단을 들어.

숨소리도 들어. 귀로 듣지 말고, 마음을 열고 마음으로!

발을 딛되, 몸으로 딛지 말고,

호흡과 영혼으로 움직이며 딛고!

목젖을 살 긋게 재근거리고....

그렇지... 얼씨구, 잘한다!

(이어서 백운채가 춤에 대한 화두를 노래로 부른다.
노래는 한성준과 듀엣으로 발전한다.)

<뮤지컬 넘버#3: 춤으로 노래하라! - 백운채/한성준 듀엣>

백운채   소리와 춤은 사람의 마음

　　한성준   춤은 하나의 그림

백운채   장단은 우리의 맥박

　　한성준   춤은 영혼의 울림

백운채   어울려 우러나고

　　한성준   우러나와 퍼져가지

백운채	파도처럼 솟구치고
한성준	구름처럼 둥실 두둥실
백운채	폭포처럼 장엄하게
한성준	밤안개처럼 고요해
백운채	하나의 이슬처럼
한성준	영롱한 방울처럼
백운채/한성준	버릴 것 없이 완벽하고
	지울 것 없이 살아있지
	이게 우리의 춤
	이게 우리의 장단
	이게 우리의 멋
	이게 우리의 장단
	이게 우리의 맛
	이게 우리의 장단
	이게 우리의 춤
	이게 우리의 장단
	덩더꿍 덩더꿍
	덩더꿍 덩더꿍
	꾸궁 궁 꾸궁 궁......

(노래가 끝나고, 백운채, 한성준, 차수련이
춤에 대한 화답을 계속한다.
BG 음악이 이들의 문답을 받쳐준다)

<뮤지컬 넘버#4: 화답 BG 음악 - 연주곡>

백운채 성준아! 예술의 전통을 잊어선 안 된다.
한성준 예술은 사람의 심금(心琴)을 위로해야 해.

차수련   마음 속 상처를 치유해야 한다.

한성준/차수련   신명을 일으켜 삶을 생동시켜라.

백운채   조상대대로 전해 온 소리와 춤을 잘 익히어라!

한성준   춤은 세상을 비추는 거울!

차수련   소리는 세상을 듣는 창구!

백운채   그 속에 진리가 있고!

한성준/차수련   그 속에 진실이 있지!

백운채   길거리에 숨어있는 춤과 소리를 배우고 익혀라!

한성준   하나도 버릴 것이 없다.

차수련   하나도 하찮은 것이 없어.

백운채   더 넓은 세상을 봐야지

더 넓은 세상으로 들어가야지.

더 큰 세계로,

신의 경계로

신의 경지로.....!

(차수련이 무대 앞으로 나온다)

차수련   한성준 선생은 우리의 근대사에,

예술가로서 가장 혹독하고 어려웠던

시대를 살아야했습니다.

1910년 8월 29일.

보이스   (옛날 유성기에서 나오는 듯한 목소리로)

"대한제국 황제 폐하는 대한제국 전부에 관한 일체의 통치

권을, 완전하고도 영구히 일본국 황제에게 양여한다. 일본국

황제 폐하는 이 양여를 수락하고, 대한제국 전부를 일본제

국에 병합하는 것을 허락한다!"

차수련   그렇습니다!

선생의 나이 25세에 대한제국은 소위 말하는 치욕적인 '한

일합방조약' 체결로, 일본의 식민지 치하에서 나라를 잃은, 꼭두각시 민족이 된 것입니다....

이 어지러운 와중에 선생께선, 오로지 민족과 나라를 지킬 수 있는 것이, 우리의 정신적 유산인 '민족예술'을 지키고 보존하는 것이라고 생각하셨습니다. (한성준이 나라 잃은 설움을 성토라도 하듯, 장구잽이에게 청하며, 느린 염불 장단에 맞춰 한량무를 춘다)

<뮤지컬 넘버#5: 한량무 장단 - 연주곡>

한성준　쳐라...!

(이어서 피리가 합세하며 안정된 굿거리장단으로 넘어간다)

(장단이 넘어가면서, 주모가 나와 한량을 어르고 색시를 소개한다. 한량이 색시와 대무를 하는데, 잠시 후, 일본 순사부장이 나와 주모를 매수해, 색시를 탐하려 한다. 한량과 일본 순사부장의 춤 대결이 벌어지고, 마침내 한량이 순사부장을 물리치며 춤이 끝난다.)

(한량무가 추어지는 동안 스크린에서는 '샌드 아티스트'가 한성준의 한량무 춤을 동시에 그리는 영상이 이어진다)

(이어서 차수련과 한성준의 2중창이 이어진다)

<뮤지컬 넘버#6: 우리의 소명 - 차수련/한성준의 듀엣>

차수련　어찌 하나요, 어찌 사나요
　　　　　나라 잃은 설움
　　　　　복받치는 분노여

한성준　빼앗긴 강산 빼앗긴 아픔
　　　　　역사의 강에 눈물이 흐른다

차수련　　하루아침에 산산조각
　　　　　　나라의 기둥이 무너졌네
한성준　　미래를 향해 미래를 위해
　　　　　　우리가 할 일 세워야 해
차수련　　과거는 과거 지난 일은 잊자
　　　　　　은근과 끈기로 다시 일어나
한성준　　새로운 조국 새로운 나라를
　　　　　　힘써 만들어 힘써 키우자
차수련/한성준　　더 크게 더 넓게 펼쳐봐
　　　　　　　　　　춤과 노래 하나가 되는 그날
　　　　　　　　　　함성, 소리 드높게 외치리라
　　　　　　　　　　만세 소리 울려 퍼지리
　　　　　　　　　　춤과 노래 하나가 되는 날
　　　　　　　　　　만세 소리 울려 퍼지리....

(3장)

(차수련이 한성준과 인터뷰를 하고 있다. 그들 앞에서, 사진기자가 사진을 계속 찍고 있고....)

차수련　　'조선창극사'를 쓰신 정노식 선생과 '벽소시고'를 지으신 이영민 선생에 의하면 선생님은 우리 조선이 낳은 소리북의 왕이라고 하셨습니다.
한성준　　과찬의 말씀이십니다!
차수련　　선생님의 춤과 북은 분명 신기의 비밀이 있어요!
한성준　　신기? 비밀? 글쎄요? 신명이 통했기 때문일까? 예술은 혼자 즐기는 게 아니에요! 보는 이들과 나누는 소통이지요. 진정한 춤과 음악은 뭇　짐승, 나무, 길가의 풀 잎사귀, 산천초목 무엇과도 소통할 수 있다고 생각해요. 우륵 선생, 백결 선생의 음악이 그랬고, 솔거 선생의 그림엔 새가 날아들었으니까. 나도 그런 음악, 그런 춤을 만들고 싶습니다.

차수련 어떤 춤을 만들고 싶으세요...?

한성준 그중 하나가 학춤이죠! 어려서 학을 보고 영감을 받았지요. 사실 삼라만상이 다 춤이에요! 사람의 표정, 손짓, 발짓, 몸짓... 다 완벽한 춤이지요. 삶의 확고한 경지예요!

(갑자기 일어나 차수련의 모습을 흉내 내며, 즉흥 춤을 즉석에서 보여준다)

수련 씨의 모습도... 이렇게 이어서 발전시키면... 절로 절로 심불로 생로병사의 춤이 되는 것이지요!

(이어서 한성준이 노래를 시작한다. 그러다 차수련과 듀엣을 부르며 춤을 춘다)

\<뮤지컬 넘버#7: 춤을 추어요 - 한성준/차수련 듀엣곡\>

한성준 모든 건 다 춤이지요.
　　　　　모든 게 다 노래이듯이
　　　　　생명은 춤을 추지요.
　　　　　생명은 노래를 불러요.
　　　　　작은 꽃잎도 노랠 불러요.
　　　　　작은 벌레도 노랠 불러요.

한성준/차수련　　흐르는 시냇물 소리
　　　　　　　　　희미한 바람결에도
　　　　　　　　　노래가 있고 춤이 있어
　　　　　　　　　우리 곁에 언제나 어디서나

이웃집 건너 마을에도
노래가 있고 춤이 있어
귀뚜라미 우는 소리도
슬피 우는 두견새도
노래가 있고 춤이 있어
그 속에 생명이
그 속에 이야기
비밀의 이야기
신비의 노래가
빛나는 우리의
노래가 있어...!

(노래가 끝나고,
음악이 계속 연주곡으로... BG로 이어진다)

차수련   줄타기는 왜 배우신 거예요?

한성준   우리 줄타기는 천 년이 넘는, 민간에 전승된 놀이입니다. 대대로 전해져 내려온 연희는 시시때때 무늬만 다를 뿐, 우리 옷이에요. 우리 얼굴이고, 우리 이야기고... 다른 나라엔 그저 줄만 타는데... 우린 음악이 있고, 춤이 있어요. 또 세상을 견주어 조명하는 따끔한 재담이 있고. 죽을 판 아니면 살 판이죠! 떨어지면 죽는 거나 마찬가지. 줄타기를 가르쳐주신 강경수 선생님이.... "줄타기는 땅바닥이 아니라, 불구덩이 위에서 춤을 추는 거야."라고 하셨죠. 줄 위는 천국이고, 그 밑은 불지옥인 셈! 한 번 떨어지면, 하루 종일 굶었고, 온종일 계곡 아래로 내려가, 양동이 가득 물을 지고 올라와야 했으니까. 사흘을 꼬박, 아무것도 먹지 못하고, 물만 길어 왔던 적도 있어. 그러니 줄타기는 죽을 판 아니면 살 판이지. 그래서 줄타기를 옛날에 '어름'이라고 한 거야. 한여름에도 어르고 달래야 하는 '어름'...!

(이때, 노랫소리가 멀리서 환청처럼 들리며, 점차 크게 다가온다. 무대는 저잣거리로 변하고, 온갖 사람들이 모여든다)

<뮤지컬 넘버#8: 남사당 놀음 노래-합창>

노래   떼이루 떼이루 띠어라 따 떼이루 떼이루 떼이루 아하...

              떼이루 떼이루 띠어라 따 떼이루 떼이루 떼이루 떼이루 아하...

              떼이루 떼이루 띠어라 따 떼이루 떼이루 떼이루 떼이루 아하...

(무대는 신나는 풍물에,

1. '살판'이 먼저 판을 벌여 사람들을 자연히 주변에 둘러 세우게 만들고, 그 사이로 줄타기 장비들이 설치되고 있다.

2. 이어 '무동춤'이 이어진다.

3. 그리고 관객 앞쪽으로, 두 사람의 '버나' 놀이가 재밌게 이어진다.

4. 마침내 판이 정리되고, 마지막 '줄타기'가 시작된다.

줄광대가 올라가고,

한성준이 어릿광대를 맡아 놀이를 주재하며 시작한다.

줄타기 중간쯤에,

일본 앞잡이 이만득이 구경꾼들 사이로 들어와 놀이를 보다가,

슬그머니 빠져나가는 모습이 보인다.

(줄광대와 어릿광대의 재담은, 줄광대 역할을 다른 연희자가 대신 해도 좋겠다)

한성준   천덕아! 천덕아! 이놈이 귀가 먹었나? (큰 소리로 길게)

              천덕아~!

천덕   이 천덕꾸러길 누가 이렇게 애달피 찾어? 거 누구요?

누가 그렇게 애타게 날 찾어?

(소리쪼로)

그 누가 날 찾나.

그 누가 날 찾어.

날 찾을 리 없건마는,

그 누가 날 찾어....

한성준 나다, 나!

천덕 나라니?

한성준 아, 나!

천덕 너?

한성준 아, 나!

천덕 아, 나?

한성준 옘병허다 땀을 낼... 나야, 나!

천덕 (한성준을 보더니) 허어, 이거 빗자루 귀신이 오셨구먼...!
왜 날 찾어?

한성준 한동안 통 안 보이더니... 어딜... 갔다 왔어?

천덕 어딜딜딜딜...? 십일도 강산 유람차 다 다녀왔지.

한성준 예끼 놈! 십일도 강산이라니? 팔도강산은 들어봤어도,
십일도 강산은 또 처음일세!

천덕 이 땅, 저 땅, 그 땅, 요 땅, 조선 땅... 외에
몽땅 다아~ 다녀왔단 얘기야!

한성준 몽땅? 다아? 어디 어디?

(장단이 시작된다)

천덕 (랩처럼 노래한다)

<뮤지컬 넘버#9: 세상 민심 유람하세 - 천덕 솔로곡>

그럼 들어 봐!
내...찬 밥 국 말아 일조식하고,
마구간에 들어가,
노새 원님을 끌어내다,
등에 솔질을 쏼쏼 하여,
동은 여울이요
서는 구월이라,
동여울 서구월
남드리 북망산,
방방곡곡 모래 짬짬이
참나무 결결이...
다 찾아댕기며,
십일도 강산을
무른 메주 밟듯 하고,
여기저기 고기 요기 신기로...
세상천지 두루두루 돌아댕기다가...

한성준   아이구, 멀리두 댕겼어.

천덕   또!

한성준   또?

천덕   땅땅땅땅

한성준   땅땅땅?

천덕   만주 땅

한성준   만주 땅?

천덕   연해주

한성준   연해주?

천덕	상해 천진 서안 무한
한성준	상해 천진 서안 무한
천덕	양주 광주 항주 소주
한성준	양주 광주 항주 소주?
천덕	소주에 들러, 소주 한 잔 부어 먹고
한성준	잘도 다니고 잘도 마신다
천덕	(어조를 바꿔 협박쪼로) 나 안 한다!
한성준	아이구 아이구 미안. 계속해!
천덕	계속한다. 진강 지나 구강 지나
한성준	계속해라 진강 지나 구강 지나
천덕	남녕 계림 태원 지나 북경~
한성준	남녕 계림 태원 지나 북경~
천덕	북경~
한성준	그래 북경~
천덕	그 북경에서 뙤놈들 실컷, 개 패듯 패주고 왔지!
한성준	아얏! 아이구, 잘했군, 잘했어!
천덕	그리구...
한성준	그리구?
천덕	또 가야지!
한성준	어딜?
천덕	염병헐 왜놈 땅
한성준	왜놈 땅?
천덕	(랩 장단에 맞춰) 나고야, 아키타, 이와테, 오사까, 미야기, 후쿠시마, 도치기, 사이타마, 니이가타, 나가노, 시즈오카, 아이치, 도야마, 요코하마, 이시카와, 후쿠이, 교토, 와카야마, 효고, 돗토리, 개밥, 오카야마, 가가와, 도쿠시마, 야마구치, 오이타, 미야자키, 구마모토, 가고시마, 삿보로, 밑보로, 가나

자와, 도쿄, 이봐라, 저봐라, 나봐라, 개봐라, 요봐라를 거쳐 오뉴월에 개구리 밟듯, 발루발루 밟아주고, 뭉개주고, 씹어주고...돌아왔지!

(노래가 끝나고)

한성준 얼씨구, 내 속이 다 시원하다. 그래서 이젠?

천덕 이젠! 이 땅에 왜놈들 대갈통을 통막살 내주려고!

한성준 (좌중 관객들과 구경꾼들을 돌아보며) 들으셨죠? 통막살 낸다네....

(구경꾼들이 한꺼번에 웃는다)

(이때, 호각 소리와 함께, 앞잡이 이만득과 일본 경찰이 들이닥치고... 한성준을 붙잡아 포승 묶어 끌고 간다. 모두 파장이 된다. 흩어지는 구경꾼들....)

(4장)

(고문 때문에 들리는 비명 소리. 무대는 일본 주재소 고문실이다. 세 개의 의자가 놓여있고 고문 도구가 비치돼 있다. 커다란 일장기가 여기저기 보이고. 취조하는 의자에 피투성이가 된 채, 거의 실신상태로 앉혀져 고문을 당하고 있는 두 인물. 이동백 명창과 화가 이상범이다. 그때, 옷은 풀어 헤쳐지고 포승에 묶인 채 끌려 들어오는 한성준의 모습. 나머지 의자 하나에 강압적으로 앉혀진다. 고개를 들어 한성준이 나머지 두 의자에 피투성이로 묶인 화가 이상범과 이동백을 차례로 보고, 비로소 자신이 왜 잡혀 왔는지 알게 된다)

한성준 이 선생! 상범아!

(이동백과 이상범은 말을 할 수 없을 정도다. 한성준이 취조를 당할 때, 이동백과 이상범의 고문이 또한 동시에 진행되고 있다. 고통의 신음 소리가 가슴을 찢는다. 한성준 앞에 서 있는 일본 순사부장이 부채

에 그려진 태극 문양을 보고 있고,앞잡이 이만득이 그 옆에서 거들며 설명하고 있는 모습.... 순사부장이 채근한다)

순사부장 당신이 무용가?

한성준 ....

(순사부장이 이만득을 바라보자)

이만득 하이! 맞습니다.

순사부장 무슨 춤을 추는가?

한성준 (또 말을 하지 않는다. 순사부장이 다시 이만득을 바라본다. 이동백의 비명 소리)

이만득 대답하시오! (대답 대신 한성준이 이만득을 노려보자) 조센 초선노오도리... 조선무용 이것저것 다 추는 사람 입니다!

한성준 (이만득에게 소리친다)
이것저것이라니? 당신은 이름도 없는 조선 사람인가? 우리 춤엔 어엿한 이름이 있는데, 이것저것이라니?

(화가 치민 한성준이 벌떡 일어나려고 하자, 이만득이 순사부장 뒤로 숨고, 일경이 한성준을 잡아 앉힌다.)

순사부장 아, 코토바모시네? 말도 하므니다...?
(한성준이 줄타기 때 들고 있던 부채를 한성준 코 밑까지 들이밀며)
코레가 난데스까? 이게 무엇이므니까?

(사이)

한성준 (한성준이 얘기할 때 이만득이 순사부장에게 속삭이며 동시통역)
태극도 몰라? 그렇게 무식한 너희들이 우리나라에 와서, 감 나라 배 나라 하고 있으니, 통탄할 노릇이다! 내 가슴이 찢어진다! 태극이 시퍼렇게 살아있는 한, 우린 굳건히 싸울

29

것이다! 이 쪽바리 새끼들아!

순사부장 (순사부장이 몸을 부르르 떨며 외쳐댄다)

빠가야로! 케에죠꾸시테! (계속해!)

한성준 나쁜 놈들! 짐승만도 못한 놈들! 날 죽여라! 죽여! 죽여 줘!

(순사부장이 화를 못 이겨 황급히 나가고, 일본 경찰이 한성준을 고문한다. 외마디 비명. 한성준, 기절한다. 이어 옆자리 이동백과 이상범 역시 고문당해 기절하고 만다)

(음악이 흐르며 한성준, 이동백, 이상범이 노래한다)

<뮤지컬 넘버#10: 철면피들 - 한성준/이동백/이상범 3중창 및 합창>

한성준 부끄럼도 모르는 철면피들

피에 굶주린 늑대처럼

우리 땅을 짓밟았네.

이동백 여기는 우리 땅 우리의 강산

대대로 이어져 온 우리의 산천

이상범 천하에 무심한 철면피들

목마른 살쾡이처럼

우리 땅을 침범했네.

한성준/이동백/이상범 외 출연자들

가라 이 땅에서 물러가

여기는 우리 땅 우리 강산

우리는 지키리라 우리 강산을

무엇이 필요한가, 무엇을 원해

우린 지키리라 이 목숨 다 바쳐

대대손손 내 조국 지켜내리라

지켜내리라

　　　　　　　지켜내리라

　　　　　　　지켜내리라....

(힘 있는 합창곡이 울려 퍼지며 조명이 암전된다)

<중간 휴식>

<2막>

(1장)

(막이 오르면서 들리는 경쾌한 보드빌, 레뷔 시대 음악....

<뮤지컬 넘버#11: 레뷔 시대 Louis Prima의 Sing Sing Sing>

화려한 조명의 불빛 속에, 남녀 댄서들이 신나게 춤을 추고 있다. 당시 '연흥사' 극장 무대에서 연습하고 있는 레뷔 연습이다. 마지막 춤이 끝나자, 연흥사 극장주 홍명철과 상임 연출자 정일수가 무대로 올라선다. 홍명철은 맥고 모자, 흰 백구두, 당시 멋쟁이 유행은 다 따라 한 모양새다)

홍명철　(박수를 치며) 좋았어...브라보! 괜찮아....
　　　　　(연출자 정일수를 돌아보며) 돈 냄새 나는데? 응?
　　　　　(극장주 앞에 모여 서 있는 댄서들, 홍명철이 여자 대표
　　　　　무용수 격인, 김영임에게 다가가 엉덩이를 툭 건드리며)
　　　　　좀 더 흔들어 줘! 나 좀 살자! 응...?
　　　　　(모든 단원이 웃는다)
　　　　　정 감독! 담주에 한 턱 쏠게! 더 연습할 거야?
정일수　오늘은....
김영임　(일본말로) 시마이하시죠! (애교를 한껏 떨며)
　　　　　우리 많이 했잖아요!
　　　　　(홍명철에게 살짝 안기며) 싸장니임?
홍명철　그래, 그래...오늘은 그만 해!
정일수　자, 모두 수고했어!

(단원들이 해산하려는데, 그때 헐레벌떡 뛰어 들어오는 흥행사 박팔영)

박팔영 사장님!

홍명철 팔영이. 웬일이야?

박팔영 오늘 제가 뵙겠다고 했잖아요?
춤꾼 한 사람 데려온다고...?

홍명철 (그제야 생각난 듯) 아, 그래? 왔어? 누구라고?

박팔영 한성준이요.
(웅성대는 단원들)

홍명철 어딨어?

박팔영 (밖에다 대고) 들어오세요!

(차수련이 한성준을 대동하고 당당히 등장한다. 한성준 뒤엔 장구잽이가 서 있다.)

홍명철 (차수련을 단번에 알아보고) 미스 차가 여기 웬일이야?

박팔영 매니저 아닙니까!

홍명철 신문기자 그만뒀어?

차수련 아직요!(손에 낀 장갑을 벗어들고, 홍명철과 당당히 악수한다)
제가 모셔왔지요! 이 시대 최고 '소리북의 왕'이시며, 최고의 '무용가'십니다!

한성준 (한복에 눌러 쓴 맥고 모자를 벗어 정중하게 인사한다)
처음 뵙겠습니다.

김영임 나 이분 알아요! ...얼마 전 남대문 앞에서 한량무 추셨죠?

홍명철 그랬어?

정일수 사장님! 우린 조선무용은 아닌데요!
(단원들이 웅성거린다)

박팔영 사장님! 제가 전에 말씀드렸잖아요! 그냥 보통 보는 우리 무용이 아니라구요. 기가 막힙니다! 한 번 보셔요!

홍명철 (김영임에게) 어떤데?

김영임 (머뭇거린다) 뭐... 사장님과 감독님이 보셔야죠. 뭐....

박팔영 일단 보시고 판단하세요! 제가 누굽니까? 하루 이틀 장사합
니까? 그냥 사장님께 추천하는 게 아니라니까요?

홍명철 (정일수를 보고) 정 감독...?

(사이)

정일수 (시큰둥하게) 한 번 보죠!

차수련 지금 뭣들 하시는 거예요? 이 시대 최고의 무용가님을 앞에
두고....

(박팔영에게) 팔영 씨, 뭐 하는 거죠?

박팔영 (난처해진다) 아, 그게 아니구... 저...

(한성준이 나선다)

한성준 좋습니다! 이러면 어떨까요?

(비로소 또박또박 말을 꺼내는 한성준에게 모두 집중된다)
나두 아무 데서나 춤을 추고 싶지 않으니까...! 먼저 그 쪽에
서 춤 하나 보여주시면, 제가 보여드리고... 또 하나 보여주면
제가 또 보여드리고...! 열 개 정도 보시고... 비교해 보시는 게?

(모두 이 제안에 어리벙벙한 표정들)

김영임 멋있어!

홍명철 (비로소 입을 연다) 좋소! 한번 봅시다...! 정 감독!

정일수 (깜짝 놀라며) 네! 알겠습니다! 3개만 해 보죠....
그 정도면 알 수 있지 않을까요?

차수련 왜요? 레파토리가 없나 보죠? 아니면 보여주기 민망?

홍명철 그래그래...서너 개 레파쏘리만 보면 알 수 있지....

김영임 (얼른 홍명철 귀에 대고) 레파토리요.

홍명철 응...레.파.토.리!

정일수 알겠습니다. 우선 저희가 현재 공연하고 있는 거부터 할게

요! 얘들아! 민식이부터 하고... 그다음에 우철이, 명덕이, 그리고 영임이 차례로 준비해!
(모두 자릴 비켜주고 네 사람의 보드빌 댄서들이 춤출 준비를 한다)
음악 큐!

<뮤지컬 넘버#12: 배틀 장면의 보드빌 연주곡들. Cha Cha Cha D'mour/Billie Holiday의 Lady in Satin 노래 등 4곡>~

(음악이 나온다)
<1> 먼저 남자 댄서 민식이 레뷔 춤을 춘다.
이어 한성준 차례다. 장구잽이에게 사인을 준다.

<뮤지컬 넘버#13: 장구 연주곡>

장단에 맞춰 우선 즉흥 입춤을 기막히게 춘다. 내심 놀라는 주변 표정들.... 더욱이 보드빌 공연 의상과 한성준의 한복 모습이, 대조되면서 흥미를 유발한다.
<2> 이번엔 우철이의 웃통은 벗겨진 채, 조끼 차림으로 조금 더 현란한 보드빌 춤을 보여준다. 그러자 한성준이 한량무의 자진모리에 해당하는 춤을 경쾌하게 춘다. 또 한 번 놀라는 주변.
<3> 이어서 명덕이가 서양 어릿광대 옷을 입고, 코믹 오페라 댄스가 추어진다. 그러자 한성준이 양주별산대놀이의 말뚝이 춤을 타령장단에 맞춰 익살스럽게 추어댄다. 모두 그 코믹한 모습에 웃는 주변.
<3> 마지막으로 김영임이 끈적끈적한 빌리 헐리데이의 음악에 맞춰, 나긋나긋하고 섹시한 춤으로 대결한다. 이어 한성준이 살풀이춤을 뇌

쇄(惱殺)적으로 춘다. 모두 넋이 나갔다.

(차수련과 박팔영만 먼저 박수를 친다. 그러자 그제서야 모두 박수를 친다. 모두 그렁그렁 무대를 삼삼오오 빠져나간다. 차수련이 땀에 젖은 한성준에게 손수건을 건넨다. 음악이 흐르며 두 사람의 듀엣 노래가 이어진다)

<뮤지컬 넘버#14: 니들이 우리 춤을 알아? - 한성준/차수련 듀엣곡>

차수련   보여줬어요, 보여줬어. 우리의 자랑

      한성준   서양은 서양 우리는 우리

차수련   흉내는 흉내일 뿐 아무것두 아냐.

      한성준   우리 몸속엔 우리의 향기가 있지.

차수련   어차피 다른 걸 인정해야 해.

      한성준   다르다는 건 거짓이 아닌 진실

차수련   이제 알았어요, 내가 누군가를

      한성준   나를 알아야 남을 알고, 이해하지

차수련   누구도 할 수 없는 진정한 우리

      한성준   나를 찾는 건 나를 아는 일

차수련/한성준   막히지 않아

                흔들리지 않아

                영원한 진리

                이것이 우리의 미래

                우리의 힘이지

                변치 않는 우리의 힘~~~

(2장)

(무대 앞으로 차수련이 나와,

대사가 이어지고,

그 반대편에선 한성준이 제자들에게,

검무를 군무로 가르친다)

차수련 점차 유명해진 한성준 선생은 고종 임금 앞에서 춤을 추어 참봉 벼슬을 받았고, 당대 최고의 예술가들인 김창환, 송만갑, 정정렬, 이동백, 유공렬, 이선유, 김녹주 선생들과 원각사, 광무대, 조선극장, 단성사, 우미관 등에서 빼어난 공연 활동을 이어갔습니다. 그리고 드디어 1933년 자신의 예술 세계를 새롭게 창조하기 위해 '조선음악무용연구회'를 조직하였으니, 우리 음악과 무용을 널리 보급하고 연구하기 위한 숙원이 이뤄진 것이라 하겠습니다. 그리고 본격적으로 제자들을 양성하기 시작했습니다.

(차수련이 무대 한쪽에서, 한성준과 그 제자들이 연습하고 있는, 호방한 검무 춤을 보고 있다)

한성준 (제자들 사이를 걸으며 얘기한다)

검무도 이미 수 천 년 전에 우리 조상들이 추었던 춤이야. 화랑 관창이 검무로 적장의 간담을 서늘케 한 것처럼, 외세의 침략을 막기 위해 춤으로 이렇게 예술적으로 승화시켰어. 담대하고 호방한 기가 넘치는 멋들어진 우리 춤이란 말이다. 알았지?

모두 네!

한성준 춤이라고 다 여성스럽고 유약하게 추는 건 아니지. 우리들 얼굴과 모양이 다 다르듯이, 춤도 나름대로 각각의 성격이 있는 거라구. 자, 오늘은 여기까지 하고, 내일 새로운 춤 들어

가자!

모두   네!

한성준   (둘러보며) 영숙이하고 선영이! 나 잠깐 보고 가!

한영숙/강선영   네....

(제자들이 흩어지고, 한영숙, 강선영이만 남는다)

한성준   (앞에서 춤사위를 보여주며) 따라서 해!

(음악 반주 없이 추는 한성준을 따라서, 한영숙과 강선영이 얼떨결에 따라서 춘다. 마치 세 마리의 고고한 학의 발걸음이요, 멋진 춤사위가 나온다. 춤을 추며, 한성준이 설명한다. 이 생생한 현장을 그대로 무대 한쪽에서 지켜보는 차수련)

한성준   내가 추는 이 춤이 학춤이다. 학춤은 우리나라 정재의 하나로 임금님 앞에서 추던 기품 있고, 고상하며 멋들어진 우리 춤이야.... 단원 김홍도 선생의 그림에도 나오고, 악학궤범에도 학춤에 대한 기록이 나오는데, 그것이 어느 순간 사라져 버렸어!

            (춤을 잠시 멈추고)

            영숙이하고 선영이, 너흰 내가 가장 아끼는 제자들이다. 잘 배워서 공부를 게을리하지 말아라! 알겠니?

한영숙/강선영   네....

한성준   (차수련을 보고) 차 선생!

(먼발치에서 보고 있던 차수련이 학춤 의상을 가져온다. 이어 제자들 5명이 학무 의상을 입고 나타나 한성준 앞에 선다. 먼저 장구 장단에 맞춰 제자들이 학춤을 추기 시작하고, 이어 삼현육각 연주가 춤을 풍성하게 받쳐준다)

<뮤지컬 넘버#15: 학춤 음악>

(학춤이 진행되는 중간에, 차수련의 안내를 받으며, 들어서는 손님들. '최승희/조택원/이시이 바쿠'다. 세 사람이 학춤을 뚫어져라 지켜보며 감상한다. 춤이 일단락되자, 감동의 박수를 치는 세 사람)

차수련 (한성준에게 다가오며) 선생님!

한성준 기다리고 있었어요. 이시이 바쿠 선생이시죠?

이시이 바쿠 (정중히 읍하며) 하이! 아리가토 고자이마쓰!

한성준 선생이 추신 '인간석가'란 작품 잘 알고 있습니다.
(조택원이 이시이 바쿠에게 귓속말로 통역을 한다)

이시이 바쿠 (더욱 정중히 읍하며) 아리가또!

차수련 이쪽은 조택원 씨로 이시이 바쿠 선생의 제자십니다!

조택원 언젠가 꼭 찾아뵙고 선생님의 제자가 되고 싶었습니다.

한성준 그러신가? 나중에 일본 무용계 얘기나 좀 들어보세.
(최승희를 보고) 이분은...?

최승희 최승희라고 합니다! 전 고등학교 시절부터 선생님의 춤을 봤고, 저 역시 언젠간 선생님에게 꼬옥 춤을 배우고 싶었습니다.

차수련 역시 이시이 선생의 제자십니다.

한성준 그렇군. ...일찍이 서구의 신무용을 배우신 이시이 선생한테 좋은 춤을 배우고 있겠지만, 무엇을 하든 우리가 조선 사람 이란 걸 잊어선 안 되지! 그래 무엇을 배우고 있지? 두 사람 춤을 한번 보고 싶어....

(이시이 바쿠가 통역을 통해 듣고는, 조택원과 최승희에게 춤을 보여 주라고 권한다)

조택원 그럼 많이 부족하지만, 조금만 보여드리겠습니다.

(조택원, 최승희가 긴 코트 웃옷을 벗고, 맨발로 춤 시연에 들어간다.

한성준과 이시이바쿠, 차수련이 의자에 앉고, 한성준의 제자들이 웅성 거리며 주변에서 춤을 구경한다. 현대 음악에 맞춰 두 사람이 먼저 2 인무를 춰 보인다.

<뮤지컬 넘버#16: 셜 위 댄스>

그리고 이어서 최승희의 '광상곡' 독무가 선보여진다.

<뮤지컬 넘버#17: 랩소디 인 블루>

섬세한 몸놀림, 현대무용에 걸맞은 스트레칭, 발레 동작에 가까운 손 놀림, 특히 그녀의 빼어난 미모 등이 보는 이들을 삽시간에 매료시킨 다. 춤이 끝나자, 탄성 소리와 함께 박수. 오로지 한성준만이 조용히 생각에 잠겨있다)

(사이)

(제자들이 하나둘씩 빠져나가고, 차수련이 이시이 바쿠를 안내해 영 접하며 나간다. 무대엔 한성준, 최승희, 조택원)

한성준 잘 봤어. 근데 뭐랄까? 어디 춤이야? 왜 맨발로 춰? 신발 살 돈이 없어서?

조택원 아...이런 걸 소위 현대 신무용....

최승희 모던 댄스라고 합니다. 미국의 이사도라 던컨이란 여자가 슈 즈를 벗고 본격적으로 맨발로 춤을 추기 시작했구요. 루스 세인트 데니스, 테드 숀 그리고 독일의 메리 비그만 같은 사 람들이 이런 춤을 추기 시작했어요.

조택원 이런 걸 소위 전통무용이 아닌, 창작무용이라고 하죠.

한성준 민중에 의해 만들어진 전통무용 역시 창작무용 아닌가?

최승희 그렇죠. 하지만 모던 댄스는 이사도라 던컨처럼 매우 개인적인 창조에 의한 창작무용인 셈이죠.

한성준 이봐! 나도... 조금 전에 그대들이 본 것처럼, 우리 전통 학춤을 새롭게 창작하고 있는 거야! 전통은 이어져 내려오지 않으면 전통이 아냐. 그건 그저 기록이나 박물관에 안치된 박제된 물건일 뿐이지. 지금 수 천 년 역사 속에 전해져 온, 우리 무용이 일본 사람들에 의해 소위 문화 말살 정책으로 사라져 가고 있어! 이걸 지키고, 보존하고, 새롭게, 더 아름답게, 우리의 춤으로 창조해야 하지 않겠어? 그걸 누가 해? 지금 나라 잃은 이 시국에, 우리 같은 무용인들이 일심을 다해 정성으로 보존하고 만들어 가야 하는 걸세! 선진 문물을 배우고 있는 자네들 같은 젊은이들이 우리 것을 잘 발굴하고 보존하고 창작을 해야 하는 거야! 두 사람 다 우리 춤도 잘 출 수 있겠지만, 내 생각엔 우리 무용을 바탕으로 창작을 하면 더 잘할 것 같아. 자네들, 우리 '승무' 알지?

조택원/최승희   네, 그럼요 선생님....

한성준 (승무 춤 동작을 즉석에서 보여주며)
오래전부터 내가 꿈꾸어 오던 건데... 이 승무를... 마치 세상을 다 품어 끌어안듯이 추면 어떨 것 같나? (이때, 무대 상수에서 스틸트를 신고 5미터가 넘는 장삼을 입은 무용수가 6미터의 긴 한삼을 뿌리며, 승무를 추다가 들어간다)
대자대비...그야말로 우주를 품어 관통하는...세상에 그 유래를 찾을 수 없는 멋지고 웅장한 우주 무변광대의 춤이 아닌가?

조택원 대단한 발상이십니다.

최승희 저절로 몸이 움직여져요!

한성준 창작의 세계는 끝도 한도 없는 것이지. 두 사람 오늘 처음 만났지만, 영민하고 재주가 출중하니, 반드시 좋은 우리 명작

무용을 많이 만들어 낼 거야. 나두 오래전부터 우리 독립을 염원하는, 태평성대를 맞는 태평무를 만들어 보고자 매일 구상 중일세....

조택원/최승희　　태평무요?

한성준　　응. 두 어깨에 해와 달을 붙이고 색색으로 만든 색동옷에다, 활옷을 입고 우리 왕과 왕비가 함께 추는 거지!

최승희　　와, 멋져요!

조택원　　훌륭하신 생각이십니다.

최승희　　선생님. 제자로 받아주세요, 네?

한성준　　자네들 같은 훌륭한 인재를 마다할 리 없지! 뭐든지... 내가 가지고 있는 것이라면 다 가르쳐 주고말고...! 그러면서 난 또 새로운 걸 배우는 거고! 다시 말하지만, 우리 몸에 우리 옷이 맞듯이, 우리 춤도 우리 몸에 맞는 것이야! 이런 어렵고 힘든 시절, 이제 그 위대한 유산을 아름답게 꽃 피워야 하네.

(이어 세 사람이 노래한다)

<뮤지컬 넘버#18: 우리의 것에 날개를 달자-3중창>

한성준　　이 모든 순간, 이 순간을 위해
　　　　　　우리의 것, 우리의 꽃을 피우자
　　　　　　우리의 역사를 다시 일으키자

　　조택원　　날 알게 하신 분 깨닫게 하신 선구자

　　　　최승희　　이것이 우리의 앞날 이것이 우리의 숙제

한성준　　누구도 못 해, 누구도 안 해

　　조택원　　갈 길은 멀어도 갈 길은 분명해

　　　　최승희　　나의 조국에 나의 춤을 입히자

한성준　　소중한 우리 유산 우리의 역사

42

조택원　　갈고 닦아 보존하자 우리의 유산

최승희　　　저 넓은 세계를 향해 춤을 춰

한성준/조택원/최승희　우리의 춤을 활짝 펴고

춤을 춰 우리의 춤을

우리의 숙명 우리의 사명

보여주자 만들어 세우자

춤을 춰 우리의 춤을

보존하자 지키고 만들어

영원히 이어가자 영원히

춤을 춰 우리의 춤을....

(노래가 끝나고, 음악 연주가 계속되는 가운데, 한성준 혼자만 남아있다. 그의 무용에 대한 화두가 깊은 고민으로 이어지고 있다. 태평무의 터벌림 장단으로 오우버랩되며 고즈넉이 들려온다....

<뮤지컬 넘버#19: 태평무 연주 음악>

잠깐 태평무의 발동작을 디뎌보는 성준. 그러다 멈춰 선다. 더 이상 영감이 떠오르지 않는 것이다. 고민하고 고통한다...! 그때...홀연히 그의 꿈처럼, 그에게 춤을 가르쳤던 분, 이젠 고인이 되신 외조부 백운채 선생이 나타난다. 이어지는 노래는 이중창으로 이어진다)

<뮤지컬 넘버#20: 네 꿈을 펼쳐라 - 백운채/한성준 이중창>

백운채　너의 생각 너의 꿈을 펼쳐라

춤은 너의 옷 춤은 너의 영혼

가슴에 담긴 혼을 펼쳐 보아라

한성준　춤은 나의 맥박이고 나의 생명

<table>
<tr><td></td><td>살아생전 남기고 싶은 춤
조국을 위해 펼쳐 보고파</td></tr>
<tr><td>**백운채**</td><td>춤이 글이요 노래가 춤이라
춤이 너의 유언이고
너의 마지막 유산
두려워 말라 무서워 말라</td></tr>
<tr><td>**백운채/한성준**</td><td>조국에 바칠 태평무 태평무
영원히 남으리라 영원히
영원히 남으리라 영원히……
…………………………………
…………………………………</td></tr>
</table>

(3장)

(무대엔 '조선음악무용연구회'란 간판이 걸리고, 제자들이 모였다. 제자들 외에 차수련의 모습과 조택원도 보인다. 한성준이 중대 발표를 한다. 오늘따라 한성준이 태평무 무복을 입은 것이 한층 새롭다)

한성준 춤꾼은 우선 인격과 인성을 갖춰야 한다. 참된 인간이 먼저 돼야 하는 거야! 춤 속엔 그 사람의 육체와 영혼이 다 드러나 보이기 때문이지. 그러므로 끊임없이 연마하고 갈고 닦고 인성 지성 영성도 함께 갖춰야 하는 거야! 진정으로 진심을 담아서 춰야 한다. 알았지?

모두 네!

한성준 자, 오늘은 우리가 반드시 독립을 이루어, 태평성대를 기원하는 태평무를 연습한다. 내가 수없이 말했듯이, 이 춤은 진쇠, 낙궁, 반서름, 올림채, 도살풀이, 터벌림, 넘김채, 자진굿거리 장단에 맞춰 춰야 해서 잔걸음, 겹걸음, 무릎 들어 걷기,

뒤꿈치 찍어 들기 같은 발동작을 아주 섬세하게 잘 표현해야
해! 알았지?

모두　　네!

한성준　　(악사들을 가리키며) 그래서 오늘 특별히 우리 장단을 해주
실 선생님들이 오셨어. 다들 인사드려!

모두　　안녕하세요?

한성준　　그리고 지난주부터 내게 춤을 배우고 있는, 일본에서 온 조
택원과 최승희 선배들이다! 인사해!

모두　　안녕하세요?

조택원/최승희　　반갑습니다!

한성준　　그리고 자주 봤겠지만, 늘 내 옆에서... 그리고 앞에서... 내
춤을 지켜봐 주시고, 따끔한 충고와 조언을 아끼지 않으시
는, 차수련 선생님도 오늘 특별히 모셨다.

모두　　(차수련을 향해) 안녕하세요?

한성준　　자, 오늘은 영숙이가 왕, 선영이가 왕비 춤을 추도록 해....

한영숙/강선영　　네에~.

한성준　　나머진 4괘 모양으로 서!

모두　　네!

(일사분란하게 제자들이 대형을 맞추어 서고, 장단이 시작되면서 춤
을 춘다. 한성준이 앞에 서서 춤을 추고 제자들이 따라 한다.

<뮤지컬 넘버#21: 태평무 음악 Reprise>

음악에 맞춰, 춤은 마치 무용의 아이솔레이션<Isolation>을 보듯, 현
란하지만 동시에 움직임과 타블로<Tableau>가 겹겹이 보여, 마치 한
편의 모션 픽쳐<Motion Picture>를 보는 듯, 펼쳐진다. 자진모리로
들어서면서 제자들이 물러서서 보고 있고, 한성준이 혼자 춤을 이어

간다. 춤의 끝마무리 바로 직전, 한성준이 잠깐 비틀거리며 주춤거린다. 주변 제자들과 차수련이 모두 놀란다. 갑자기 한성준이 쓰러진다. 제자들이 와락 달려간다. 조택원의 무릎에 뉘어진 한성준....)

제자들 선생님!

한영숙 할아버지!

차수련/조택원/강선영 선생님!

한성준 (눈을 지긋이 뜬다) 왜 안 춰? 장단! 움직임에 장단만 없으면 돼! 우리 춤은 세계 어디에다 내놓아도 가장 아름답고 고귀한 춤, 춤이야!

차수련 (한성준의 손을 꼬옥 움켜잡으며) 선생님!

한성준 왜 장단 소리가 안 들려?

조택원 (주위에) 안 되겠어요. 병원으로 모셔야 해요!

차수련 그래요!

제자들 선생님!
(한성준을 조택원에게 업히려고 앉히자, 한성준이 뿌리치고, 마지막 유훈을 또박또박 힘 있는 어조로 말한다)

한성준 내 춤을 끝까지 보존하고 후세에 이어줘. 그리고 내가 죽더라도, 태평무! 이 옷을 입혀다오!

한영숙 할아버지!

모두 선생님!

차수련 선생님! 저희는 어쩌고 혼자 가신단 말씀이에요? 왜 그런 말씀을 하세요!

한성준 나고 죽는 건 하늘의 이치....
(말문이 막히고, 이내 고개를 떨군다)

모두 선생님!
(무대 밖 멀리서 만가가 고즈넉이 울려 퍼진다)

<뮤지컬 넘버22: 만가 - 합창>

조택원　어서 병원으로 모십시다!

한영숙　할아버지!

차수련　선생님!

제자들　선생님... 선생님!

한영숙　할아버지...!

(이때 박팔영이 헐레벌떡 뛰어 들어오다가, 흠칫 이 광경에 놀라서 선다. 조택원이 한성준을 들쳐업고, 그 뒤를 한영숙과 강선영, 최승희 등 제자들이 울며불며 따라서 퇴장한다)

박팔영　(울음을 삼키며, 신문을 떨어뜨린다) 선생님! 일본 순회공연을 하게 됐다고 연락이 왔는데....

(상여가 무대로 등장한다. 한영숙을 필두로 운구를 따르는 강선영, 장홍심 등 제자들과 이시이 바쿠 등... 이 작품에 출연했던 모든 출연자가 운구를 따른다. 박팔영이도 상여 뒤를 따라가고... 차수련이 무대 앞으로 나오며, 박팔영이 떨어뜨린 신문을 집어 들고 잠깐 들여다본다)

차수련　선생은 모던일본사가 제정한, 무용 부문 '조선예술상'을 한국인으론 처음으로 수상하셨습니다. 잔혹한 일제 강점기, 문화 말살 정책의 압제 속에서도, 선생님은 우리의 국악과 무용을 일으키고, 갈고, 닦고, 새롭게 만드신, 태산 같은 큰 광대이자, 큰 스승이십니다. 어쩌면 그렇게... 잠깐 이 세상에 소풍하러 왔다가, 다시 하늘나라로 올라가신 것처럼... 많은 업적과 동시에 많은 숙제를 우리에게 남겨 놓으시고... 한 마리 외로운 상처 입은 학처럼, 학춤을 추다가, 학을 타고, 홀연히 우리 곁을 떠나셨습니다!

(천천히 운구를 뒤따른다)

(이윽고 하늘에서 하염없이 꽃비가 떨어져 내린다. 운구가 잠시 멈춰서고, 외다리가 진행되며 한영숙과 강선영이 운구를 붙들고 통곡하는 가운데, 1막 처음에 나왔던 학 한 마리가 운구 주변을 맴돌다 사라진다. 마침내, 천천히 운구 행렬이 그 뒷모습을 여운처럼 남기며, 빠져나간다. 이어 스크린에 선생의 생전 모습이 영상으로 클로즈업되며, 투사되고...!)
(에필로그로 뮤지컬 넘버 18번이 연주되며.

<뮤지컬 넘버23: 에필로그. 18번 Reprise - 합창>

무대 스크린에 차분히 얹힌 한성준의 영상이, 오랜 잔상으로 영원히 남는다.... 커튼콜이 의례 의식처럼 진행되고, 다 함께 에필로그로, 뮤지컬#18번 합창을 힘차게 부르는데, 천천히 조명이 암되며....)

-막이 내린다-

~우리 것을 소중하게 지키다 가신 분들에게 이 작품을 바칩니다~

-2025. 2. 1-

뮤지컬 'The One-원효'

한국 불교가 낳은 최고의 大聖 원효 스님을 기리며, 이 작품을 바칩니다.

출연

원효
요석
의상
설총
행길(시대의 광대)
추마(원효를 시기하는 자)
어머니(원효의 죽은 생모)
거지(고구려에서 온)
앙상블(온갖 멀티 역할/남-9명, 여-6명)

뮤지컬 넘버

<서곡>
M-#1   연주곡
<1막>
M-#2   그는 하나 (어머니 솔로/앙상블)
M-#3   행길의 탈춤 (연주곡)
M-#4   기둥을 만들어 (원효/거지의 듀엣)
M-#5   원효의 춤 (연주곡)
M-#6   요석, 동요 노래 (거지/원효/당나귀)
M-#7   사랑도 하나 (원효/요석/거지/행길/새들)
M-#8   새들의 합창 (새들)

M-#9   사랑의 노래 (요석/원효/의상 트리오)

M-#10   불심 (연주곡)

M-#11   우린 적이다 (연주곡)

M-#12   화쟁연가 (원효/앙상블)

M-#13   이별이요 (요석 솔로)

M-#14   선문화답 (연주곡)

M-#15   어머니의 노래 (어머니/부처들)

M-#16   깨달음 (원효/의상 듀엣)

M-#17   무애가 (합창)

<2막>

M-#18   세상은 인연 (요석/설총/원효 트리오)

M-#19   가족 사랑 (원효/요석/어머니/설총)

M-#20   총아 총아 설총아 (원효/설총 듀엣)

M-#21   한나라 한민족 (원효/설총/앙상블)

M-#22   금강삼매경 (원효/앙상블)

M-#23   무애무가 (요석/의상 듀엣)

M-#24   이두 문자 (행길/앙상블)

M-#25   무애무가 Reprise (합창)

무대

무대 오른쪽은 길거리. 왼쪽은 높은 성곽의 한 단면이 보인다. 이 길거리와 성곽에서 중앙 무대로 내려오는 길이 있다. 더불어 왼쪽 성곽은 오른쪽 길보다 한 단층이 높아, 양쪽 무대의 높낮이를 식별할 수 있게 보인다. 그 외 대도구들이 들어오고 나가며 무대의 다양성을 꾀한다.

<마치 섹션 무대인 것처럼>

이 작품에 쓰이는 영상도 무대 장치의 일부분에 투사됨으로 전혀 영상이 따로 존재하는 것이 아닌, 하나의 총체적 효과를 만들어줬으면 한다.

영상

<1막>
영상1 - 물방울 하나
영상2 - 연꽃이 봉우리부터 만개하는.....
영상3 - 벌레 기어가는 모습
영상4 -"15분 후에 2막이 계속됩니다"
-To be continued-
(글씨를 빠르게 써 내려가는 영상으로)
<2막>
영상1 - 17년 후!
영상2 - 마음 (글씨를 써 나가는 영상)
영상3 - 心

의상

의상은 신라시대의 고증적 의상, 보다 창조적이었으면 함. 특히 앙상블 역할들(15명)은 보디의 라인이 독특하게, 살아있는 문양이 들어가 있는 타이츠 개념에 털조끼나 워머를 사용해, 좀 더 다양한 상징적 캐릭터로 말 그대로 앙상블의 의미로 무대와 함께 어울리는 전통과 현대적인 조화를 함께 이뤘으면 한다.

Prelude(서곡)

'M-#1 서곡/연주곡'

서곡이 시작되면서 메인 막에 선명한 물방울 하나가 영상으로 투사된다. 천천히 페이드 아웃 되는 물방울....
(천천히 막이 오르면, 무대에 매우 커다란 연꽃 송이가 보인다. 그 연꽃 송이 뒤, 높은 성곽의 망루에 한 여인이 나타난다. 원효의 죽은 어머니와 천상 시녀들이 함께.... 마치 우주복을 입은 것처럼 투명한 의상이 돋보인다. 성곽 위에 마련한 망루는 완전히 높아 성곽보다 더 높은 시각적 효과를 노린다. 별처럼 빛나는 찬연한 자태로 원효의 등장을 예고하는 노래

'<M-#2 그는 하나/어머니 솔로와 천상시녀들의 합창>'

어머니/천상 시녀들 그는 하나, 연꽃 속에 핀 태양
그는 물빛, 무지개 넘어 핀 물기둥
그는 바람, 하늘을 가르는 높새 바람
그는 사랑, 전설 속에 핀 애절한 사랑
그는 하나, 연꽃 속에 핀 밝은 태양
(노래 끝에 빛이 태양처럼 발광하며, 연꽃이 열리고 원효가 수레에 탄채, 등장한다. 사라지는 어머니)
원효 (M-2의 마지막 BG가 깔리는 속에 또박또박 표효한다)
하.나.가... 둘.이.고 둘.은.... 하.나.다......!
(메아리 되어 퍼지면서 수레에서 뛰어내린 원효가 사라진다. 앙상블들이 <*꽃으로 치장한 의상들을 입은 캐릭터들-스케이트보드 같은 탈것을 타고 연기했으면 함> 빠른 템포로 바뀐 M-#2의 노랠 합창으

로 부른다)

앙상블 모두   그는 하나, 연꽃 속에 핀 태양

그는 물빛, 무지개 넘어 핀 물기둥

그는 바람, 하늘을 가르는 놉새 바람

그는 사랑, 전설 속에 핀 애절한 사랑

그는 하나, 연꽃 속에 핀 밝은 태양

(앙상블들이 점차 하나의 패턴을 만들어 보인다. 웅장한 꽃의 바다
가 펼쳐진다. 서서히 어두워지는 조명 빛. 여운을 남기는 음악의 끝자
락....)

<1막>

1장

(무대 상수 쪽에서 행길이 수레에 올라탄 채 나타난다. 탈[반가면]을 쓰고 허리춤에 찬 박을 두드리며 거지 하나와 함께 한바탕 흥겨운 춤을 추고 있다.

'M-#3 행길의 탈춤 음악'

사람들이 모여든다. 모두 박을 두드리며 장단을 돋운다. 이들의 악기와 오케스트라의 합주가 나중에 어우러지며 절묘하게 타악(打樂)으로 하나의 장관을 만들어 낸다. 행길의 춤과 거지의 춤에 찬탄을 내뱉는 군중들.... <*음악도 기존의 탈춤 음악이 아니며, 무용도 한국무용이 아닌 순수한 움직임이었으면 함.>)

행길   (탈을 벗어들고)
        여러분! 여기 하늘을 떠받칠 기둥을 만들 사람이 있습니다.
        기둥이 있어야 하늘이 있지.
        (거지를 가리키며)
        바로 이 사람입니다.
행길   (거지가 수레에 올라타 행길과 노래한다.

'M-#4 기둥을 만들어'

        그한테 도끼를 빌려줘
        기둥을 만들게
        튼튼한 기둥

거지　　나라의 기둥

행길　백성의 기둥

거지　　하늘을 떠받칠 기둥

행길　나한테 도끼를 던져줘

거지　　천년을 지키는

행길　만년을 지키는

행길/거지 기둥을 만들어 튼튼한 기둥

　　　　나라의 기둥 백성의 기둥

　　　　하늘 떠받칠 기둥 기둥을 만들어

　　　　기둥을 만들어....

(노래가 거의 끝날 무렵 추마와 그 졸개가 등장한다. 거지의 일거수일 투족이 못마땅하다는 듯이 보고 있다가)

추마　야! 이 거지야! 뭐, 하늘을 떠받칠 기둥을 만들어? 내가 도끼 대신 칼을 주지. 어때? 자, 받아!

　　　(칼을 던진다. 거지가 칼을 받는다. 칼을 보고는 기겁해서 바닥에 던진다. 사람들이 웃는다.)

　　　하하하... 왜? 무서워? 스님이 거지가 돼보니까 세상이 무서운가 보지? 목숨을 두려워하는 주제에 사람들을 가르치겠다? (요석이 지나다가 이 광경을 바라본다)

　　　거렁뱅이 주제에... 자, 그 칼을 들고 어서 덤벼 봐! (옆에 있는 졸개의 칼을 뽑아 든다.)

　　　네가 허황된 말로 사람들을 가르친다면, 난 이 칼로 진실이 뭔지 너한테 가르쳐주지.... 행길아! 이 광대 놈아! 그 칼을 얼른 저 거지 새끼한테 주지 못해?

(수군대는 사람들. 이번엔 추마의 졸개가 거지에게 칼을 쥐어준다. 웃는 사람들... 추마가 날쌔게 뛰어 거지를 찌른다. 이때 어디서 나타났는지 똑같은 차림의 거지 하나가 추마의 칼을 지팡이로 받아넘긴다. 그

날렵함에 놀라는 사람들....)

추마   이건 또 웬 놈의 거지새끼야! 쌍거지야?

(행길에게서 '바보 탈'을 받아쓰는 거지... 원효다. 지팡이 같은 막대기를 사람들 가운데 악사인 듯 한, 사람에게 준다. 하이 피치로 지팡이 피리를 부는 악사, 용틀임처럼 소리가 격앙된다.

<피리 음악 'M#-5 원효의 춤'>

맨손으로 현란한 춤을 추는 원효. 추마가 다시 달려든다. 칼을 피해 춤추듯이 싸우기 시작한다. 삽시간에 긴장과 탄성이 교차한다. 추마의 칼을 요리저리 피하고 피하다가, 마침내 추마의 얼굴에 바보 탈을 씌우고, 밖으로 추마의 머리통을 쳐, 그를 비틀거리게 만든다. 혼자 장님 놀이 하듯 비틀비틀하는 추마. 곧 쓰러진다. 그 모습에 웃는 사람들. 추마의 졸개가 허둥지둥 추마를 일으키자, 창피한 듯 도망쳐 나가는 추마. 배꼽 잡는 사람들.... 원효 그의 동작은 결코 무예처럼 보이는 것이 아니라, 매우 세련되고 특별한 하나의 무용 같다. 원효가 요석 앞에서 춤 동작을 마무리한다. 동시에 멎는 피리 소리.)

무리   요석 공주님이다.

(흠칫 놀라는 원효와 행길.)

원효   (뭔가 알아차렸다는 듯) 행길아, 길을 안내해라!

행길   네. (무리를 헤치며) 갑시다. 갑시다....
            (빠져나간다. 거지를 비롯하여 사람들이 원효를 따라 나간다.
            요석이 하녀에게 묻는다)

요석   저분이 누구냐?

하녀   복성 거사라고 거지 스님입니다.

요석   거지 스님?

하녀   네.

요석	어디 사는지 아느냐?

요석　어디 사는지 아느냐?

하녀　거지가 무슨 집이 있겠습니까?

요석　말조심…. 우리 모두 빈손으로 이 세상에 태어났거늘.

　　　　(사이)

　　　　같이 가 보자.

(원효가 나간 쪽으로 퇴장한다. 무대는 왁자지껄 저잣거리. 원효 일행이 나타난다. 사람들이 원효를 보자 모여들기 시작한다)

사람1　거지 스님이다!

사람2　거지 스님이 뭐야.

사람3, 4　복성거사!

(M-#5의 피리소리가 이번엔 풀 오케스트라의 연주로 확대된다. 원효와 거지가 수레 위에서 내려와 역동적인 춤으로 사람들을 유도한다. 모두들 이제껏 보지 못한 군무 춤으로 무대를 채운다. 수레를 끌던 당나귀까지 덩실덩실 춤을 춘다. 이때 다시 요석이 등장해, 이 모습을 먼발치에서 보고 있다. 춤추는 무리가 점차 격해지면서 요석 앞에서 다시 멎는다.)

거지　(요석의 걸음걸이를 코믹하게 흉내 내며, 아이들이 부르는 동요를 흥얼댄다.)

'M-#6 동요, 요석공주'

　　　　요석공주는 밤잠을 못 잔답니다

　　　　　　요석공주는 밤잠을 왜 못 자는 걸까요

　　　　　　밤마다 꿈마다 도끼 찍는 소리

　　　　　　　요석 공주는 밤잠을 못 잔답니다.

시녀　(앞으로 썩 나서며) 무엄하다. 감히 거지 주제에….

요석　괜찮다.

원효	(공주 앞으로 나서며) 행길아! 공주님을 요석궁이 아니라 원효 별궁으로 모셔라!
행길	네! 갑니다...!

(순식간에 행길과 거지가 요석을 번쩍 들어 어깨에 둘러메고 달아난다. 사람들이 동요를 함께 부르며 그 뒤를 쫓는다. 원효가 수레에 올라탄다. 당나귀가 원효와 같이 노랠 부르며 천천히 퇴장한다. 어쩔 줄 몰라 하는 요석공주의 하녀, M#-6 노래.)

원효/당나귀	요석공주는 밤잠을 못 잔답니다
	요석공주는 밤잠을 왜 못 자는 걸까요
	밤마다 꿈마다 도끼 찍는 소리
	요석공주는 밤잠을 못 잔답니다.
원효	새로운 역사를 쓴다. 가자. 원효 별궁으로...이랴!

(퇴장. 하녀가 수레를 따라가려는데, 추마의 졸개와 부딪쳐 넘어지는 하녀.)

졸개	뭘 하고 있어? 어서 공주님을 구하지 않구?
시녀	어떻게요?
졸개	어떻게? 거지 소굴로 들어가야지.
시녀	(울면서) 어떡해? 우리 공주님 살려주세요.
졸개	어떡해? 떡 하나 주면 살려줄까? 거지 소굴로 들어가면 끝장이지...!
시녀	정말요?
졸개	정말? 거짓말? 정말? 못 믿어?

(이때 나타나는 추마)

추마	그놈을 임금님께 고해바치는 거야!
졸개	그렇지...! 어때? 예쁜 아가씨!
추마	거짓 소문 퍼뜨리고, 이상한 노래 만들어 부르고...
졸개	요상한 춤으로 사람을 취하게 만들고...

추마	그래서 고구려, 백제 사람들이 우릴 거지 취급한다고.
졸개	사람들 현혹시키구 미친 짓을 하고 있다구...!
시녀	그럼, 가요. 얼른 가서 그대로 말씀해 주세요.
졸개	물론이지. 본 대로, 들은 대로....
추마	뭐 하고 있어. 가...!

(바삐 나가는 졸개와 시녀. 추마가 잠시 깊은 생각에 빠져 빙긋 웃으며 퇴장한다. 무대는 원효의 남루한 거처.

'M#-7 사랑도 하나'

인트로 음악과 함께 학을 비롯한 새의 무리들과 행길, 거지 삽살개 등이 원효와 요석 두 사람의 인연을 경축하듯 수레에 임시 신방을 꾸미고 있다. 수많은 색깔로 치장되는 신방. 마치 움직이는 '하울의 성'을 방불케 한다. 수레가 움직일 때마다, 그 주변을 맴돌며 노래와 춤을 추는 새의 무리들. 이어지는 요석과 원효의 노래.)

새들	꿈속에서 만났나
거지	어디서
새들	어디서 들려오나
행길	어디서
새들	갈대숲 우거진 곳
거지	어디서
새들	산 넘고 물 건너
행길	어디서
요석	꿈속에서 만났나
원효	맘속에 새겼나
요석	두근두근 내 가슴 보고 싶었어

원효	두근두근 내 가슴
	만나고 싶었어
요석	이것이 사랑인가
원효	이것이 인연인가
요석	내 마음 나도 몰라
원효	내 마음 뜨거워지네
요석	이것이 비밀인가
원효	이것이 사랑인가
요석	사랑 노랠 불러요
원효	사랑 춤을 추어요

요석/원효 우리의 사랑.

영원한 사랑...!

(행길이 수레 위로 펄쩍 뛰어오르며)

행길 봐! 하늘이 내려 준 만남이다. 하늘과 땅의 만남.

거지 꽃과 나비의 만남.

(신방에서 사랑의 유희를 펼치는 원효와 요석. 신방 주위를 돌며 춤과 노랠 부르는 새들과 사람들의 합창. 환상적인 화음이 돋보이며 신방의 분위기를 한껏 북돋운다.

<M#-8 '새들의 합창'>)

새들 사랑은 구름 새털처럼 가볍게 올라

두웅실 떠가는 시간 속 여행

사람들 사랑은 물결 떠가는 물속에 풀잎들은 춤을 춰

부드러운 살결처럼 사랑을 속삭여

새들 사랑은 노래 쌍쌍이 날아가는 새들의 노래

달콤한 노래 귓가를 맴돌아

사람들　사랑은 약속, 해와 달 단짝 되어 살아가듯이

　　　　　가슴에 담은 둘만의 미소

모두　　사랑은 바람 미풍에 속삭이는 갈대숲처럼

　　　　　오늘도 속삭이는 사랑의 맹세 사랑해요!

(수레 위, 얇은 신방의 천이 무너져 내린다. 깔깔거리며 그 속에서 뒹구는 원효와 요석.)

행길　　(신방을 지켜보다 갑자기 무대 한쪽으로 뛰어가며)

　　　　　어? 의상 스님!

　　　　　(의상이 요석공주의 시녀와 추마, 그리고 졸개와 함께 허겁지겁 등장한다. 그의 손에 커다란 격문이 들려있다.)

　　　　　이게 무엇이냐?

(거지가 읽기 시작한다. 새들은 물론 모두 격문을 위아래로 들여다본다.)

거지　　"최근에 괴상한 노래소리가 들리고 이상한 소문이 요석 공주 주위에 나돌아 그 사실을 급히 알고자 하니...."

(행길이 걱정스럽게 의상을 바라본다)

의상　　어디 계시냐?

행길　　주무시고 계십니다.

추마　　해가 중천입니다.

시녀　　공주님은요?

행길　　(손으로 수레를 가리키며) 저기....

시녀　　망측해라!

의상　　일어나시게 해라!

(신방 쪽으로 가려고 한다. 그때 새들과 거지가 의상의 앞길을 막는다)

행길　　의상 스님! 제가 여쭙겠습니다.

　　　　　(행길이 신방으로 다가가 기침한다)

　　　　　에헴... 에헴... 에헴...!

(아무 기척이 없다. 추마가 나선다)

추마 (행길을 밀치며) 비켜! (큰 소리로) 에헴. 에헴....

(역시 기척이 없자) 보소! 이제 일어나시오. 해가....

원효 (안에서 벼락같은 소리로) 중천에 떴느냐!

구름 한 점 없는 맑은 날. 해가 안 보일 리 없지. 소경이 아닌 바에야... 행길아! 거기 웬 손님이 찾아오셨나, 여쭤라.

행길 네...? 네....

의상 스님!

원효 (한쪽 다리만 삐쭉) 누구냐?

거지 의상 스님이 오셨습니다.

원효 (이번엔 원효가 입고 있던 윗도리가 행길 앞으로 내던져진다.) 내 의상이 어때서?

행길 급한 일이라 합니다.

원효 (원효의 나머지 다리가 삐쭉) 뭐가 급해? 급하면 다치지! 급하면 체하고....

거지 맞는 말씀.

행길 궁중에서 급한 일로....

원효 궁중이라? 내가 제일 싫어하는 곳이 구중궁궐? 대체 왜?

(원효의 속옷이 밖으로 던져지며 행길의 얼굴을 덮어버린다. 넘어지는 행길. 거지가 그 옷을 집어 들고)

행길 큰일 났습니다.

(다른 옷이 또 행길의 얼굴로 던져지고 또 넘어지는 행길. 다른 새가 옷을 집어물고 거지에게 건넨다.)

원효 큰일? 허공 중천 둥근 해가 떨어지기라도 했단 말이냐?

(이번엔 신발을 던져 추마의 얼굴을 맞힌다. 마치 활터에서 검시관이 소리치듯 거지가 큰 소리로 외친다)

거지 명중이요! (추마가 얼굴을 감싸 쥐고 졸개와 함께 나간다. 이

번엔 마지못해 의상 스   님이 나선다)

의상   스님! 저 의상입니다. 잠깐 나 좀 보시죠?

원효   (얼굴만 삐쭉) 아이구, 대사님! 여긴 웬일이시오? 이 누추한 곳에....

(비로소 신방에서 주섬주섬 나온다. 탄탄한 상체의 남성다움이 멋지다. 뒤이어 따라 나오는 요석의 아름다운 자태)

이 역사적인 날...문안 인사 올립니다.

시녀   공주님! (요석에게 달려간다)

의상   (주위를 살피며) 잠시 몸을 피하셔야겠습니다.

원효   (학이 주는 옷을 입으며) 알고말고요. 내 노래, 무애가가 그리 좋더라고요?

의상   너무 좋습니다. 그러나 높으신 어른들께선....

원효   하늘보다 높은 곳이 있습니까?

(지팡이 피리를 불자 새들이 원효의 주위에 모여든다)

사랑보다 높은 건 없습니다.

(요석에게 읍하며)

뒤를 부탁합니다.

(이어 큰소리로)

행길아! 가자!

(수레에 올라 퇴장한다. 새들이 원효를 따라가고, 사람들이 흩어지고, 무대에 달랑 남은 의상과 요석. 노래가 이어진다.

: 'M#-9 사랑의 노래'

노래 후반부에 원효가 새들에 둘러싸여 수레를 타고 지나가며 3중창으로 이어진다)

요석   내 품에 안긴 사랑 부드러운 숨결

　　　　　의상　　사랑은 두 사람의 숭고한 만남

요석　　숨결 속에 피어난 꽃 한 송이

　　　　　의상　　진흙 속에 피어난 연꽃 하나

요석　　하늘을 떠받칠 기둥의 중심

　　　　　의상　　죽음이 있어 태어난다

　　　　　　　　　원효　　　그리워도 만나지 못하는 사랑

요석　　보고 싶어 알 수가 없어

　　　　　의상　　사랑이 있어 이별이 있어

　　　　　　　　　원효　　　물속에 비친 사랑의 그림자

요석　　두근두근 내 가슴 알 수가 없어

　　　　　의상　　물처럼 흐르는 우리 인생

　　　　　　　　　원효　　　잡을 수가 없어

(원효, 퇴장한다)

요석　　이것이 사랑인가 알 수가 없어

　　　　　의상　　사랑이 없으면 기쁨도 없어

요석/의상 사랑은, 사랑은 우리 이야기

　　　　　　　우리의 꿈, 우리의 사연.

2장

(하수 쪽에 설치된 원형의 스크린에 투사되는 '연꽃'. 봉우리에서부터 천천히 만개하는 영상. 춤이 끝날 때까지 영상이 이어진다. 그 밑에서 승무를 추는 원효의 모습. 강렬하게 어필된다. 음악 'M#-10 불심'이 고 즈넉이 연주되고….)

원효　　(춤을 추며 대사를 하는데, 느리게 또박또박 전달된다)
　　　　　그리워도 만나지 못하는 것이 사랑이다.
　　　　　사랑이 있어 이별이 있고, 죽음이 있어 태어나는구나.

무엇을 하다 죽는 게 값진 삶이냐.......

(사라지는 영상. 이때 갑자기 큰 굉음의 음악 'M#-11 우린 적이다' 속에 무대 하수로부터 일당의 무리들이 두 패로 나뉘어 싸움을 벌인다. 추마를 중심으로 한 패거리와 다른 패거리의 싸움이다. 마치 괴악한 투계 싸움 같은 양상이다. 음악이 B.G로 계속 깔린다. 칼을 들고 피 튀기는 싸움으로 진행되어 일촉즉발의 상황. 이때 싸움판 한가운데로 뛰어드는 원효)

원효　멈추시오!

무리1　뭐야?

무리2　누구야?

추마　거랭뱅이 거지 양반이군.
　　　(추마의 패거리들이 왁자지껄 소릴 지르고 웃는다)
　　　잠깐! (무리를 진정시키고 원효에게) 한 마디 묻겠다.
　　　거지 양반께선 어느 파신가? 계림파? 금성파? 아님....

무리3　백두파...?

원효　(무리를 향해) 쪽파든 대파든 차별은 없다.

무리4　무슨 소리야?

무리5　미친 거 아냐?

추마　쉿! 조용! ...왜 그런가?

원효　사람은 모두 평등할 뿐.

추마　거지도 우리처럼? (웃는 무리)

원효　임금도 거지도 당신들도 다 똑같은 부처님.

추마　(크게 웃어젖히며) 얘들아! 거지 지가 부처님이래...!
　　　(다시 웃어대는 무리. 이때 무대 한쪽에 등장하는 의상. 이 일촉즉발의 광경을 지켜보고 있다. 추마가 또 소리친다)
　　　거지 스님이 이젠 미친 스님이 됐다!

무리(들)　(박수까지 치며 장단에 맞춰 외친다)

미친 거지! 미친 스님! 미친놈!

(모두 미친 듯이 웃는다. 모든 수모를 참고 이겨내는 원효의 모습)

무리6   없애버려!

무리7   보아하니 백제 푸락지 백두파야!

무리8   맞아!

(무리7이 원효를 공격한다. 날렵하게 이리저리 피하기만 하는 원효. 화랑 출신답다. 동요하는 군중들과 패거리들. 그때 등장하는 요석)

원효   (계속 싸움을 피해 가며) 이건 결코 답이 아니다.

무리7   그럼 무엇이 답이야?

원효   몸에 왼쪽과 오른쪽이 있듯이, 서로 다른 생각과 의견은 있다.

무리7   그래서?

원효   인정하고 존중해야지. (무리가 웃는다. 숨을 고르는 무리7)

무리(들)   (싸움이 점점 고조된다)

미친 거지. 미친 스님. 미친놈!

(이번엔 무리7과 반대파 무리8, 두 명이 한꺼번에 무섭게 덤벼든다.)

의상   멈춰라!

(날렵하게 승복을 벗어 두 명의 칼을 제압하고 막아서는 의상. 소고를 치며 행길과   거지가 옆에서 돕는다. 좌중을 향해)

스승을 모르는 자 망하고, 스승을 모욕하는 자 다친다!

(싸움이 진정되고 음악이 멎는다. 군중들이 웅성대고....)

보라. 그리고 들어라... 스승의 깊은 뜻이 우리를 구할 것이다.

(원효에게 자리를 마련하고 읍한다.)

가르침을 경청하겠습니다.

(이어 원효는 오히려 무리에게 상석을 권해 앉게 하고 간단한 설법을 시작한다. 설법을 듣는 의상과 요석)

원효   (요석에게 다가가며 설법을 시작한다.)

달빛은 달이 아닙니다.

물속에 비친 달도 달이 아닙니다.

달은 오로지 달일 뿐.

사랑도 슬픔도 행복도 불행도 따지고 보면 모두 물속에 비친 달. 본질은 본래 하나. 그런데 여러분은 남과 내가 다르다고 생각하는 것이오. 그건 잘못된 생각입니다. 내 생각이 맞으면 남 생각도 맞습니다. 남도 옳고 나도 옳은 겁니다.

(이번엔 추마가 있는 쪽으로 걸어가며 계속 말한다. 이때 행길과 거지가 커다란 코끼리 인형을 들고 와서, 원효의 비유를 거들며 돕는다.)

보시오. 여기 코끼리가 있습니다. 그런데 지나가던 장님 다섯 명이 코끼리를 만지고 있다고 가정해 보십시오. 한 명은 다리를 또 한 명은 코를 그리고 다른 한 명은 꼬리를, 그리고 또 한 명은 배를 그리고 마지막 사람은 (추마에게 다가가) 엉덩이를 만지면서 모두 '이게 코끼리구나!' 하고 생각하고 있는 거죠. 그렇습니다! 장님들이 모두 코끼리를 만진 건 틀림없습니다. 하지만 그건 코끼리의 일부분일 뿐. 만일 장님들이 자기가 만진 코끼리를 모두 종합할 수 있다면? 그건 완전한 코끼리인 거죠.

(사람들이 웅성대며 동의하고 만족해한다. 이어 좌중을 둘러보며)

남과 소통하고 남을 이해하고 인정해줄 수 있다면, 이 세상은 더욱 아름답고 멋진 세상이 될 것입니다. 자, 망설이지 말아요. 서로 화해하고 안아주고 인사를 해요. 서로서로 안아봐요. 그리고 인사해요.

(거지를 안으며)

만나서 반가워요.

(의상과 요석을 안으며)

    사랑합니다....
(사람들을 안고 인사하던 원효. 처음엔 주춤거리던 사람들도 서서히
서로 안아 보고 껴안는다. 음악<M#-12>의 인트로가 시작된다.)
무리(들) 반가워요. 사랑합니다.
(추마가 몹시 당황해한다. 화가 나서 휑하니 나가버린다. 느린 인트로
에서 템포가 점차 빨라지며 노래로 이어진다. 빠른 템포의 노래가 매
우 논리 정연하게 들린다. 코끼리를 중심으로 화려한 안무가 펼쳐진다.

'M#-12 화쟁 연가')

원효   시냇물이 흘러 흘러 두 개가 되고
         두 개의 시냇물이 세 개가 되고
         세 개의 시냇물이 네 개가 되고
         백 개의 시냇물이 모여 하나의 강이 되지.
         하나의 강이 두 개의 강과 합쳐
         세 개의 강이 되고 네 개의 강이 되고
         백 개 천 개의 강이 흘러 바다가 되네
         열 개 백 개의 바다는 대양을 이뤄
         오대양 육대주는 하나의 대륙.
         하나의 세계. 본질은 하난데
         싸움은 그칠 날 없어 해와 달이 하나이듯이
         모두   해와 달이 하나이듯이
원효   우리의 마음도 하나
         모두   우리의 마음도 하나
원효   내가 남이고 남이 나일 뿐
         모두   내가 남이고

모두	남이 나일세
모두	나는 그대
모두	그대는 나
모두	우리는 하나
모두	우리는 우리
모두	우리 서로
모두	사랑해요....

(이젠 두 패가 아니라 서로 다정하게 무리(들) 흩어진다. 의상과 요석, 행길이 원효에게 다가온다)

3장

의상	훌륭한 설법 감사합니다. (어렵사리) 이제....
원효	떠날 시간이죠? 벌써 준비됐습니다.
행길	눈치가 하늘이십니다.
요석	먼 길 잘 다녀오세요.
원효	그다지 먼가?
행길	당나라요? 걸어서 구십구만 리, 뛰어서 구만리죠.
원효	그럼 날아가지.
의상	행길아! 앞장서라!
행길	네! (소고를 치며 앞장선다. 의상과 행길이 길을 떠난다. 가다가 돌아서는 원효)
요석	내일도 모레도 생각날 것입니다.
원효	나도 마찬가지요.
요석	그립습니다.
원효	만남이 있으면 이별이 있는 법. 하지만 사랑은 영원한 만남이요. 맘 편히 있어 줘요.

(원효가 요석의 손을 잡는다. 두 사람의 이별이 있고, 이어지는 요석의 노래.

'M-13 이별이요.'

노래가 진행되는 동안 무대엔 갖가지 사람들이 남부여대 봇짐 등짐을 매고 걷는다. 그 사이에 끼어 걷는 원효와 의상, 행길 일행의 모습)

요석   (노래) 내 마음 알 수 없어 내 마음 나도 몰라
　　　　찬바람에 떨고 섰는 한 송이 들국화처럼
　　　　내 마음 떨고 있어 그리움에 참고 있어
　　　　그리움에 울고 있어 내 마음 알 수 없어
　　　　내 마음 나도 몰라 물가에 떠내려온
　　　　한 마리 사슴처럼 내 마음 목말라
　　　　내 마음 달려가네, 그리움에 실려 가네.
　　　　내 마음 알 수 없어 내 마음 나도 몰라
　　　　이름 모를 풀잎처럼 아침 이슬 마시며
　　　　사랑 찾는 꽃사슴처럼 내 님을 기다려요
　　　　기다려요.......

4장

(무대는 해골 밭. 온통 박이 열린 것처럼 수많은 크고 작은 해골들이 장식되어 있는 무대의 한 섹션이 이채롭다. 해골들에서 섬광처럼 빛이 나고 있다. 원효 일행이 쉬고자 한다. 행길이 준 표주박 물을 다 마시고 잠시 후, 원효와 의상이 선문답을 주고받는다. 영상에 벌레가 기어간다. 화면 왼쪽 밑에서 오른쪽 위로... 선문답이 끝날 때까지 영상이 시처럼 이어진다. 전혀 듣도 보도 못한 오카리나 같은 오묘한 악기 소리

<M-14 '선문화답'>

이 이어진다.)

의상　법을 어떻게 생각하십니까?

원효　법은 법. 그 이상도 그 이하도 아닌 진흙이지.

의상　그럼 진리는 무엇입니까?

원효　진리는 밖에 있어.

의상　어디서 구할 수 있습니까?

원효　안에서 구해야지.

의상　그럼 삶의 실체는 무엇입니까?

원효　쓰레기 속에 핀 연꽃.

의상　화살보다 빠른 게 우리의 삶 아니겠습니까?

원효　순간은 영원 속에 영원은 허망한 순간 가운데 있어.

의상　얻고자 하는 게 무엇입니까?

원효　버리고 싶은 욕망.

의상　세상은 무엇입니까?

원효　우주에 떠 있는 작은 조각 배.

의상　시간은 무엇입니까?

원효　나고 죽는 것의 수레바퀴.

의상　기쁨과 슬픔은 왜 있으며 어떻게 벗어날 수 있습니까?

원효　환상일 뿐. 죽기로 맘먹는 수밖에….

의상　죽음은요?

원효　무지개가 피어 있는 108 계단.

의상　무지개?

원효　금방 사라지지.

의상　인연은 그럼 무엇입니까?

원효　엄지와 인지. 그 두 개의 아픈 손가락.

의상 그럼 사랑은 무엇입니까?

원효 사랑? 미움? 고통? 행복? 쓰디쓴 꿀단지.

  (갑자기 유난히 큰 소리로 미친 듯이 웃는다)

  하하하하.......

행길 (자다 벌떡) 그만 좀 주무세요? 내일 또 먼 길 가야 하는데....

원효 (중얼중얼) 그래. 가는 게 쉬는 거구, 자는 게 멎는 거구, 멎는 게 죽는 거지. 그런 건가? 아니면... 인생은 끝없는 진행인데 쉬고 자는 걸 포기한다? 그런 건가? 글쎄... 가다 보면 도착하는 거구, 도착하면 또 가는 거구. 그런 건가? 그래서 오늘 자야 내일 또 가는 거지? 그런 건가? 믿거나 말거나. 그런 건가? 그런 거지. 응. 그런 거야....

(그새 금방 코를 무진장 곤다. 행길도 눕는다)

의상 (옷을 벗어 원효를 덮어준다)

  가히 동양 최고의 지혜이십니다. 편히 주무십시오.

(계속 이어지는 음악 M-15. 의상은 조금 전의 선문답을 곰곰 생각하느라 잠을 이룰 수가 없다. 무대 앞쪽으로 걸어나오며 곰곰이 생각에 잠긴다. 승복을 벗어 고통의 승무를 천천히 되새기며 춘다. 이때 나타나는 환상 속의 아기 부처들과 어머니. 음악이 빨라지며 경쾌하다. 부처들이 해골을 두드리며 장단을 맞춘다. 어머니가 노래를 시작한다.

<M-15 '어머니의 노래>)

어머니 깊고 깊은 물 그 속에 숨어 있는 진주
  세상 밖에서 너의 모습 빛나리
  세상을 위해 사랑을 주고
  마음으로 위로하며 가슴 가득 사랑이 넘쳐
  세상을 향해 손을 내밀어

빛나는 너의 광채여 태양처럼 빛나리

어머니/부처들　　돌아가라 한마음으로

돌아오라 세상 곁으로

간다간다 고향 땅으로

온다온다 우리 곁으로....

(노래가 진행되는 동안, 아기 부처들이 원효 주변과 의상 주변을 두 그룹으로 나뉘어 에워싼다. 갈증에 물을 찾는 듯, 의상은 더욱 고통의 몸부림으로 춤을 추고, 아기 부처가 주는 큰 해골에 고인 물을 맛있게 마시는 원효가 대조적이다. 갑자기 멈추는 음악.)

원효　　(벌떡) 행길아!

행길　　(놀라 벌떡) 네!

원효　　(봇짐을 던져주며) 나 돌아간다!

행길/의상 네?

원효　　나 죽으러 간다. 스님 모시고 잘 다녀오너라.

행길/의상 네?

원효　　내 곁에 깨달음이 있었다. 진리가 내 안에 있어. 아까운 시간 허비할 수 없지. 하늘이 준 큰 뜻을 백성들에게 알려줘야 해! (대갈일성) 어서 가!

행길　　네, 네....

원효　　(정중히) 나중에 뵙겠습니다. 많은 가르침 주십시오.

(원효 넙죽 절을 한다. 하릴없이 돌아서는 의상과 행길. 두 사람 모두 원효의 성정을 익히 잘 아는 터다. 이어 원효의 노래가 이어진다.

'M-16 깨달음'

해골을 들고 노래한다. 잠시 후, 해골은 마치 장난감처럼 던지고 받고 차고 하며 노래한다)

원효	달콤한 물 썩고 썩은 물 둘이 하나고 하나가 둘이다.
	진리는 내 마음에 있는 것 내 마음 변치 않는데
	내가 변하고 내가 바뀌는 거야 모든 건 한 가지 한 가지뿐
	내 맘에 빛이 있고 어둠이 있어 나 돌아가리 돌아가리라
의상	나 찾으리
원효	돌아가 펼치리라
의상	나 찾아서 펼치리라
원효	모든 건 모든 건
의상	한 가지 한 가지뿐
원효	진리는 곁에 있어
의상	진리를 찾는 내 맘은 먼 곳에
원효	안에서 밖을 보고
의상	밖에서 안을 찾아
원효	물과 불이 통하고 만나듯이
의상	두 개의 꽃잎은 하나의 꽃에서 나지
원효	벗이여. 우리 만나는 날을
의상	기약하자.
원효	두 개의 별이 다시 만나
의상	빛을 발하자
원효/의상	세상에 빛을 비추자
	빛을 비추자, 빛을 만들자.

(행길이 헐레벌떡 되돌아오며)

행길	의상 스님! 어서 가요! 날이 저물어요!
의상/원효	그래. 알았다.
의상	날이 저물면
원효	다음 날,
의상/원효	날이 또 새겠지! 아니면 또 그다음 날.

(둘이 크게 웃는데, 경쾌한 음악의

<'M-17 무애가'>

가 불린다. 원효와 앙상블들이 한 편에, 의상과 행길이 다른 한 편에서 노래하며 춤을 춘다. 이 모습을 망루에서 내려다보는 어머니.)

모두　붙잡지 마. 어디라도 가게 해 서둘지 마.

　　　　급한 마음은 안 돼. 안기지 마.

　　　　울고 싶지 않아. 멈추지 마.

　　　　가던 길을 가는 거야. 미워하지 마.

　　　　사랑해도 모자라지. 욕하지 마.

　　　　마음만 상해. 밀지 마.

　　　　끌고 갈 사람이 없어. 때리지 마.

　　　　지옥이 따로 없어 부수지 마.

　　　　공든 탑도 무너지지, 싫어하지 마.

　　　　사랑해도 모자라 쫓기지 마.

　　　　언젠간 쫓아야 해. 넘치지 마.

　　　　차라리 모자란 게 좋아.

(막이 쏟아져 내리며, 영상에 자막이 한 자 한 자 빠르게 명멸해 간다.)

<중간휴식>

제2막

1장

(영상에 자막이 비춘다. "17년 후"무대는 길거리. 사람들이 무대 여기 저기에서 음악

'M-18 세상은 인연'>

에 맞춰 김홍도의 풍속화 그림처럼 놀며 춤추고 있다. 행길이 급하게 등장한다. 그의 손엔 커다란 북이 들려 있다.)

행길 여러분! 보십시오!
이 북이 둥글지요? 세상이 둥글지요?
둥글둥글 삽시다. 모나게 살면 깨집니다. 부서져요.
어제와 오늘이 달라졌다고 생각하는 건 우리 마음이지요.
세상 모든 일은 맘먹기 달렸습니다.
자, 춤을 춰요. 춤 속에 미움도 슬픔도 고통도
모두 녹일 수 있습니다.

(북을 치면서 타(打) 음악 위주로 M-18이 연주된다. 이번엔 사람들이 모두 정리된 안무 속에 춤을 춘다. 잠시 후, 온갖 악기의 연주가 합해 지며 상수 쪽에서 사람들 등에 올라탄 채 무동처럼 천진난만하게 춤을 추는 원효가 등장하고 그 좌우에 뮤지션들이 연주하며 따르고 있다. 삽시간에 무대는 화려한 음악과 생음악 연주로 김홍도의 그림보다 더욱 빛나고 풍성한 원효의 진정한 무애무가 펼쳐진다. 이때 요석이 아들 설총과 함께 나타나, 이러한 풍경을 지켜보며 M-18을 노래한다.)

요석 (노래)
저기 사랑하는 너의 아버지 세상을 돌고 돌아 다시 오셨다.

발길 닿는 곳에 어디든지 마음을 열고 노래하고
세상을 보며 춤을 춘다. 하얀 눈처럼 순수한 세상 살라고
지은 너의 이름 설총 총총 설총. 저기 사랑하는 아버지시다

설총   아버지가 왜 아버지인가

　　요석   그게 무슨 말이냐

　　　　원효   누구의 목소리인가 듣던 목소리

설총   그리고 그리던 내 아버지

　　요석   사랑하는 널 기다리신다

　　　　원효   사랑의 만남 그 속삭임

설총   아버진 우릴 버리셨어요

　　요석   아니 잠시 떠나신 거다

　　　　원효   사랑은 다시 태어나는 것

설총   아버진 없어요, 사라졌어요

　　요석   하늘을 바치는 기둥 되셨다

　　　　원효   더 큰 세상을 품었다

설총   그래도 난 인정 못 해

　　요석   아버지 뒤를 잇는 기둥 되어라

　　　　원효   큰 뜻을 품고 펼쳐라

설총   내 맘의 문은 닫혔죠

　　요석   아픈 마음 씻어버려라

　　　　원효   아들 이름 부르고 싶어

설총   지워진 인연이야 아버진 없어

　　요석   봐라, 아버지가 널 찾는다

　　　　원효   인연은 지워지지 않는 사랑의 굴레

(원효가 설총에게 다가온다. 사람들 흩어지고, 음악이 끝난다. 마주 보는 세 사람. 잠시 침묵....)

요석   아들 설총이 인사드립니다.

(설총이 요석 뒤로 몸을 숨긴다)

원효   총아. 몸을 버려라. 영혼만이 세상을 대적할 수 있다.

설총   아버지껜 단지 몸뚱아리를 받았을 뿐,
        설총은 온전히 어머님의 자식입니다.

요석   무슨 소리냐? 너의 친아버지시다.

설총   (완강하게) 제게 아버진 없습니다.

요석   애비 없는 자식은 없다.

설총   (원효 앞으로 나서며) 제가 바로 그 자식입니다.

원효   나무에도 뿌리는 있다.

설총   뿌리도 환경이 좋아야 튼튼합니다.

원효   시작과 끝이 바뀔 수 있지.

설총   끝이 보이지 않습니다.

원효   의지하지 말거라.

설총   나조차 믿을 수 없습니다.

원효   타고난 총명한 지혜를 낭비하는 것도 죄다.

설총   버려진 자식으로 태어난 게 죄 아니겠습니까!

원효   아들은 아들, 아비는 아비다.

설총   인정하지 않습니다!

요석   총아!

설총   어머니도 인정하지 않습니다! (뛰쳐나간다)

요석   총아!
        (음악.

M-19 '가족 사랑'

M-19를 원효와 요석이 노래하고, 이어 어머니, 설총이 등장해 사중창이 된다. 노래 끝 무렵에 후회하는 마음으로 등장하는 설총이다.)

원효   한 번 사랑은 천 년의 사랑

　　요석   한 번 가족은 천 년의 역사

원효   아버지가 있어 아들이 있고

　　요석   어머니가 있어 자식이 있지

원효   가족 사랑은 역사 이야기

　　요석   전설이 되어 전설을 낳지

(망루에 나타나는 어머니. 노래한다)

　　　　어머니   뿌리 깊은 나무에 열매가 열리듯

원효   품속에 품은 나의 아들

　　요석   비바람 불어도 참고 견디는

　　　　어머니   부모 사랑이 보금자리

원효   한 번 사랑 천 년의 사랑

　　요석   한 번의 가족은 천 년의 역사

　　　　어머니   전설의 뿌리는 이어져 간다

(음악이 경쾌하게 빨라지며, 설총이 등장해 4중창으로 이어진다.)

설총   기다리고 기다리던 아버지 음성

　　원효   기다리고 기다리던 아들의 모습

　　　　요석   기다림 속에 찾아낸 진실

　　　　어머니 기다림은 사랑의 결실

설총   분노는 용서가 되고

　　원효   용서는 화해가 된다

　　　　요석   분노는 새로운 시작

　　　　어머니 끝이 있어 시작이 있다

설총   (원효를 바라보다 무릎을 꿇는다) 아버지....

　　원효   총아....

(원효가 설총을 일으키고 바라본다. 그 모습을 보고 흐뭇한 표정으로 천천히 퇴장하는 요석과 어머니)

원효/설총 끝이 있어 다시 시작이 있네.
(노래가 끝난다)

2장

(수레를 끌고 들어오는 행길. 올라타는 원효와 설총. 수레 밑에 반쯤 눕는 행길. 둥그런 보름달과 무수히 반짝이는 별들이 무대를 수놓는다)

원효　총아! 오늘 처음으로 널 만난 날, 하늘에 별이 저렇게 총총하구나.

설총　달도 휘영청 밝아요.

원효　재밌는 얘기 하나 해 줄까?

설총　뭔데요?

원효　네 어머니에 관한 얘기. 요석 공주....
　　　　(행길이 피리를 불고 있다.)

설총　(솔깃해서) 들려주세요.

(원효가 얘기할 때 무대 한쪽에 요석과 인형으로 만든 새가 나타나, 이야기 내용을 재현한다.)

원효　어느 날, 요석궁에 예쁜 새 한 마리가 찾아온 거야. 한 번도 보지 못한 노란 새였어. 새타니.

설총　새타니요?

원효　응. 하늘에만 사는 새지.

설총　그래서요?

원효　그 새가 말했단다.

새타니　인형　'공주님! 며칠 후에 어떤 사람이 물에 빠진 옷을 가져올 거예요. 거절하지 마세요!'

설총　그래서요?

원효　정말 며칠 후에 어떤 물에 빠진 사람이 네 어머니를 찾아온 거야.

설총   알아요. 아버지?

원효   누가 얘기해 주던?

설총   어머니가요.

원효   그랬구나. 사실은 그 노란 새타니가 나한테 와서 먼저 얘기해 준 거란다.

설총   정말요?

원효   그럼! 새가 시킨 대로 했지. 하늘이 맺어준 인연이야. 그리고 널 낳았다. 저 별처럼 총명한 지혜를 가진, 이 나라를 받쳐줄 기둥을 얻은 거지.
(행길의 피리 소리도 그친다)
네가 이 세상에 우연히 태어난 게 아닌 것처럼, 우주 만물은 다 타고난 이유와 가치가 있는 거야. 나뭇잎 하나, 들에 핀 꽃 하나하나에도 생겨난 이유와 가치가 있는 거야.
(노래한다.

'M-20 총아 설총아')

원효   별 총총 눈 총총 설총 내 아들아,
너의 빛나는 눈처럼 세상을 밝혀라.
별 총총 눈 총총 설총 내 아들아,
빛나는 보석처럼 귀한 일꾼 되어라.
별 총총 눈 총총 설총 내 아들아,
세상을 받치는 기둥 되어라.

    설총   아버지 말씀 새겨듣겠어요.

원효   총명한 머리로 남을 위해 일해라.

    설총   나라를 위해 한평생 바치겠습니다.

원효	총명한 생각으로 불의를 위해 싸워라.
	설총 　세상을 위해 정의를 세우겠어요.
원효	총명한 판단으로 사람들 편에 서라.
	설총 　약자 편에 서서 승리의 노랠 부르겠어요.
원효	별 총총 눈 총총 설총 내 아들아….
	(노래가 끝난다)
원효	저 고구려, 백제, 그리고 우리 신라를 하나로, 통일을 이루도록 노력해야 한다. 그래야 당나라, 일본을 이길 수 있어.
설총	네. 아버지! 명심하고 노력하겠습니다.

3장

(그때 갑자기 밖에서부터 시끄러운 소리가 들리며, 사람들이 대꼬챙이에 피가 뚝뚝 떨어지는, 이미 참수한 머리 하나를 들고, 몇 사람은 대나무에 묶인 고구려 사람을 데리고 나온다. 1막에서 원효처럼 머리를 기르고 거지 행세를 하던 그 인물이다. 사람들에 의해 바닥에 내동댕이쳐진다)

사람1　죽여!

사람2　쳐 죽여!

사람3　없애버려!

사람4　여기가 어디라구 기어들어 와!

(이때 추마가 들어온다. 그의 손엔 방금 참수한, 피가 뚝뚝 떨어지는 머리 하나가 들려져 있다. 참수한 머리를 거지 앞에 내던진다)

사람5　추마 어른. 첩자들이 분명하죠?

사람6　맞아. 고구려 첩자 놈들이야.

사람7　고구려 사투릴 쓰잖아.

사람8　당장 죽여!

사람9   (칼을 빼 들고 썩 나서며) 첩자건 아니건... 고구려 놈들 다
        죽여야 해!

추마   잠깐.
        (땅에 엎드려 있는 고구려 사람에게 다가가 얼굴을 쳐들며)
        니가 거지 행색을 하면서 우리 신라 땅에서 첩자 노릇을 해?
        네 놈들 때문에 우리가 당나라에 시달리는 거야. 알겠어?

거지   살려주십시오! 전 아닙니다. 고구려 땅에서 못 살겠다 싶어
        신라로 도망 온 거예요. 살려주세요....

사람10 삼국통일을 방해하는 고구려 놈들, 죽여!

모두   죽여!

(사람9가 칼에 물을 흩뿌리고 목을 치려고 높이 쳐드는 순간, 설총이
뛰어들어 몸으로 막는다.)

설총   잠깐! 잠깐만요....

사람10 이거 누구야?

사람11 또 다른 거지 아들 설총 아냐?

추마   또 다른 거지? 그 아들?

사람12 원효 아들요!

추마   (설총에게) 그래?

설총   (당당하게) 그렇습니다.

사람9   저리 비켜!
        (칼을 휘두른다. 잽싸게 피하는 설총)
        비키지 못 해?

추마   잠깐! 네 아버진 어디 계시냐? 당나라에 가셨다던데?

원효   (썩 나서며) 내 땅과 사람들을 버릴 수 없어 돌아왔지. 추마,
        그간 잘 있으셨냐? (순간 당황하는 추마)

설총   제 말 좀 들어주십시오.
        (고구려 사람을 일으키며)

이분은 아무 잘못도 없습니다. 잘못은 우리 모두의 생각입니다. 고구려건 백제건 모두 우리의 땅입니다. 그곳에 사는 사람들 모두 같은 핏줄이고 형제들입니다. 그 옛날 단군왕검께서 나라를 세우실 때, 이 땅에 홍익인간이란 걸 제일로 삼았습니다. 그것이 무슨 뜻입니까? 사람과 사람들이 서로 널리 이롭게 하라는 뜻으로, 서로 해치지 않고 화해하고 이해하며 잘 살라는 뜻 아니겠습니까?

(동요하는 사람들)

원효　맞는 말이오. 설총이 내 아들이라서 하는 말이 아니라, 우리 나라가 이 세상에 굳건히 서려면 통일이 우선입니다. 나라가 셋으로 갈라져 싸우는데, 어찌 발전이 있겠습니까? 이 좁은 땅에 말도 다르고, 옷도 다르고, 생각도 달라서야 되겠습니까?

(더 크게 동요하는 사람들의 모습)

여기 고구려에서 오신 이분도 결국 같은 민족입니다. 우린 같은 한민족이란 말입니다. 여러분...! 이제 우리 모두 힘을 합쳐 통일된 조국을 이 땅에 다시 세웁시다!

늙은이　맞는 말입니다. 풀어줍시다.

아줌마　그래요. 풀어줘요. (수군대는 사람들)

모두　풀어줍시다.

(거지의 포승을 풀어준다. 추마가 슬그머니 빠져나간다. 노래가 이어진다.

'M-21 한나라 한민족')

원효　하나의 나무에서 천 개의 열매가 맺히듯

　　　설총　　우린 한 나라 한 민족 하나의 백성

원효　우리 맘속에 차별을 없애

설총　　우리 맘속에 미움도 없애

모두　모두가 하나, 하나가 되세

그곳에 조화가 있고 사랑이 있지

그곳에 화해가 있고 사랑이 있지

(노래 중간 무렵, 요석에 의해 의상이 중국 당나라 스님과 함께 나와 흐뭇하게 이 광경을 보고 있다)

시냇물이 모여 강물이 되고 바다가 되듯이

우린 한 나라 한 민족 하나의 백성

우리 맘속에 차별을 없애 우리 맘속에 미움도 없애

그곳에 조화가 있고 사랑이 있지.

그곳에 화해가 있고 사랑이 있지

4장

(노래가 끝날 무렵, 원효가 의상을 발견하고 달려온다. 거지와 함께 흩어지는 사람들)

원효　의상 스님!

의상　원효! (둘이 와락 끌어안고, 그 간의 회포를 푼다.)

원효　오셨다는 소식은 들었습니다. 큰 공부하시고 잘 다녀오셨는지요? 대사님! (합장한다)

의상　(몹시 무안해하며) 과찬의 말씀이십니다. 오히려 중국에서 스님의 자자한 명성을 여러 번 들었습니다.

원효　제 명성이요?

요석　대사님 말씀이 사실이랍니다.

원효　그럴 리가...?

(그제야 설총을 소개한다)

스님! 내 기둥입니다,

의상	(눈을 크게 뜨고 감격해하며) 오, 세상의 기둥...! 이렇게 멋진 청년이 됐을 줄이야! 푸리가 푸리를 낳았군!
설총	네? 무슨 말이에요?
원효	과분하신 말씀....
	(설총에게)
	푸리는 산스크리트 인도 말이다. '세상을 다스리는 사람'이란 뜻이지. 대사께서 널 칭송하는 과찬의 말씀이시다.
설총	(큰절을 올리며) 아버지 어머니를 통해 대사님 말씀 많이 들어 한시라도 빨리 뵙고 싶었습니다.
의상	(요석을 보고) 큰일 하셨습니다.
	(이어 요석 옆에 있는 당나라 중국 스님을 소개한다)
	원효 대사!
원효	(대사란 호칭에 어쩔 줄 몰라 하며 받아친다)
	허어, 의상 대사님께서 어이 이런 당치 않은 말씀을.... 하늘이 노하시겠습니다.
의상	아닙니다. 오히려 대사님께 축복의 자비를 내리시죠. 여기 계신 분은 중국 당나라의 징관 스님이십니다.

(징관 스님이 예를 올리자 같이 예를 다하며)

원효	징관 스님! 이렇게 뵈니 무진 영광입니다.
징관	(중국말로) '원효 대사님의 명성은 저희 중국 땅에도 자자합니다.'
의상	대사님의 명성이 중국 땅에도 자자하단 말씀이십니다.
원효	(넙죽 엎드리며) 아이구, 그저 죽을 죄를 지었습니다.
징관	(깜짝 놀라 원효를 일으키며 그 자신이 넙죽 큰절을 올린다. 그리고 서툰 우리말로)
	'제발 미천하고 미흡하지만, 제자로 받아주십시오.'
원효	(같이 엎드려 절하며) 별말씀 다 하십니다. 저도 한 수 배우

겠습니다.

(중국말로) '한 수...!'

의상　(껄껄 웃으며) 그러고 보니 두 분이 짜고 하는 선문답 같습니다.

원효　그런가요? 전생에 짜고 나눴죠!

(모두 한바탕 호탕하게 웃는다. 그때 멀리서 헐레벌떡 뛰어 들어오는 행길)

행길　스님...! 크~큰일 났습니다. 궁중 사람들이 스님을 뵙고자 몰려오고 있습니다.

의상　궁중에 전염병이 돌아 많은 사람이 죽어가고 있습니다. 같이 들어가시죠.

원효　내가 뭘 할 수 있겠습니까! 대사께서 들어가셔야죠.

의상　아닙니다. 이제야 금강삼매경을 푸셔야 할 때입니다.

원효　아직 해석도 하지 못하고 있는 걸요?

의상　겸손의 말씀이십니다. 모든 건 때가 있는 법입니다.

(원효가 머뭇거린다. 요석이 나서며)

요석　제 생각도 함께 들어가시면 좋을 듯합니다.

설총　그렇게 하시죠. 아버지!

원효　그래?

(잠시 생각하다)

그러시죠. (버럭) 가자! 행길아....

(먼저 휘적휘적 가는 원효. 인트로 음악.

'M-22 금강 삼매경'

원효 일행 반대편 궁성 앞에 아픈 궁중 사람들이 모여든다. 신음하고 있는 사람들에게 가는 의상과 원효 일행)

궁중 사람들　살려주십시오.

의상 여러분. 잠시 진정하십시오. 마음이 병을 낫게 한다고 했습니다. 더욱이 원효 대사께서 함께 오셨으니, 여러분을 극락정토로 모실 것입니다.

궁중 사람들   원효 대사님!

원효 행길아! 책!
(행길이 책을 원효에게 건넨다. '금강삼매경'이다.)
모든 고통은 마음에서부터 시작됩니다.
모든 질병도 마음에서부터 시작됩니다.
모든 굴레와 속박으로부터
마음을 내려놓으셔야 합니다.
세상 모든 일은 마음먹기에 달려있습니다.
사실 마음도 본래는 없는 것이죠.
집착 때문에 문제가 생기는 것입니다.
여러분...!
(음악이 경쾌하게 어필한다.

'M-22 금강삼매경'

노래로 이어진다. 노래가 진행되는 동안 의상과 설총, 요석이 사람들을 분주히 치료하고 있다.)
죽고 사는 것도 한 가지 슬픔도 기쁨도 한 가지
마음의 고통도 한 가지 굴레와 속박도 한 가지

모두 모든 것은 하나의 마음, 모든 것은 한 가지 마음
모든 생각 마음에서 일어나고 모든 걱정 마음에서 일어나니

원효 모든 걸 내려놔

모두   모든 걸 버려라

원효 모든 걸 잊어라

모두	모든 걸 태워라
원효	모든 걸 벗어라
모두	모든 걸 던져라
원효	모든 걸 내려놔
모두	모든 걸 버려라
원효	모든 걸 벗어라
모두	모든 걸 던져라
원효	모든 걸 잊어라
모두	모든 걸 태워라. 태워라….

(아픈 사람들이 힘을 얻어 일어나고, 서로 포옹하며 질병에 대한 두려움에서 벗어난다. 병이 나은 사람들이 원효와 의상, 설총, 요석에게 감사의 예를 다한다)

의상　여러분. 여러분이 해냈습니다. 여러분의 믿음이 해낸 것입니다. 믿음이 깊으면 불가능은 없습니다. 원효 대사님의 말씀처럼, '마음을 다스리면 큰 것을 얻을 수 있습니다!'

모두　나무아미타불

　　　　나무아미타불

　　　　나무아미타불….

5장

(이어 영상이 비친다.

'마음'

사람들이 퇴장하고…음악이 스스럼없이 바뀐다.

<M-23 '무애무가'>

무애무 음악과 함께 설총이 학 한 마리와 무대 한 편에서 열심히 무애무를 추고 있다. 불교의 범패 같은 숭엄함이 깔려있으면서 빠르고 힘 있는 음악이고 춤이다. 설총 앞에서 추는 학이 춤을 리드한다. 원효가 무대 한 편에서 바라보다가 합세하자, 여기저기 여러 마리의 학들이 무애무에 동참해 군무의 장관을 이룬다.... 요석과 의상이 진기하면서 장엄한 광경을 바라본다. 이윽고 감동을 받은 요석의 노래가 더욱 무애무를 채색하여 화려함의 극치를 보인다.)

요석　(무애무가 노래)
　　　　기다린 보람이 있었네 기다린 사랑이 있었네
　　　　비바람에 흩어진 꽃잎 죽지 않고 다시 피어
　　　　삶과 죽음을 넘어섰네 이제 거리낌 없어라
　　　　이제 두려움 없어라 천둥 치고 비바람 불어도
　　　　가는 길 돌아서지 않으리 오던 길 돌아보지 않으리
　　　　옷깃만 스쳐도 인연이라 우리의 사랑 영원히 남으리
　　　　우리의 인연 영원히 기억되리.

(의상이 노랠 이어받는다)

의상　길은 하나 길은 영원하다 내 길은 험난한 외길인데
　　　　그대는 어떤 길인가 거리낌 없는 자유의 길
　　　　나는 왜 갖지 못하나 거리낌 없는 인생의 길
　　　　함께 갖고 싶어 함께 나누고 싶어

원효　(의상과 요석에게 소리친다)
　　　　이리 와요. 함께 춤시다. 이게 무애무요.
　　　　삶과 죽음을 넘어서는 최상의 춤.

설총　어머니! 의상 대사님!

(빙그레 웃는 의상과 요석이 서로 쳐다보다가, 학들 사이로 끼어들어 같이 춤을 춘다. 공간을 옮겨가며, 춤은 정확히 사방무의 춤으로 화하며 절정을 이룬다. 조명이 페이드 아웃 되며, 무대 맨 앞쪽으로 빛

이 들어온다)

6장

(행길이 책을 들고 당나귀 수레를 타고 무대 앞쪽으로 등장한다. 삽살개 한 마리가 그 옆을 따르고 있다. 행길이 수레를 세우고, 당나귀와 삽살개에게 말을 한다.)

행길 넌 모르지? 봐! 이게 설총 도련님께서 만드신 이두란 글자다. 어렵고 잘 모르는 중국 한자 대신 우리가 쉽게 한자를 읽을 수 있고 쓸 수 있게 만든 글자야. 대단한 분 아니냐? 그러고 보면 난 복도 많지 뭐냐? 길거리에서 원효 복성 거사를 만나고 덕분에 요석 공주님도 만나고 의상 대사님도 만나고 이젠 글까지 배우고....

(한 아이가 무대를 가로지르며 이두(吏讀)의 글자가 적힌 전단지를 뿌리며 지나간다. 삽살개가 종이 몇 장을 집어 온다. 이윽고 무대 천정 위에서 이두의 글자가 새겨진 두루마리 종이가 또한 행길의 머리 위로 쏟아져 내린다.)

이두의 글자로는 뭐든지 쓸 수 있단다.

(당나귀에게)

어디 한 번 울어봐!

당나귀 (운다) 이~히잉!

행길 좋아.

(수레 위에다 글자를 쓴다. 당나귀가 들여다본다. 자기가 쓴 글자를 읽는다)

이~히잉! 어때?

(당나귀가 맞는다는 듯이 고개를 끄덕끄덕한다. 삽살개에게)

넌?

삽살개	워 워 워....
행길	(글을 쓴다)
	워, 워, 워...어때?
	(삽살개가 꼬리를 치며 끄덕인다.)
	(당나귀에게) 이번엔 웃어봐!
당나귀	(웃는다) 이~히잉!
행길	뭐야? 넌 우는 것과 웃는 게 똑같애?
당나귀	이~히잉!
행길	얼씨구! 대답두 똑같애?
당나귀	이~히잉!
행길	좋아! 웃는 이~히잉....
	(글자를 쓰고) 우는 이~히잉! (또 쓴다)
	대답두 이~히잉!
	(또 쓴다. 이번엔 삽살개에게)
	이번엔 너...웃어 봐!
삽살개	워, 워, 워....
행길	(삽살개에게) 너두 울고 웃는 게 똑같냐?
삽살개	워, 워, 워....
행길	아하, 대답두 워, 워, 워라...좋아!
	(또 쓴다) 워, 워, 워....

(당나귀와 삽살개에게 글을 보여주며)

어때? 기막힌 글자 아니니?

당나귀	이~히잉!
삽살개	워, 어, 워....
행길	아무리 생각해두 우리 설총 도련님은 하늘이 내신 분이셔.
	춤도 잘 추고 노래도 잘하구 글자두 잘 쓰구... 봐! 사람들이
	모두 책을 읽고 다니잖아.

(사람들이 지나가며 책을 읽고 있다. 행길이 노래한다. 빠른 템포의 노래다.

<'M-24 이두 문자'>

차츰 모든 사람의 합창으로 불린다.)

행길 총명한 글자가 생겼다 이두 이도 이토 이두
우리가 쉽게 읽고 쉽게 쓸 수 있는 글자
이두 이도 이토 이두

모두 모든 소리두 쓸 수가 있어.
새소리 바람소리 신음소리두
갖가지 모양두 쓸 수가 있어.
세모 네모 마름모 둥그런 모양두
그뿐이 아냐 뭐든지 쓸 수 있어.
중국말 일본말 몽골 말까지
그리고 없었던 글자두 쓸 수가 있어.
망태기 말뚝이 쇠뚝이 고주망태기.
이두 이도 이토 이두는 설총이 만든 총명한 글자
이두 이도 이토 이두는 설총이 만든 총명한 글자....

(사람들이 수레를 탄 행길을 신나게 끌고 나간다. 그때 등장한 설총이 무대 위에서 내려져 있는 두루마리를 찢어서 읽는다. 원효와 요석이 같이 등장한다.)

7장

(설총에게 다가오는 원효와 요석)

원효 총아! 마침내 네가 우리 민족의 기틀을 이루었구나.

말이 있어도 글이 없으면 어찌 배달의 민족이라 하겠느냐?

요석 아버님 말씀이 맞다. 더욱이 말과 글이 하나 같이 되었으니, 누구나 쉽게 글을 쓸 수 있게 됐어. 네 공이 크다.

의상 (들어오며) 그래서 하늘을 떠받치는 기둥이라 하지 않았습니까! 튼튼한 기둥으로 키워주신 부모님의 공이 크십니다.

원효 천만에요. 모두가 이 어머니의 지극한 사랑이고 힘입니다.

요석 오랜만에 칭찬을 들으니 몸 둘 바를 모르겠습니다.

설총 아직 보충하고 연구해야 할 것들이 많습니다. 많이 가르쳐 주십시오.

의상 중국 땅에 가서야 느낀 거지만, 정말 우리말처럼 아름다운 말이 이 세상에 없다고 생각합니다.

원효 그렇죠! 말은 곧 우리의 얼굴이고 소리니까요. 아름다운 우리 땅에 아름다운 우리의 말이 당연하지요.

(이때 행길과 징관 스님이 스님 세 명을 안내하며 등장한다. 그 뒤에 사람들이 몰려든다)

행길 여기 계셨군요. 손님이 오셨습니다.

(징관 스님이 일행들을 안내한다.)

징관 (읍하며...뒤따라온 외국 스님들을 일일이 소개한다. 전보다 훨씬 우리말을 잘한다)

요동 땅 법장 스님과 멀리 안남 땅에서 오신 투이빈 스님, 그리고 이쪽은 이웃 일본에서 오신 나카무라 스님이십니다. 두 대사님의 명성을 듣고 모두 제자로 삼아달라고 이렇게 찾아오셨습니다.

의상 (상대방 스님들을 반갑게 맞으며 합장한다) 반갑습니다.

법장/투이빈/나카무라 고맙습니다.

원효 (역시 반갑게 맞으며) 어서 오십시오.

법장/투이빈/나카무라 나무아미타불.

(그때 또 스님 두 명이 나타난다. 추마와 고구려인 거지가 스님이 되어 나타난 것이다)

추마/거지 스님! 소승 인사 올립니다.

원효 이게 누구야?

의상 추마와 고구려인 역시 스님의 제자 되기를 청하였습니다.
(추마와 고구려인이 땅에 엎드려 원효에게 큰절을 올린다. 원효, 황급히 일으켜 포옹한다)

원효 두 분 큰일 하였소.
(둘러보며)
제자가 아니라 우리 모두 한 길을 가는 형제들입니다.
(모두 화기애애하게 웃는다)

의상 그러고 보면 이 모두가 동방의 해동 법사라 불리는 우리 원효 대사님의 탁월한 업적이십니다.

원효 천만의 말씀입니다. 그 어려운 화엄종의 대가이신 의상 대사님의 업적이시죠.

의상 아닙니다.

원효 제가 아니죠.

의상 아니라니까요.

원효 글쎄, 아닙니다....

의상 절대 아닙니다.

원효 전 어떻구요?

의상 어허....

원효 아하....

의상 글쎄....

원효 아이 참....

(외국 스님들의 어리둥절한 표정)

요석 (이 이상한 분위기를 알아차리고 웃으며 끼어든다)

	감히 말씀드리지만, 형제 같은 두 분의 우정과 사랑이 해와
	달처럼 우리나라를 일으키신 겁니다.
설총	그럼요. 근데. 저...대사님과 여기 계신 스님들을 제가 그냥
	삼촌이라 불러도 되겠습니까?
원효	허허, 총이가 한 수 더 뜨는구나!
의상	물론이지. 넌 내 조카이자 나라가 총애하는 훌륭한 학자님
	이 아니시냐!
	(다른 스님들을 돌아보며)
	스님들께서도 들어주실걸?
스님들	나무아미타불.
(모두 호탕하게 웃는다)
설총	칭찬의 말씀, 기꺼이 받아들이겠습니다.
요석	(나무라듯) 총아!
원효	보자 보자 하니까 네가 부처님 꼭대기를 넘봐!
(모두 함께 한바탕 다시 웃는다)
원효	자, 이렇게 머나먼 데서까지 귀한 손님도 오셨으니, 어디....
	(주위 사람들까지 휘휘 둘러보며)
	여러분! 우리 무애 춤이나 한번 보여 드립시다.
의상	좋은 생각이십니다.
설총	아버지! 삼촌들! 제가 앞장서겠습니다. 행길아!
행길	예, 도련님!
설총	풍악을 울려라!
행길	풍악을 울리랍신다!
(무애가의 음악

<M-25 무애무가 Reprise>

음악이 우렁차게 울려 퍼지는 가운데, 어머니도 합세하며, 모두 춤과
노래를 부른다)

모두   이제 거리낌 없어라 이제 두려움 없어라

        천둥이 치고 비바람 불어도 가는 길 돌아서지 않으리

        오던 길 돌아보지 않으리 옷깃만 스쳐도 인연이라

        우리 사랑 영원히 남으리 우리의 사랑 영원히 기억되리.

(천천히 내리는 막. 마지막으로 비치는 영상.

' 心 '

2020. 11. 17

여우 사냥 〈The Last Korean Empress〉

명성황후 弑害事件 바로 찾기 역사 뮤지컬 공연

작의

1895년 10월 8일 일본인들에 의한 조선의 국모 명성황후를 살해한 소위 <여우 사냥>은 아직도 의문의 사건으로 남아있다. 명성황후 살해 사건은 단순한 한 왕조의 국모(國母) 살해를 넘어, 격변의 소용돌이 속에 처했던 조선 말기의 여러 역사적(歷史的) 진실(眞實)을 일깨워 주고 있다.
오늘을 살아가는 우리 청소년들이 역사적 진실을 알아야 할 필요성을 충족시킬 뿐 아니라, 이를 천명(闡明)하기 위한 하나의 교육적 방법으로 뮤지컬을 제작하고자 한다. 이 작품은 여러 역사적 문헌 기록을 배경으로 만들어진 '역사 뮤지컬 퍼포먼스'다.

등장인물

명성황후
한조국(신문사 기자/30대 초반)
아끼꼬(명성황후 살해자 나카무라 다테오 아들의 부인/87세)
고종
대원군(국태공)
민치록(명성황후 아버지)
앙상블(대신들/미우라 공사/러시아 베베르 공사/일인 자객들/ 궁녀들 등 모든 역할을 담당하는 멀티 캐릭터들)

뮤지컬 넘버
M#1(오프닝)   '역사를 찾아서'한조국 솔로/전 출연진 합창곡

M#2　'왈츠 무곡'연주곡

M#3/#4　'장구벌레 때때'명성황후/아버지의 듀엣

M#5　'난 도대체'대원군 솔로

M#6　'조국을 위하여'명성황후/한조국의 듀엣

M#7　'피의 역사 현장에서'BG 연주곡

M#8　'여우 사냥꾼'아끼꼬/한조국 솔로/일본 자객들의 합창

M#9　'소문이라네'궁녀들 합창

M#10　'음모'일본 샤쿠아치 연주곡

M#11　'바람 앞의 등불'연주곡/히데오, 한조국 듀엣

M#12　'명성황후 소원풀이'명성황후 솔로곡/3중창(Reprise)

M#13　'진격의 북소리'연주곡/대원군 솔로

M#14　'궁중 연회 음악'연주곡

M#15　'러시아 무곡'연주곡

M#16　'여우사냥'일본 샤쿠아치 연주곡

M#17　'조국 애상곡'명성황후 솔로/아끼꼬/삼중창/합창

M#18　'조국 애상곡'Reprise 합창곡/아끼꼬/한조국

M#19(에필로그)　'조국 애상곡'연주곡

무대

무대는 매우 기능성 있게, 장면마다 대도구의 사용 등으로 간략하게 사용됐으면 함. 특히 현재와 과거의 시간적 경계는 연극적 특성을 최대한 살려 부담 없이 경쾌하게 처리되었으면 함.

때

현재, 과거 을미사변(乙未事變) 즈음의 시간이 동시에 무대로 이뤄진다.

<1장>

(오프닝 음악#1: 역사를 찾아서/연주곡)

음악 연주를 신호로 막이 오른다. 일본의 한 양로원. 이른 아침.... 기
모노 차림의 일본 노파 아끼꼬가 양로원 뜰, 나무 밑에서 빗질하고 있
다. 작지만 다부진 노파. 간호사 두 명이 아끼꼬에게 인사를 건네며 지
나간다. 잠시 후...한 조국이 배낭을 멘 채, 아끼꼬에게 다가온다. 두 사
람의 대화는 간간이 쉬운 일본말이 섞여도 좋겠다)

한조국 안녕하세요? 실례합니다....

아끼꼬 .... (한조국을 바라본다)

한조국 어제 전화했던 한국에서 온 기자 한조국입니다.

아끼꼬 하이...일찍 오셨네요? 저쪽으로 가시죠.

(벤치를 가리킨다. 인사하고 따라가는 한조국)

어제 잠깐 얘기했지만, 시아버지께선 평소에 조선에서 있었
던 일을 절대 얘기하지 않았습니다.

한조국 후쿠오카에 있는 구시다 신사에 들러서 아베라는 분한테 얘
기를 들었습니다. 조선 왕비 살해 사건인 '여우 사냥'은 나카
무라 다테오가 정확히 알고 있을 거라구요.

아끼꼬 글쎄, 한 번도 조선에서 있었던 일을 얘기 한 적이 없어요....
돌아가시기 얼마 전 가끔 하늘을 올려다보며 뭔가 골똘히
생각에 잠기시곤 했죠. 그리고 뭔가 적곤 하셨는데, 그것도
저흰 한 번도 본 적 없고, 또 물어본 적도 없습니다.

한조국 혹시 남편 되시는 분에게 얘기한 적이 있을까요?

아끼꼬 모르죠.... 사실 남편을 별로 좋아하지 않았거든요.

한조국 왜 그렇습니까?

아끼꼬 남편은 일본의 대동아전쟁을 반대했으니까요. 반전 운동가

였어요.

(그때 간호사가 다가와 아끼꼬에게 뭔가 귓속말을 전한다)

잠깐 실례합니다.

(안으로 들어간다)

(한조국이 무대 앞으로 나와 해설자로서 관객에게 얘기한다)

한조국 전 서울에 있는 작은 잡지사 기잡니다. 학교 때 사학과를 졸업하고 잡지사에 취직했는데 어느 날 취재 차, 경복궁엘 갔다가 일본인 관광객들이 하는 '여우사냥!'이란 말을 듣고 명성황후에 대한 역사적 사실에 관심을 가지기 시작했습니다. 그때부터...1895년 10월 8일, 경복궁에서 무슨 일이 일어났으며, 건청궁에 있던 명성황후가 어떻게 살해됐는지...한국인으로서 의무감처럼 반드시 알아내야겠다는 생각에 사로잡혔습니다.

(노래로 이어진다. 배역들이 모두 사방에서 등장.

<M#1:'역사를 찾아서'한조국 솔로곡/합창>)

한조국 고궁을 걷다 마주친 사연. 기막힌 사연
그 누구도 찾지 않지만 나는 알고 싶어 찾고 싶어
사라져 버린 숨 막힌 진실. 바람이 전한 그 사연 난 알고 싶어
그때 그날의 일을 난 찾고 싶어. 고궁의 돌담들은 기억하네
감춰진 진실 어디에 있나.

한조국/모두 시간 속에 숨겨진 '여우 사냥'. 사라져 버린 진실
바람이 전한 그 사연 난 알고 싶어. 그날의 일들 잊혀진 진실
알고 싶어 찾고 싶어 알고 싶어 찾고 싶어.

(아끼꼬가 나타난다. 그녀의 손에 들린 낡은 책 두 권)

아끼꼬   도움이 될지 모르겠지만, 시아버님이 쓴 일기장입니다. 이
          속에 당시의 기록이 있을지 모르겠네요.

(일기장을 받아 든 한조국, 희열한다.)

한조국   아리가또 고자이마쓰....

아끼꼬   일기장을 고이 간직하라며...허공을 뚫어져라, 올려다보시곤
          몸을 떠시며 중얼거리시는 거예요.

한조국   뭐라고요?

아끼꼬   (일본말로) "천 년 묵은 여우!"

한조국   천 년 묵은 여우요?

(한조국이 골똘히 생각에 잠기는데, 음악과 함께 무대가 바뀐다)

<2장>

(경복궁 내. 궁녀들과 환관이 지켜보는 가운데 명성황후가 춤 선생으
로부터 왈츠춤을 배우고 있다.

<M#2: 왈츠 무곡/연주곡>

매우 열중하여 춤을 배우고 있는 명성황후.
물 흐르듯 경쾌한 춤이 이어진다. 한복을 걷어 올리고 신발은 하이힐
을 신은 모습이 이채롭다. 이 모든 모습을 한조국 역시 무대 한편에서
역사의 증인처럼 지켜보고 있다. 춤이 끝나고, 궁녀들의 탄성과 박수
를 받고 서양식 인사까지 하는데, 한 대신이 책을 받쳐 들고 와, 명성
황후에게 건넨다.)

명성황후 (책을 받으며 춤 선생을 향해) 잠깐 쉬었다가 해요.
          (읍하는 춤 선생. 제법 턱시도까지 차려입었다)
          레오 톨스토이? 알렉산드르 뿌쉬킨?

대신　러시아 소설가들이랍니다.

명성황후　소설가라면?

대신　이야기꾼들입지요. 허균, 김시습, 정약용 선생 같은....

명성황후　(책을 훑어보며) 책두 참 잘 만들었다.

　　　　(푸쉬킨의 책을 대신에게 건네며) 어디 읽어봐....

대신　(책을 읽는다)

　　　"삶이 그대를 속일지라도 슬퍼하거나 노하지 말라

　　　슬픈 날엔 참고 견뎌라. 즐거운 날이 올 것이니

　　　마음은 미래를 바라느니 현재는 한없이 우울한 것

　　　모든 건 하염없이 사라지지만 지난 것은 그리움이라...."

명성황후　누구라구?

대신　알렉산드르 뿌쉬킨이라고 합니다.

명성황후　(책을 받아서 다음 시를 읽는다)

　　　"우리 가슴 속에는 아직도 욕망이 타오른다.

　　　파멸로 이끄는 권력의 압제 밑에서

　　　참을 수 없는 마음을 애태우며

　　　조국의 부름에 귀 기울이자

　　　신성한 자유의 순간을 기다리자

　　　러시아는 잠에서 깨어나리라....

　　　절대 권력의 파편 위에

　　　우리들 이름이 씌어지리라."

한조국　명성황후는 탁월한 왕비임이 틀림없었다. 당시 명성황후를 만났던 외국인들은 하나같이 그녀를 칭송했다.

외국인1　그녀의 눈은 차갑고 날카로웠지만 매혹적이고 사랑스러운 여인이었다.

외국인2　훌륭한 지성의 소유자임을 바로 알 수 있었다.

외국인3　그녀는 아시아의 어떤 왕비보다도 그 수준을 뛰어넘는 여인이었다.

(명성황후가 북받치는 감정과 함께 아련한 추억 속으로 빠져든다. 무대 한 편으로 명성황후의 어릴 적 일이 재현되고 있다. 그 장면을 지켜보는 명성황후와 그 옆의 한조국. 어린 명성황후가 머리에 안대를 매고, 아버지 민치록과 노래를 하며 술래잡기하고 있다.

<M#3:'장구벌레 때때' 명성황후/민치록 이중창>)

어린 명성황후/민치록　장구벌레 때때 굴레굴레 때때
　　　　　　　　　　　앉아 봐라 빙빙 날아 봐라 빙빙
　　　　　　　　　　　장구벌레 때때 굴레굴레 때때
　　　　　　　　　　　앉아 봐라 빙빙 날아 봐라 빙빙
　　　　　　　　　　　잠자리 동동 파리 **새끼** 동동
　　　　　　　　　　　울 너머 가지 마라 똥물 먹고 죽을라
　　　　　　　　　　　잠자리 동동 풍뎅이 동동
　　　　　　　　　　　높이 높이 날아라 높이 높이 날아라
　　　　　　　　　　　잠자리 동동 딱정벌레 동동
　　　　　　　　　　　높이 높이 날아라 높이 높이 날아라....

(어린 명성황후가 아버지를 드디어 잡는다)

어린 명성황후　　　잡았다. (안대를 푼다. 깔깔대고 웃으며)
　　　　　　　　　　　아버지. 좀 전에 봤어요....

아버지　　뭘? (갑자기 서서 하늘을 응시하는 어린 명성황후를 보고)
　　　　　　뭘 봤다는 거냐?

어린 명성황후　　　잠자리요. 아버지! 나두 저 푸른 하늘 훨훨 날고
　　　　　　　　　　　싶어요!

아버지　　(흥미로워하며) 날아서 어딜 가게...?

어린 명성황후　　　우리보다 더 잘 사는 나라요. 영국, 네덜란드, 러시

아, 스페인...그 나라들은 왜 우리보다 잘살고 있는지 보고 싶어요. 그리구 어떻게 다른지? 다 똑같은 사람이고 다 똑같은 하늘 아래, 땅에서 사는 거 아닌가요?

아버지　　그렇지. 다만 환경과 피부가 다를 뿐이지....

어린 명성황후　　그래두 뭔가 다른 게 있을 것 같아요. 그런 나라들을 두루두루 보고 와서...아버지, 어머니, 우리 여주 땅 백성들과 방방곡곡 우리 백성들 모두 잘살게 해주고 싶어요.

(아버지가 어린 명성황후를 사랑스럽게 '꼬옥' 끌어안는다. 그때 무대 상수에서 하수 쪽으로 아이들이

<M#4'장구벌레 때때'/합창 Reprise>

노래를 부르며 명성황후 기억의 실타래처럼 무대를 지나가고 있다)

아버지　　그래. 네 생각이 장하다. 꿈이 있어야 변할 수 있는 거야! 못할 게 뭐니? 못한다는 생각이 잘못된 거지.... 저기 하늘을 나는 저 기러기처럼 훨훨 세상을 보고 배워라.

(조명이 바뀌며, 무대는 다시 재현 장면에서 경복궁 내...명성황후가 이번엔 톨스토이의 책을 읽는다)

명성황후　　이 책은?

대신　　레오 톨스토이라는 소설가가 쓴 명상록이랍니다.

명성황후　　명상록?

대신　　일종의 어록을 엮은 책이라 하겠습니다.

명성황후　　(잠시 눈으로 책을 보다가 읽는다)

"작은 변화가 일어날 때, 진정한 삶을 살게 된다."

"당신에게 가장 중요한 때는 지금 현재이며, 당신에게 가장

중요한 일은 지금 하고 있는 일이다."

"가정을 다스리지 못하는 여자는 집에서 행복하지 않다. 그리고 집에서 행복하지 못한 여자는 어딜 가든 행복할 수 없다."

(깊은 생각에 잠기는 명성황후)

명성황후 (대신에게) 러시아 공사관에게 책 고맙다고 전하고, 조만간 꼭 다시 뵙자고 청해 주시오.

대신 네.

(대신과 춤 선생이 물러가면 환관이 명성황후 앞에 책상과 붓과 종이를 차려준다. 명성황후가 생각한 것들을 종이에 옮기는데....)

환관 국태공 듭시오!

(황급히 일어나는 명성황후. 국태공 대원군과 고종이 들어온다)

명성황후 오셨습니까. (곱게 절한다)

고종 중전! 들으셨소?

명성황후 무슨?

대원군 서양 놈들이 청나라를 들쑤시더니, 이번엔 우리 강화에 나타나 연일 화친을 하자는 둥, 난리지 뭡니까?

명성황후 그래서요?

대원군 방금 오백 명 병사들을 급히 보냈습니다.

고종 저쪽엔 대포도 있고 커다란 배가 무려 열두 척이라 합니다.

대원군 그깟 놈들. 우릴 호락호락 넘보진 못할 것입니다.

명성황후 맞대응하지 말고 다른 방법은 없을까요?

고종 어떻게요?

명성황후 뺏을 건 빼앗고, 거둘 건 거두는 방법 말입니다.

대원군 그게 무엇이오?

명성황후 듣자니 프랑스 군함이 모두 일곱 척이요, 미국 군함도 다섯 척이나 된다는데, 그중 배 하나만 얻어도 장차 우리가 취할 게 많지 않겠습니까?

고종 하긴, 그 사람들 배의 위용이 우리 배의 몇 갑절이라 합디다.

명성황후 저들이 화친을 하자 하니 일단 만나보고, 조금 주고 갑절로 얻을 수 있지 않겠습니까? 조건이야 서로 타협하고 협상하고 타진해 본 후에, 결정해도 될 듯싶습니다.

고종 좋은 생각이요. 아버님 생각은 어떠십니까?

대원군 도대체 난 서양 놈들이 싫소. 매일 중전을 찾아온다는 러시아 공사관도 그렇고....

명성황후 계란유골이라 하지 않습니까? 계란에도 뼈가 있습니다. 서양 사람들이라구 무조건 배척하는 건 옳지 않다고 생각합니다. 서양이건 일본이건 배울 건 배워야 하고, 취할 건 취해야 하지요.

대원군 그래도 싫습니다. 다른 것은 다르게 인정해야지요!
(일어서며 노래로 대신한다.

<M#5: 난 도대체/대원군 솔로곡>)

유난히 흰 피부 뾰족한 코 도무지 알 수가 없어
도대체 서양 놈들이 싫어 가문과 체통 맘대로 무시해
화친을 하자고? 푸른색 눈동자
난 싫어. 화려한 치장과 화려한 옷차림
백성의 마음을 훔친다. 서양 놈들 싫어 죽겠네.
(노래를 마치고, 명성황후를 보며)

대원군 중전은 어째서 요즘 서양 춤에 흠뻑 빠진 것이오?

고종 아버님!

대원군 만백성의 어머니로서 체통을 지키시오! (휑하니 나간다)

고종 아버님! (급히 따라 나가다가, 명성황후를 돌아보고) 중전!

명성황후 황공합니다!

(고종이 하릴없어, 한숨짓다가 나간다. 홀로 남은 명성황후. 무대 한 편에서 이 모습을 지켜보던 한조국이 명성황후에게 다가간다. 명성황후가 푸쉬킨과 톨스토이 책을 들어 보며 노래한다. 이어 명성황후와 한조국이 책을 주고받으며 듀엣이 이어진다.

<M#6:'조국을 위하여'명성황후/한조국 듀엣>)

명성황후 내가 무엇이기에 만백성 앞날을 생각하리오.

　　　　한조국　　마음 둘 곳이 없고 세상 바라볼 겨를도 없어

명성황후 내가 무엇이기에 나라의 백년을 기약하리오.

　　　　한조국　　이제 찾아야만 해 나라의 뿌리를 알아야만 해

명성황후 나의 탄식 들으소서 나의 아픔 거두소서.

　　　　한조국　　나의 운명 붙드소서 이제 나를 세우소서

명성황후 백성을 위해 백년을 바라보고

　　　　한조국　　백성을 지탱할 천년을 계획하고

명성황후 오늘도 여전히 백성은 그 자리에

　　　　한조국　　언제나 희망을 붙들고 싸우네

명성황후/한조국　이겨 내리라

　　　　　　　　지켜 내리라

　　　　　　　　이겨 내리라....

　　## <3장>

(무대는 다시 현재의 아끼꼬 양로원. 아끼꼬가 역시 나무 밑에서 비질을 하고 있다. 한조국이 찾아온다)

한조국　안녕하세요?

아끼꼬　그래 뭣 좀 알아내셨나요?

110

한조국	(일기장을 보여준다) 당시 시아버님이 미우라 공사와 여러 차례 미팅을 했다는 기록이 있습니다.
아끼꼬	미우라 고로는 내가 갓 시집왔을 때, 시아버님과 몇 차례 만났던 기억이 있습니다.
한조국	그렇군요..... 혹시 도오 가츠아키 씨와 데라사키 다이키치 씨는요?
아끼꼬	도오~ 가츠아키... 본 적은 없지만, 들어 본 이름입니다. 데라사키는 모르겠습니다. 무슨 연관이 있나요?
한조국	네. 조선의 역사를 피로 물들인 장본인들이죠.
아끼꼬	(놀라며) 무슨 말입니까?
한조국	1895년 10월... 조선 궁중에 난입해서 피를 뿌린 사람들입니다.

(조명이 바뀌며 동시 무대가 이뤄지고 있다. 무대 상수 쪽엔 당시 일본 미우라 공사와 세 사람의 일본인, '나카무라', '도오', '데라사키'가 머리를 맞대고 여우 사냥 집행을 결의하고, 반대편 하수 쪽엔 명성황후와 몇몇 대신들이 숙의하고 있다. 이 장면들은 매우 긴박하게 이뤄진다.

<M#7: 피의 역사 현장에서/BG 연주곡>

양측의 광경을 한조국과 아끼꼬가 무대 한편에서 지켜보고 있다.)

<미우라 편>

미우라	조선을 둘러싼 정세가 만만치 않소이다.
나카무라	청나라가 물러서니까, 이번엔 러시아 놈들이 문제라 이 말씀이로소이다.
도오	미국 놈들도 문제 아니오이까?

데라사키 이 판국에 누가 먼저 치고 빠지느냐가 열쇠로소이다.

미우라 조선은 회오리 광풍 앞의 촛불이오.

도오 가차 없이 처단해야죠. (무대 반대편에 있는 명성황후를 바라본다)

나카무라 여우 한 마리만 없애면 만사 끝장입니다.

<명성황후 편>

명성황후 강화도에서는 진정 우리가 승리를 거둔 것인가요?

대신1 아닙니다. 계란으로 바위 치기입니다.

명성황후 무엇이 그렇다고 보십니까?

대신2 구식과 신식의 차이입니다.

명성황후 (말뜻을 알겠다는 듯이) 구식과 신식이라...!

<미우라 편>

미우라 여우는 분명 여우지요.

데라사키 오죽하면 청나라도 못 당했겠소이까?

나카무라 더욱이 요즘 러시아 공사와 매우 가깝게 지낸다고 하던데요?

미우라 그렇습니다. 거의 매일 같이 지내고 있소이다. 요상한 춤까지 배운다고 합니다.

도오 시간이 길면 길수록 우리 일본엔 절대 불리합니다.

미우라 무슨 방법이 있겠소이까? (머리를 맞대고 숙의한다)

<명성황후 편>

명성황후 구식을 신식으로 바꾸면 될 것 아닙니까?

112

대신1 일본 놈들이 훈련대를 조직해서, 우리도 제법 신식으로 무
장하곤 있습니다만....

명성황후 러시아 군대만큼은 아닌가요?

대신2 크기가 다릅니다. 소총과 대포의 차이라고나 할까요?

명성황후 그럼... 러시아의 힘을 빌려보면 어떨까요?

대신1, 2 그런데....

명성황후 배수진은 쳐 놔야지요. 하지만 전적으로 도움만 받으려고
하면 러시아 사람들이 우릴 깔보고 섣불리 취하려 들 것입
니다. 비록 청나라가 일본에 잠시 밀렸다고 하지만, 중국의
힘은 아직 무궁무진합니다. 계속 청나라와 긴밀한 관계를 유
지하도록 힘써 주십시오.

대신1, 2 알겠습니다.

<미우라 편>

데라사키 결정을 내리셔야 합니다!

도오 시간이 갈수록 불리해질 것은 뻔한 일입니다.

나카무라 본국에 의사를 타진할 필요가 있겠습니까?

도오 우선 저지르고 보죠. 여우는 여우 굴로 쳐들어가야 잡을 수
있습니다.

미우라 좋소. ‘여우 사냥’이라 합시다.

모두 좋습니다! ‘여우 사냥!’
(다시 명성황후 쪽을 날카롭게 주시한다)

<명성황후 편>

명성황후 요즘 국태공께선 어떠신지요?

대신1　공덕리에서 잘 지내고 계십니다.

명성황후　건강이 염려됩니다.

대신2　난(蘭)도 치시고, 책도 읽으시며 잘 지내고 계십니다.

명성황후　청나라나 일본과 연루되지 않게 잘 살펴 주십시오!

대신1　알겠습니다.

<미우라 편>

미우라　'여우 사냥'은 대원군과 함께 진행하겠습니다.

도오　기막힌 생각입니다.

나카무라　저희 세 사람이 앞장서겠습니다!

미우라　좋습니다.

데라사키　사냥꾼들 명단은요?

미우라　(종이를 꺼내 빠르게 읽어 내려간다.) 세 분을 포함해서 오카모토 류스카네. 구니토모 시게아키, 사토오 게이타이, 사사 마사유키, 히라야마 이와히코, 츠키나리 히카루, 기쿠키 겐조, 마츠무라 다츠요시, 사사키 마사시....

(이후 일본 자객들 명단은 양쪽을 보고 있던 한조국이 노래로 읽어 내려간다. 이 노래가 이어지는 동안 일본 자객들이 칼을 번뜩이며 무대를 에워싼다. 이어 합창으로 이어진다.

<M#8:'여우 사냥'한조국 솔로/일본 자객들의 합창>)

한조국　나카시마 히데오

아끼꼬　사와무라 요시오

한조국　야마다 레츠세이

아끼꼬　요시다 유키치

한조국	가타노 다카오
아끼꼬	은밀한 사냥꾼
일인들	아무도 모르게 을미년 새벽 여우 사냥 여우 사냥
	우리는 확신해 우리는 승리해 여우 사냥 칼의 노래를
	아무도 모르게 1895 을미년 칼의 노래 여우 사냥
	을미년 여우 사냥 승리하리라 승리의 노래...!

<4장>

(경복궁 내의 뜰. 고종이 명성황후와 함께 뜰 안을 거닐고 있다. 전 장면과는 정반대의 매우 평화로운 모습이다.)

고종 중전. 오늘따라 연꽃이 흐드러지게 피었구료.

명성황후 연못 속의 물고기들도 이젠 대가족이 되었습니다.

고종 그렇지. 각기 다른 물고기들도 저렇게 무리 지어 평화롭게 노는데 왜 우리 조정은 이렇게 시끄럽기만 할까?

명성황후 굳게 맘먹고 정리하셔야 합니다.

고종 아버지 국태공마저도 자식 된 도리로 설득하지 못하는데, 어찌 신하들과 백성들을 보살필 수 있겠소?

명성황후 변화를 위해선 고통이 따르는 법이지요. 감수하셔야 합니다.

고종 나라 안의 문제도 문제지만, 청나라, 일본, 러시아, 미국...모두가 싫소. 먹잇감을 노리는 짐승들 같단 말이오.

명성황후 전하, 매사가 변화를 요구하는 징조입니다. 세상이 변화하고 있습니다. 이럴수록 개방만이 현명한 방법입니다. 그런 가운데 실익을 찾고 얻어야 합니다.

고종 그러다 보니 많이들 죽고 다치고 버리는 꼴이 되는구료.

명성황후 '때를 얻기는 어렵고 놓치기는 쉽다'라고 사마천이 말했고, '옛것을 거울로 삼는 것보다 지금을 살피는 것이 더 중요하다'라고 정조 임금님이 말씀하셨습니다. 시대는 새로운 영웅을 기다리고 있습니다. 전하가 바로 이 시대에 태어난 영웅이십니다.

고종 과찬의 말씀이오. 중전이 나라를 다스려 주오.

명성황후 '위기소당위'입니다. 마땅히 주어진 대로 할 바를 다하라 했습니다. 전 오로지 전하 옆에서 든든한 버팀목이 되겠습니다.

고종 난 간혹 중전이 내 곁에 없을까 두렵소.

명성황후 그게 무슨 말씀이옵니까? 전 이 한 몸 바쳐 영원히 전하를 모실 것입니다.

고종 (다정하게 손을 맞잡으며) 고맙소, 중전...!

(이때 궁녀들이 떼를 지어 나오며, 노래를 부르고 있다. 솔깃하게 귀를 기울이는 고종과 명성황후.

<M#9: 소문이라네/궁녀들 합창>)

궁녀들 정돌 도사가 그랬다네
개미 잔등이 무거우면
개미 허리가 깨진다네
정돌 도사가 그랬다네
개구리가 다 자라면
올챙이 적 잊어버리네
정돌 도사가 그랬다네
풍뎅이가 물방게 보고
헤엄친다고 빠졌다네
정돌 도사가 그랬다네
나쁜 신하가 임금을 죽이고
나쁜 아내가 남편을 버리고

116

정돌 도사가 그랬다네

우리 임금님 염불만 외고

백성들 술잔만 비운다

나쁜 신하가 임금을 죽이고

나쁜 아내가 남편 버린다

우리 임금님 염불만 외고

백성들 술잔만 비운다

정돌 도사는 기쁜 도사

정돌 도사는 이쁜 도사

(노래 소리에 귀 기울이던 명성황후가 궁녀들을 불러 세운다)

명성황후 여봐라! 너희들 어디 소속이더냐?

환관 교태전에서 일할 시녀로 간택된 궁녀들입니다.

명성황후 그 노래는 어디서 누가 부르는 노래냐?

궁녀들 요사이 민간에 떠도는 노래입니다.

명성황후 그래...?

고종 정돌 도사가 누구냐?

환관 세상이 하도 어수선하여 곳곳에 도사들이 많사온데, 그중 한 도사인 줄 아옵니다.

(궁녀들, 차마 얘기하지 못할 것이 있는 양, 서로 눈짓을 주고받는다)

고종 무엇이냐? 말해라!

궁녀1 정돌 도사가 국태공 님이시란 소문과....

궁녀2 일본 사람이라고 들었사옵니다.

고종 아버지?

명성황후 일본 사람?

고종 (버럭 화를 내며) 듣기 싫다!

다신 내 앞에서 그딴 노래 부르지 말 것이니라! 물렀거라, 어서...!

모두   예. ....

(모두 당황하며 황급히 사라진다. 잠시 멍하니 서 있는 고종과 명성황후)

명성황후 하긴 저도 요즈음 궁 밖에서 어떤 작자가 노래를 지어 매일 아이들에게 가르친다고 들었습니다.

고종   그게 일본 사람이란 말씀이요, 아버지란 말씀이요?

명성황후 글쎄요....

고종   미친 작자들, 무례함도 유분수지...! 사슴을 보고 망아지라 한다더니, 에잇! 안으로 듭시다.

(고종, 화가 나서 들어간다. 하릴없이 따라 들어가는 명성황후. ...이때 뒤편에서 이런 광경을 지켜보던 한조국이 무대 앞으로 나와 말한다. 동시에 무대 반대편에서는 나카무라가 일본도를 꺼내 검무를 추는 모습과 또 다른 쪽에서는 대원군이 술을 마시고 있는 모습이 동시 무대로 교차된다.)

한조국 1895년...그때는 조선 왕조의 마지막 기회였습니다. 뒤숭숭한 나라는 어지럽기 이를 데 없었고, 민심은 흩어지고, 인심은 바닥이었습니다. 당시 조선 땅에 있었던 일본인 가운데 고바야카와 히데오는 '민후조락 사건'이란 책에 이런 글을 남겨 놓았습니다.

(고바야카와 히데오가 일본도로 칼춤을 추며 당시의 상황을 외친다. 동시에 샤쿠아치의 피리 소리가 싸늘하게 배경 음악으로 흐른다.

\<M#10'음모': 연주곡/일본 샤쿠아치 피리 소리>)

히데오   조선의 정치는 부패가 극도에 달해, 수습이 거의 불가능한 상태였습니다. 관리들의 학정에 신음하는 백성들의 참상은 차마 눈 뜨고 볼 수 없을 지경이었고, 궁중에서조차 관직을 사고파는 행태는 끝없이 이어졌습니다.

고바야카 정치권력을 이익 추구의 도구로 삼고 있는 현상이었습니다. 뇌물 역시 상상을 초월할 정도로 공공연히 이뤄졌고, 당시 경성 인구 20만 명의 생활은 관리들이 받는 뇌물 덕분에 유지되고 있는 것 같았습니다.

한조국 (이어서 책을 읽는다)

백성들의 가난과 굶주림은 극도에 달했고, 방방곡곡 도둑 떼는 들끓고 있었다. 경복궁 외에 관청이란 관청은 대문을 걸어 잠근 지 오래여서 마당에는 잡초만 무성했고, 관청에 출근해서 일을 보는 관리가 없어, 백성들의 억울한 사정을 돌보는 업무는 끊어진 지 오래였다. 더욱이 세금을 혹독하게 거둬들여, 담당 관리의 개인 창고로 들어가는 것이 관례처럼 되어 있었다. 한 마디로 조선의 정치와 사회는 무방비 상태요, 무정부 상태에 가까웠다.

(노래로 이어진다)

<M#11:'바람 앞의 등불'히데오/고바야카/한조국의 노래>

히데오 신음하는 백성들의 통곡 소리 온 땅을 흔들고

    한조국 부정부패 더러움에 눈 가리고

고바야카 정치권력 뇌물 주고 뇌물 받고

    한조국 부패의 땅

히데오 혼돈의 땅

    한조국 이 땅의 참상 꺼져 가네

고바야카/히데오 등~불

히데오　　가난함과 굶주림에 도둑들이 활개 치고

　　　　한조국　　백성들의 억울함과 통곡 소리

히데오/한조국　　누구도 듣지 않네.

고바야카　관리들은 눈을 감고 귀를 닫은 허수아비

　　　　한조국　　혼돈의 땅

히데오　　백성의 눈물 백성의 통곡 온 땅에 울려

　　　　한조국　　이 땅의 참상

히데오/한조국　　꺼져 가네.

한조국　　상상을 초월한 이 땅의 참상

　　　　고바야카　모조리 끊어지는 절망 속 신음 소리

한조국/히데오/고바야카　　　　바람 앞 등~불

　　　　　　　　　　　　　　　오늘도 저무는 태양에

　　　　　　　　　　　　　　　백성들 소망은

　　　　　　　　　　　　　　　날마다 때마다 쌓여간다.

(위 노래가 진행되는 동안, 일본 자객들이 하나둘 나와 나카무라와 함께 검술을 하며, 마치 전쟁터에 나갈 채비를 하는 듯 기세를 높인다. 스산한 음악이 분위기를 한층 고조시킨다)

(사이)

(한편 명성황후는 무대 한쪽에서 일본인들의 움직임을 바라보다가 일인들이 사라지자, 어릴 적 회상에 젖는다. 아버지와 어린 명성황후<자영>가 하늘에 연을 날리며 대화한다)

민치록　　자영아! 네 연이 더 높이 하늘을 나는구나!

어린 명성황후　　그렇죠?

민치록　　방패연이 아니라 용으로 만든 용연이라 그런가 보다!

어린 명성황후　　아버지! 저 용처럼 우리나라가 신령한 기운을 받아 세상을 밝혔으면 합니다.

민치록　　기특한 생각이다!

어린 명성황후	세상을 밝게 다스리고자 세종 임금께서 용비어천가를 지으셨다고 들었습니다.
민치록	그렇다.
어린 명성황후	이 미천한 몸이 장차 우리 임금님을 뵐 수 있다면, 부족하나마 용 같은 기운과 지혜를 나누고자 합니다.
민치록	용한 생각이다. 그러려면 용꿈을 꾸어야겠지?
어린 명성황후	웬걸요! 용꿈이 아니라, 그 옛날 최영 장군님이 번개를 사로잡아 그 길이를 절반으로 꺾어 버렸듯이, 용을 사로잡겠습니다.
민치록	하하하...네가 용안이고 네가 용상에 앉겠다는 거구나, 응?

(민치록이 호탕하게 웃어젖히며 사라진다. 홀로 남는 명성황후....)

<5장>

(음악이 바뀌며, 궁녀들이 정갈한 소반에 정화수를 들고 걸어 나온다. 하수 앞쪽 무대에서 명성황후가 소원을 노래한다. 노래가 진행되는 동안, 일본 자객들이 명성황후를 에워싸고 치성드리는 명성황후를 날카롭게 주시하고 있다.

<M#12:‘명성황후 소원풀이’솔로곡/ 아버지, 한조국과 3중창>)

명성황후　비옵니다 비옵니다. 천지신명께 비옵니다.
　　　　바람 앞의 등불 같은 내 나라 내 백성...
　　　　조각 난 집은 서 있을 수 없습니다.
　　　　때가 왔는데 행하지 않으면, 오히려 화를 입는 법.
　　　　천지신명 하늘이 주신 이 기회를 얻지 못하면

풍랑 속에 가라앉는 배 같은 신세....
비나이다, 비나이다. 시간은 짧은 여름이고
사람은 꽃이라고 했습니다.
모든 일은 칠전팔기. 절망하지 않으면
반드시 이룰 것이라 생각합니다.
(노래로 이어진다)

<노래로 이어진다. 솔로>

하늘이시여 도와주소서. 하늘이시여 지켜 주소서
거친 바람 다 잠재우고. 칼바람 풍랑 거두소서
반만년 모진 세월에도 조선은 견뎠어라
새로운 기운 모으고 모아 새 천 년 길을
뜻을 세우게 하소서.

명성황후/아버지/한조국비나이다 비나이다. 바람 앞에 등불
　　　　　　　　내 나라와 내 백성들. 침몰한 배 같은 신세
　　　　　　　　비나이다 비나이다. 하늘이시여 지켜 주소서.
　　　　　　　　지켜 주소서....

(지켜보던 일본 자객들이 하나둘씩 빠져나가고 명성황후와 아버지가
각각 상수, 하수로 나가고, 한조국이 배낭에서 노트북을 꺼내 벤치에
서 기사를 써 내려간다)

<6장>

한조국　　(기사를 쓰며 읽다가)

구시다 신사에 보관된 히젠도란 칼은...

(관객 쪽으로 나오며)

16세기 일본 에도시대에 만들어진 칼로 전투용 칼이 아니라, 사람을 죽이기 위해 만든, 살상용 칼이었던 것입니다.

(이상의 대사를 하는 동안 무대 한쪽에선 미우라가 나카무라와 도오에게 히젠도 보검을 건네주고 있다.)

지금도 그 칼엔 선명한 글씨가 새겨져 있습니다.

한조국/나카무라   "이 칼로 조선의 왕비를 베었다."

한조국   명성황후를 살해한 세 명 중 한 사람인 도오 가츠아끼는 나중에 칼을 신사에 맡기며 거듭 당부했다고 합니다.

한조국/도오   "다시는 이 칼이 세상에 나와 쓰이지 않기를 바랍니다!"

(나카무라와 도오가 히젠도 칼을 미우라한테 받아 들고 읍소하며, 결의에 찬 모습으로 미우라와 함께 퇴장한다. 그러한 광경을 실제로 목격한 듯이, 한조국이 허탈한 심정으로 허공을 응시하는데, 아끼꼬가 급히 나온다)

아끼꼬   한상...!

(자료를 건네며) 1895년 10월 8일 여우 사냥에 대한 츠노다 후사꼬의 기록입니다. 당시 사냥에 가담한 일본 자객들의 증언 기록입니다.

한조국   감사합니다. 뭐라고 씌어 있습니까?

아끼꼬   차마 읽을 수가 없습니다. (몸을 떨더니 울먹인다)
그때의 광경이 생생하게 보이는 것 같아요.

한조국   (자료를 들여다보다가) 글씨가 옛날 문구라...잘 못 알아보겠습니다.

(그때 아끼꼬가 겨우 진정하더니 무릎 꿇고 한조국에게 깊이 절을 한다. 순간 당황하는 한조국, 아끼꼬를 일으킨다)

한조국 왜 이러십니까? 일어나세요....

아끼꼬 일본인의 한 사람으로... 지난 일이지만 대신 사죄합니다.

한조국 고맙습니다. 읽어주십시오.

아끼꼬 (자료를 읽어 내려간다. 무대 한쪽에선 일본인들이 일사불란하게 삼삼오오 전투태세로 모여든다)

"미우라 공사가 다음과 같이 각각 역할을 분담시켰다. 첫째, 아다치, 고니또모는 동지들과 함께 공덕리에 있는 대원군을 호위하여 입궐할 것.

미우라 (등장하여 명령한다)

둘째, 오기하라는 무장한 일본 경찰들을 인솔하여 아다치, 고니또모와 남대문 앞에서 합류하여 경복궁으로 입궐할 것. 셋째, 일본 수비대가 선두에 서고, 대원군의 가마는 중앙에, 조선 훈련대는 후미를 방어한다.

(이어 북소리 타악과 불길한 음조의 음악이 이어지며, 일본 자객들과 조선 수비대원들이 대원군을 앞세워 모여든다. 대원군이 비장한 심정으로 명령을 노래로 부른다.

\<M#13:'진격의 북소리'연주곡/ 대원군의 솔로\>)

대원군 (솔로곡)

지금 간사한 역적의 무리들이,

국왕의 총명을 가리고

나라를 이 지경으로 어지럽고 위태롭게 하고 있다!

이것을 그대로 보고만 있을 수 없어,

내가 역적의 무리들을 물리치려 하니,

너희들은 날 위해 전력을 다하라!

만일 나의 입궐을 방해하는 자 있으면,

남녀노소 지위 고하를 막론하고 죽여라!

모두　네~이!

(계속 음악이 배음으로 깔리는 가운데, 일본 자객들의 무리와 대원군
의 행차가 움직인다)

한조국　(객석을 향해 말한다)

당시 일본 자객의 한 사람, 고바야카와 히데오의 기록에 의
하면....

히데오　광화문은 경복궁의 정문으로서 가로 20여 간, 높이 7간 정
도로 3개의 문이 있었다.

한조국　광화문의 돌담은 높이가 다섯 간 정도로 왕성을 둘러 삼각
산까지 두루 휘감고 있었는데, 밤중엔 철판으로 된 대문이
단단히 잠겨 있었다.

히데오　우리는 미우라가 미리 준비해 놓은 사다리를 타고 넘어 들어
가 광화문을 열었다.

한조국　1895년 10월 8일 새벽 5시 무렵이었다.

히데오　아무 저항도 받지 않은 채, 우리는 광화문을 지나 조선 국왕
고종 임금과 명성황후가 묵고 있는 건청궁으로 돌진해 들어
갔다.

한조국　몇 방의 총성만이 새벽 공기를 진동시키고 있었다....

(커다란 총소리. 사이)

바로 그 무렵...! 고종 임금과 명성황후가 거처하던 건청궁에
선 무슨 일이 있었을까요?

<7장>

(무대는 바뀌어, 건청궁 실내. 궁내부 대신이 된 민영준과 러시아 공사

를 위한 연회가 한창이다. 탈 가면을 쓴 조선인이 역시 가면을 쓴 일본인과 싸우는 장면을 연희하고 있다. 연희를 준비한 장본인 명성황후가 몹시 기뻐하고 있다. 놀라며 겁에 질린 베베르 공사의 반응을 예의 주시하고 있는 명성황후. 고종 임금의 반응과 대신들의 엇갈린 반응들이 점철된다. 이 역사의 현장에 한조국이 지켜보고 있다.

<M#14: 궁중 연회 음악/연주곡>

기획된 연회가 끝나자, 고종이 잔을 높이 들어 취기에 찬 말을 꺼낸다)

고종　　중전 이런 연회가 과거에도 있었소?

명성황후　러시아 공사도 계시기에 제가 특별히 주문한 연회이옵니다.
　　　　　(대신에게) 러시아 공사님은 어떻게 보셨는지 여쭈어라!

대신1　　네!
　　　　　(러시아 공사에게 다가가 귓속말한다. 러시아 공사가 좋다는
　　　　　반응)
　　　　　'훌륭한 연회이며 생각하게 만드는 연회라고 말씀하십니다.'

고종　　하하하...이제 즐겁게 노시라고 여쭈어라. 그리고 오늘 우리
　　　　　민영준 대감이 궁내부에 오르신 것을 진심으로 축하하오!

민영준　성은이 망극합니다.

고종　　더욱이 오늘은 러시아 베베르 공사가 우리 조선에 온 지, 만
　　　　　1년 6개월이 되는 날이니 더욱 이 연회의 의미가 깊소.

대신1　　그렇지 않아도 베베르 공사를 위해 중전마마께서 축하 양악
　　　　　도 준비하였사옵니다.

고종　　오, 그렇지. 어디 봅시다.

명성황후　일전에 공사께서 내게 푸쉬킨과 토르스토이란 소설가의 책
　　　　　을 주셨는데, 그 답례로 우선 선물을 드립니다.
　　　　　(환관이 삼국유사 책을 선물로 베베르에게 준다)

우리 조선 땅이 생겨난 역사를 기록한 책으로, 고려 충렬왕 서기 1281년경에 편찬된 책입니다. 인도의 마하바라타나 중국 사마천의 사기 못지않은, 우리 한민족의 귀중한 사서입니다. 천천히 읽어보시면 우수한 한민족의 역사와 기백을 한껏 느끼실 겁니다.

(베베르가 읍한다. 모두 박수로 축하하는 가운데 플루트 연주자가 앞으로 나와 러시아 무곡을 연주한다.

<M#15: 러시아 무곡/연주곡>

모두 박수와 함께 베베르를 비롯한 몇몇 사람들이 춤을 추는데...커다란 총소리. 음악이 멎고 모두 경악한 상태)

(사이)

고종　(놀라서) 무슨 일이냐? (환관이 급히 뛰어 들어와 고한다)

환관　큰일 났사옵니다! 국태공 마마와 일본...일본 사람들이....

고종　아버지?

명성황후　일본 사람들...? (모두 일시에 스톱 모숀)

고종　왜, 무슨 일이야?

(명성황후가 뭔가를 알아차렸다는 듯이, 황급히 몸을 피한다. 그때 한조국 앞으로 나서며, 당시의 상황을 일일이 설명한다. 나머지 배역들은 모두 당시 살인 현장을 재현하듯이 한조국의 설명대로 템포 있게 일사불란한 동작으로 움직이며 당시의 정황을 재현한다)

한조국　건청궁으로 뛰어 들어온 일본 자객들은 외치고 있었다.
　　　　(무대는 아수라장이다. 환관과 대신들, 베베르 등이 고종을 에워싼 채, 겁에 질려 벌벌 떨고 있다)

나카무라/도오/데라사키　(고종의 무리들을 보며)
　　　　여우! 여우는 어딨느냐? 왕비는 어딨어?

환관　모...모릅니다.

나카무라　(일본도를 높게 들며) 빠가야로!

고종　(소리치며) 이놈들! 여기가 어디라고 감히...? 누구냐, 네 놈들은?

(도오와 데라사키가 고종에게 읍한다)

민영준　어서 썩 물러가지 못할까?

나카무라　(민영준에게 칼을 내리친다) 빠가야로! (쓰러지는 민영준)

고종　여봐라! 날 살려라. 날 살려라!

　　　(대신들 품속으로 어린애처럼 파고든다)

도오　왕비는 어디 있느냐?

데라사키　어서 말해!

대신1　이런 왜놈의 새끼들....

　　　(달려드는데 데라사키의 시퍼런 칼이 그를 가른다. 비명...그

때, 들어오는 대　　원군과 일본 병사 둘.)

대원군　전하!

고종　(어린애처럼 대신들 속에서 기어 나와 대원군의 품에 안긴다) 아버지!

대원군　전하, 이제 됐습니다. 일단 어서 몸을 피하십시오. 자...!

　　　(고종을 부축해 나가는 대원군과 배역들. 그때 나카무라가

환관의 멱살을 잡아끌고 무대 앞으로 나온다)

나카무라　왕비는 어딨느냐? 아니면 네 놈을 쳐 죽이리라.

　　　(벌벌 떨며 말도 못 하는 환관. 겨우 손으로 무대 상수 쪽을

가리킨다)

　　　저쪽이다!

(환관이 가리킨 쪽으로 일본인들 급히 퇴장. 이 모든 광경을 지켜보던

한조국이 다시 관객을 향해 설명을 이어간다)

한조국　나카무라, 도오, 데라사키 세 사람은 명성황후의 침전인 곤

녕전(坤寧殿)으로 뛰어들었습니다.
(여자들의 비명. 궁녀 역할을 하는 배우가 무대에 곤녕전 방문을 연극적으로 설치한다. 음악이 흐르고....

<M#16:'여우 사냥'일본 샤쿠아치/연주곡>

이윽고 나카무라, 도오, 데라사키가 뛰어 들어와 문을 걷어찬다. 벌벌 떠는 궁녀를 칼로 벤다. 이어 반대편에서 쏟아져 나오는 궁녀들을 무참히 칼로 살육하는 나카무라 일행...이 장면들은 빠르게 혹은 슬로우 모숀 등으로, 매우 극적인 연출로 명성황후 살해의 잔인성을 극대화한다)

한조국   10월 8일. 새벽을 깨우치는 경복궁의 비명 소리는 조선의 마지막 비명이었고, 신음이었고, 긴 한숨이었습니다.
(자료를 들어 보이며)
고바야카와 히데오는 당시의 모습을 이렇게 기록하고 있습니다.

히데오   "우리는 궁궐로 돌진했다. 별다른 저항 없이 바로 명성황후가 있다는 건청궁 안으로 들어갈 수 있었다.

고바야카   건청궁 마당에 도착했을 때, 조선 군인들과 대신들은 도망가기 바빴고, 우리를 본 궁녀들은 새파랗게 질린 채, 와들와들 떨고 있었다.

히데오   우린 닥치는 대로 찔러 죽이며 왕비를 찾아 이리 뛰고 저리 뛰었다. 그때 나카무라가 외쳤다!

나카무라   찾았다! 여우, 여우를 잡았어!
(음악이 멎는다. 긴 침묵... 속옷 차림에 헝클어진 머리의 명성황후가 맨발로 나카무라, 도오, 데라사키 자객들 앞에 모습을 드러낸다. 나카무라, 도오, 데라사키가 일본도를 높이 들고, 마치 먹잇감 짐승을 몰아

가듯, 명성황후를 압박하며 포위한다. 이미 죽음을 예감한 명성황후가 노래를 부른다. 이어 고종과 이중창. 아버지와 삼중창. 그리고 한조국과 함께 합창곡으로 이어지며 음악이 승화된다.

<M#17:'조국 애상곡'명성황후 솔로/ 고종과 이중창/ 아버지, 고종과 삼: 중창/ 한조국과 함께 모두 합창>)

명성황후 (솔로)
> 어디에 왔느냐 무엇이 있더냐
> 돌아보니 세월이 그림처럼 둘러있고
> 바라보니 주변이 꽃밭이구나
> 내 몸도 마음도 오로지 한 마음
> 후회 없는 한 길을 걸어왔도다
> 이제 고통의 옷을 벗고 행복의 길로 가련다
> 이제 무거운 사슬을 풀고 하늘로 올라가련다

<이중창>

명성황후 오, 내 사랑 높고 깊은 내 사랑
　　고종　　바다같이 깊고 하늘처럼 높은 사랑
명성황후 백성들을 생각하고 하늘을 본받아
　　고종　　헤아려 사랑하고 헤아려 가르쳤네
명성황후 후회하지 않는다. 뉘우치지 않는다
　　고종　　어머니처럼 만백성을 보살폈구나, 중전이여!

<삼중창>

명성황후   내 한 몸 고통으로 이제는 그만

고종   당신의 고통이 우리의 승리

아끼꼬   나약한 여자의 몸으로 이루었구나

명성황후   어릴 적에 날고 싶던 저 하늘이

고종   이제 새처럼 하늘을 날아가오

아끼꼬   하늘 우러러 한 점 부끄럼 없으리

<합창>

아끼꼬/고종/한조국/모두   캄캄한 하늘에 빛이 되었다

                                                    세상 비추는 별이 되었다

                                                    맑고 밝은 별이 되었다

                                                    세상 비추는 노래가 되었다

                                                    세상에 전하는 가르침이 되었다.

                                                    영원히 영원히 남으리

                                                    영원히 영원히 살아있으리라

(음악이 이어지는 가운데, 저고리 동정으로 목을 매는 명성황후. 나카무라가 번뜩 칼로 내리친다. 솟구치는 피. 무릎 꿇는 명성황후. 이어 도오가 내리친다. 쓰러지는 명성황후. 마지막으로 데라사키가 쓰러진 명성황후의 가슴에 비수를 꽂는다. 한껏 고조되는 음악. 칼에 묻은 피를 닦으며, 조용히 사라지는 세 사람의 일본 자객들. 이어 배역들이 모두 명성황후를 에워싼다. 명성황후를 상여 매듯, 높게 둘러멘다. 노래를 합창하며 시신이 나간다. 이 모습을 고종과 대원군이 무대 좌우에서 바라보며 노래한다. 이 모습을 지켜보던 한조국. 손수건으로 눈시울을 닦는다. 모두 노래한다.

<M#18: 조국 애상곡 Reprise/합창>)

고종	당신은 어두운 하늘에 빛이 되었소
합창	캄캄한 하늘에 빛이 되었다.
대원군	보석처럼 반짝이던 총명함이여
합창	세상 비추는 별이 되었다.
한조국	변화의 역사에 앞장선 우리의 왕비
합창	어두움 걷어내는 빛이 되었다.
고종	당신의 사랑이 세상을 감동시켰소
합창	세상 비추는 노래가 되었다.
아끼꼬	한발 앞선 빛나는 총명함이여
합창	세상에 전하는 가르침 되었다.
	세상 비추는 별. 맑고 찬란한 빛
	세상 비추는 노래. 세상에 전하는 가르침
	영원히 기억되리라 영원히 살아있으리
	영원히 기억되리라 영원히 살아있으리.......

<8장>

(무대는 다시 현재 일본 천황궁 앞.... 아끼꼬가 한조국에게 다가온다. 아끼꼬가 커다란 쇼핑백에서 무언가를 꺼낸다. 현수막과 피켓이다. 한조국이 웃으며 현수막을 들자, 아끼꼬는 피켓을 들고 마이크로 길거리에서 한조국과 함께 외치고 있다)

아끼꼬 "일본은 여우 사냥의 역사적 진실을 밝혀라!"

한조국 "일본은 '명성황후 국장도감의 궤'를 돌려 달라!"

아끼꼬 역사의 진실을 밝혀라!

한조국 명성황후 국장도감의 궤를 돌려달라!

....

....

(기모노 차림의 일본인들이 하나둘씩 나타나, 현수막과 피켓을 유심히 살펴보고 있다.

<M#19: 조국 애상곡/연주곡>

음악이 고조되며, 에필로그처럼 이어지는 가운데... 명성황후를 그린 삽화가 스크린에 클로즈업으로 비친다. 이윽고 조명이 천천히 어두워지며....)

-서서히 쏟아져 내리는 막-

2016. 7.1

작의

대한민국은 산이 70%를 차지하고 있는 '山의 나라'다. 우리 민족이 오천 년 동안 산에 얽힌 신화와 전설은 무수히 많다. "고개고개 너머너머"는 우리나라 충청도 지역에서 전해져 내려오는 '효(孝) 전설(傳說)'을 중심으로 만든 대한민국 '산악설화'의 첫 번째이자 대표적 음악극으로, 남녀노소 누구나 즐길 수 있는 가족 음악극이다.

이 음악극이 한국적 뮤지컬의 한 표본이 되어, 국내는 물론 해외시장에서 한민족의 효(孝)에 대한 아름다운 풍습과 끈기와 용맹한 삶을 보여주길 바라는 마음이다.

스토리

조선 숙종 임금 시절, 충청도 제천 '향교리'에 사는 정혼이란 선비가 아버지의 위중한 병을 고치기 위해 백방으로 약을 구하고 치료를 해 보지만, 효험이 없다.

치성으로 기도하는 가운데, 어느 날 꿈에 죽은 어머니가 현몽하여 이르되, "천미라라는 약을 캐서 달여 드리면 아버지의 병이 나을 것이다. 단 뿌리도 절대 훼손해선 안 된다"란 말을 전한다.

정혼이 마침내 온산을 뒤지며, 산적에게 봉변을 당하는 등의 온갖 어려움 끝에, 마침내 '넋바위' 밑에서 천미라 약초를 캐다가 그만 의식을 잃고, 지옥의 사자를 따라 지옥 여행을 하게 된다.

그러나 신선들이 산다는 신선계(神仙界)에서 어머니를 다시 만나 효심이 증명되고, 그 선행이 감동으로 전해져 다시 세상으로 돌아와, 아버지를 살리고, 사랑하던 동네 처녀 달래와 혼례를 올리며 행복하게 살

고개고개 너머너머 약초 찾아 삼만리

게 됐다는... '죽음을 불사하더라도 낳아주신 부모를 위해 효행을 원칙으로 한다.'라는 '효(孝)' 사상을 담은 대표적 이야기다.

출연진

정혼(젊은 선비)
아버지
어머니(죽어서 신선계의 대비마마)
삼돌(정혼의 하인)
새타니(정혼을 따라다니는 새)
달래(정혼을 사랑하는 동네 처녀)
분이(달래의 몸종. 삼돌이가 좋아하는)
천수 마마(신선계에서 죄인을 심판하는)
주모(주막집)
마을촌장
산적 두목
산적1, 2, 3
곰
뿔소(반인반수의)
포졸들
선녀들(신선계의)
사자들(신선계의)
그 외...

(*'곰'은 단군 신화에도 등장하는 우리 민족의 상징적 존재요, '새타니'는 우리의 무속 신화에 등장하는 신과 인간 세상을 연결해 주는 메신저 역할로서 이 작품에서도 같은 역할을 담당한다. '뿔소' 또한 작가의

신계에 대한 상상의 靈物임을 밝혀둔다.)

뮤지컬 넘버

M#1   오, 산아! - (전 출연진 합창)

M#2   부모님의 은혜 - (정혼/달래/삼돌/분이 4중창)

M#3A   떠나는 마음 - (어머니 솔로)

M#3B   기다리는 마음 - (아버지 솔로)

M#4   아버님전 상서 - (정혼 솔로)

M#5   새날이 밝아 - (연주곡)

M#6   얼시구절씨구 - (산적들 합창)

M#7   #5 새날이 밝아 - Reprise

M#8   효도의 노래 - (선녀들/**사자들** 합창)

M#9   심폐소생술 - (선녀들/**사자들** 합창)

M#10   심판뮤직 - (연주곡)

M#11   형장의 노래 - (전 출연진 합창)

M#12   #8 효도의 노래 - Reprise

M#13   싸움 - (연주곡)

M#14   효자의 노래 - (어머니 솔로/전 출연진 합창)

M#15   #8 효도의 노래 - Reprise

무대

이 음악극은 '로드 무비'와 같은 컨셉의 '로드 음악극'이다. 무대는 장면마다 빠르게 바뀌어, 장면의 장소와 컨셉을 대변했으면 한다. 남녀노소 누구나 즐길 수 있는 한국 전통의 오방색(五方色)으로 만들어져도 좋겠다.

의상

의상은 숙종 임금 시절의 의상과, 신선계 장면에선 매우 현대화된, 컬러풀한 의상이 함께 어우러져 절묘함을 이루면 좋겠다.

때

조선시대 숙종 임금 때.

<1장>

(오프닝 음악이 연주되며, 무대 전체에 나타나는 전 출연진의 3부 합창. 화려하고 풍성한 안무가 하모니를 이룬다.

<M#1: 오, 산아!>)

모두   둘러봐도 둘러봐도 고개고개 너머너머
        푸른 하늘에 맑은 바람이 불어온다
        바람 따라 들려오는 산 넘어 이야기 우리 이야기
        구름 따라 들려오는 강 건너 이야기 우리 이야기
        부모님 은혜 갚는 산골짜기 이야기 우리 이야기
        들어라 사랑 노래 불러라 효도의 노래.

(노래가 끝나면서 연주 음악이 이어지고, 무대는 시골 장터. 왁자지껄한 시장의 풍경. 정혼이 무대 하수에서 들어와 뭔가 열중하며 살펴보고 둘러보다가, 상수 쪽에 있는 약초 파는 행상에게 다가와, 약초를 보고 있다. 그때 헐레벌떡 약탕관을 들고 하수에서 뛰어 들어오는 삼돌)

삼돌   도련님! (주위를 둘러보며) 정혼 도련님!
        (정혼을 발견한다) 도련~님!

(뛰어가는 삼돌이의 다리를 걸어 넘어뜨리는 산적의 무리. 호탕하고 게걸스럽게 웃는다.)

산적1   왜? 도련님이 우물에 빠지셨나?

산적2   아니면 저수지?

산적3   (약탕관을 집어 든다) 아니면 술독에 빠졌어?

삼돌   (일어나면서 산적들임을 알아채고) 약탕관...! 주세요!

(시장 사람들이 주변으로 몰려든다. 그때 달래와 분이가 무대 상수 쪽에서 등장)

산적1	약? 무슨 약! (약탕관을 산적2에게 던진다. 허겁지겁 약탕관을 잡으려는 삼돌의 모습)
산적2	강장제?
산적3	보강제?
산적1	강화제?
산적2	정력제?
산적3	아니면 사약?
삼돌	끔찍한 소리!
정혼	삼돌아! 무슨 일이냐? (삼돌에게 다가온다)
산적2	오호...약탕관 주인이시군. ...(크게) 도령님 납시오...!
분이	삼돌아!
산적3	에이구! 여기 삼순이두 오셨네....
분이	치, 댁들은 뭐 하시는 분들이요? (일일이 산적들을 가리키며) 돌쇠, 쇠돌이, 도끼, 꺽쇠이신가?
삼돌	분이야!
산적1	아줌씨께서 오늘 제대로 걸렸습니다! (분이를 에워싼다)
정혼	물렀거라!
산적들	물렀거라...? (달려드는 정혼을 밀쳐 넘어뜨리고)
산적2	물렀구나! (분이를 번쩍 들어 올린다)
산적 두목	섰거라! (모두 멈추는 산적들)
산적1	형님~! (산적들이 천천히 분이를 내려놓는다)
산적 두목	여러분, 용서하십시오. 뭐해! 어서 가지 못해? (두목이 발길로 산적들을 차자, 모두 줄행랑을 친다. 달래 품에 안겨 울고 있는 분이와 정혼 일행 앞에서) 장난이 좀 심했습니다. 다치신 덴 없으신지요?
달래	이게 무슨 행패입니까?
산적 두목	모두 한두 잔~ 낮술에 취해서 그만....

(말을 잇지 못하고) 잘 다스리겠습니다!

같이 가! 짜식들아! (줄행랑을 친다)

주모 (포졸들과 뛰어오며) 이놈들아! 술값 주고 가야지! 이 도둑 놈들아! 저쪽이요. 저기 저놈들이예요!

마을촌장 저기 저놈들이래!

(포졸들이 뛰어간다. 흩어지는 시장 사람들.

<M#2 인트로 음악>

음악이 흐른다)

삼돌 도련님! 괜찮으셔요?

정혼 난 괜찮다. 분이야. 다친 데는 없느냐?

분이 괜찮습니다!

정혼 (달래에게) 욕보셨습니다.

달래 아닙니다! (약탕관을 정혼에게 주며) 아버님 병환은 어떠십 니까?

정혼 아직 그렇습니다.

달래 걱정이 많으시겠어요!

(정혼, 달래, 삼돌, 분이가 노래한다.

<노래 M#2: 부모님의 은혜 - 4중창>

정혼 사노라면 모든 게 그런가 합니다

달래 저희 아버님도 아프셨지요

삼돌 도련님이 너무 고생하십니다

분이 부모님은혜는하늘보다높지요

정혼 이제 떠납니다. 아버님을 위해

달래	무엇인들 못 하겠어요
삼돌	도련님 따라 어디든지 가겠습니다
분이	부모님 은혜, 하늘보다 높지요

정혼　이산 저산 삼천리강산 아버지 위해

달래	보물은 찾는 사람에게 온다지요
삼돌	지성이면 감천이라 했습니다.
분이	부모님 은혜, 바다보다 깊지요

정혼　산 넘고 강 건너, 저 세상이라도 찾아가렵니다

달래	시작이 반이고 시작이 끝이죠
삼돌	효도에 끝이 있겠습니까?
분이	부모님 은혜, 바다보다 깊지요

모두　부모님 은혜 하늘보다 높고

　　　　바다보다 깊고 깊어라

　　　　부모님 사랑 끝이 없어라……

(노래가 끝나자 새타니가 나타난다. *새타니는 끝까지 정혼을 따라 동행하게 된다)

삼돌　도련님! 보세요. …아침부터 저 새가 우릴 따라다니고 있어요.

달래　생전 처음 보는 새네?

분이　어쩜 색깔이 저렇게 고울까요?

달래　그러게…!

정혼　오라고 부르는 것 같구나!

달래　정말!

삼돌　그렇다니까요. 우리를 졸졸 쫓아오고 있어요.

정혼　꿈에 저 새가 날 보고 노래하는 걸 봤소.

달래　약초를 저 새가 알려주는가 싶습니다.

삼돌　맞아요! 신기한 일이라니까요.

정혼　(달래의 손을 잡으며) 달래! (말을 잇지 못한다)

분이	아이, 도련님! 누가 보겠어요.
정혼	기다려 주겠소?
분이	도련님! 우리 아씨 맘 몰라서 그러세요?
정혼	바로 아버님 뵙고 떠날 생각이요!
삼돌	지금이요?
	(덥석 분이를 껴안으며) 분이야! 잘 있어.
분이	(화들짝 놀라 삼돌이를 밀어버린다) 에이구 망칙해라!
	(목소리 가다듬고) 남아일언 중천금이라...사내대장부의 말은 천금 같다 했어요. 두 남정네...약속 잊으시면 안 돼요!

(이때, 새타니가 높은 곳에 올라가 있다. 음악이 흐른다. 모두 은연중에 나타난, 정혼의 죽은 어머니 현신을 보고 놀란다.

<M#3A: 떠나는 마음/어머니 솔로>)

어머니	정든 땅 고향 땅 내가 살던 곳. 떠나던 날 흘린 눈물 언제였던가. 사랑하는 가족과 영영 이별. 세월도 무정해라 벌써 십년일세. 강산이 변해도 내 사랑 변함없어 꿈에도 잊지 못할 그리운 얼굴.

(이때 무대 반대편에 정혼의 아픈 아버지가 지팡이를 짚고 나타나 역시 노래로 화답한다. 노래 끝 무렵, 어머니는 사라진다.

<M#3B: 기다리는 마음/아버지 솔로>)

아버지	보고 싶어라, 사랑하는 당신 이별은 다시 만나는 날의 축복 사랑하는 당신과 이별은 없어 세월이 흘러도 사랑은 변함없어 강산이 변해도 내 사랑 변함없어 죽어도 다시 만나리라 내 사랑

(노래가 끝난다)

정혼 아버지! (달래와 함께 부축한다)

방금 보셨어요? 어머니가... 어머니가 오셨어요.

아버지 난 매일 네 엄마를 본다. 자주 보이는 게, 날 데려가려는 거
겠지?

정혼 아버지, 무슨 말씀이세요? 어서 들어가세요! 반드시 약을 구
해서 돌아오겠습니다.

아버지 산삼 구하기도 어렵다는데 세상천지 어디서 천미라를 구한
단 말이냐?

정혼 구할 수 있습니다! 지성이면 감천이라고 하지 않습니까! 죽
을힘을 다하면 뭔들 못하겠습니까? 우선 삼돌이와 함께 가
까운 월악산부터 가겠습니다.

아버지 월악산?

정혼 네. 월악산, 천둥산, 감악산, 박달재, 비봉산, 용두산, 금수산,
도락산을 샅샅이 뒤지고 오대산, 금강산, 태백산, 장백산까지
두루 다녀오겠습니다.

아버지 인명은 재천이라, 사람 목숨이 하늘에 달렸는데, 그냥 조용
히 죽게 놔둬라!

정혼 아버지, 그게 무슨 말씀입니까? 일찍이 어머니 여의었고, 이
제 아버지 모시고 못다 한 효도를 하면서 오래오래 살아야
지요!

달래 그럼요, 아버님! 옆에서 보필하겠으니 너무 염려 마십시오.

아버지 그래두... 멀고 험한 길을 어찌 혼자서 가...?

삼돌 제가 있지 않습니까? 어르신! 위험하면 돌아가고, 급하면 쉬
었다 가지요. (위에 앉아있는 새타니를 가리키며) 저 새가 우
릴 안내할 겁니다요!

아버지 신기하고 기묘한 일이다.

정혼 왜요?

아버지 꿈에서는 저 새가 네 엄마 품속에서 나오더구나!

삼돌/분이 네? 아이구머니나...!

아버지 결심이 정히 그러면, 건강히 잘 다녀오너라!

정혼 아버지, 허락해 주셔서 감사합니다! 차마 발길이 떨어지질
       않지만, 달래와 분이가 아버지를 정성껏 모실 것입니다.

분이 저도 따라가고 싶습니다. (눈물을 훔친다)

삼돌 어허, 쓸데없는 소리! 아씬 어쩌려고?

분이 (샐쭉해서 버럭) 웬 참견이야?

(새타니가 기괴한 소리와 함께 펄쩍 날아오른다)

삼돌 새가 재촉하고 있습니다요...!

정혼 (달래에게) 달래! 은혜 결코 잊지 않겠소.

달래 도련님, 염려 마시고 몸 성히 잘 다녀오십시오!
       (옷섶에서 손수건 하나를 꺼내 건네며) 도련님 다니시다, 땀
       나실 때, 이걸로 닦으시면서 제 생각하시와요.

(이때 한쪽에선 분이가 역시 삼돌에게 손수건을 건네주는 모습.)

정혼 고맙소. 잊지 않으리다!
       (아버지를 향해) 다녀오겠습니다, 아버지!

(넙죽 아버지 앞에 엎드려서 큰절을 한다. 삼돌이도 덩달아 따라 절한
다. 정혼과 삼돌이가 나가고... 달래와 분이가 정혼과 삼돌이 나간 쪽
을 보며, 애달파하다가 반대편으로 퇴장한다)

<2장>

(정혼과 삼돌이가 산을 오르다 아래를 내려다본다. 정혼이 앉아서 종
이를 펴들고 그동안 거쳐 온 산 이름을 대는데, 삼돌이가 복창으로 따
라 한다.)

정혼   꿈에 어머니 말씀이...집 근처 호미걸이 고갤 넘어 송고을을 지나, 승적골을 넘어 서낭댕이를 지나고, 도둑골로 가지 말고, 여수물 지나, 밤나무 율곡 지나, 서목 골짜기 큰 고을 지나, 산적마을이 있으니 반드시 조심하고, 노태산부터 찾아 나서라 했다.

(이어 지나온 산 이름을 랩 노랫말처럼 중얼중얼. 정혼 선창, 삼돌이 재창을 한다)

정혼/삼돌 노태산, 만뢰산, 성거산,
　　　　　광덕산, 만경산을 거쳐,
　　　　　월악산, 천둥산, 감악산,
　　　　　내장산, 비봉산 용두산,
　　　　　금수산, 도락산, 오대산,
　　　　　계방산, 삼각산, 관악산,
　　　　　덕유산, 두타산, 마니산,
　　　　　모악산, 명지산, 백운산,
　　　　　샅샅이 뒤지고 뒤졌다.

삼돌   뒈졌다.

정혼/삼돌 설악산, 금강산, 태백산,
　　　　　소백산, 속리산, 용문산.
　　　　　오봉산, 팔공산, 주왕산,
　　　　　지리산, 천마산, 칠갑산,
　　　　　가리산, 금오산, 장백산까지....

삼돌   (털썩 주저앉으며) 옘병 죽었다. 도련님! 나 죽겄소! 쉬었다 갑시다. 더는 못 걷겄슴다.

새타니   젊은 놈이...!

삼돌   (새타니를 보고) 뭐, 뭐라구?

새타니   젊은 새끼가?

삼돌   뭐, 새끼? (벌떡 일어서며) 저놈이 이젠 반말이네.

정혼	맞는 말이지. 젊은 놈이 뭔 다리? 난 두껍바위 못 찾아 가슴이 아프다. 어머니께서 '천미라' 찾는 법을 알려줬으니, 죽을 힘을 다해 찾아야지.
새타니	효잔 효자다! 지성이면 감천, 하늘도 감동이다!
정혼	고맙다. 새야! (주위를 둘러보고, 삼돌에게) 날도 저물었으니, 우리 쉬었다 가자.
새타니	쪼아~요! 쉬어~요!
삼돌	(투덜대며) 쳇, 새 새끼 말만 들어....
새타니	뭐? 새 새끼? 나 새타니야!
삼돌	새타니?
새타니	그래, 마이 네임 이즈 새. 타. 니.
삼돌	와우...그래? 그럼 난... 아임, 쌈. 똘.
새타니	'빽! 쌈똘'?
삼돌	뭐? 이놈이...?
정혼	삼돌아! (보따리에서 지필묵을 꺼내며) 이 아름다운 산수를 보니, 그냥 지나칠 수가 없구나. 부족하지만, 시 한 수 짓고 싶다.
새타니	역시 선비의 마음. 뷰티풀 마인드 오브 마운틴. (정혼에게) 제가 읽어도...?
정혼	되지!
삼돌	글도 읽어?
새타니	사람 맘도 읽는다!
정혼	(웃으며, 글을 쓴다) 그럼 내 마음도 읽어봐라! (정혼이 쓰고, 새타니가 읽기 시작한다) "첩첩산중 흐르는 물소리 우당탕퉁탕 쏴아악! 쏴아악! 찌르르륵 쾅쾅"

147

삼돌   그런 글도 있어?

새타니   쉬잇! (계속 읽는다)

"고뇌에 찬, 내 맘 적시네

눈 들어 바라보니,

만산에 일만 꽃들과 약초가 만개.

주루루룩 좌악 화들짝 쩍쩍."

삼돌   그런 글도 있냐고?

새타니   Shut-up! (또 읽는다)

"지천에 깔려 있네. 발밑에 널려있네.

이건 솜나물 저건 취나물."

삼돌   얼쑤

새타니   "고사리 도라지 원추리 비비추 영지버섯에"

삼돌   그렇지!

새타니   "만 가지 병에, 만 가지 약초가 제일일세"

삼돌   옳거니!

새타니   "아버님 낫게 하는 천미라 어디에 있을 건가?"

삼돌   나무관세음보살.

새타니   "향기 품은 천미라... 천리향 따라 날은 저물고"

삼돌   산신이시여

새타니   "바람 불어 발길 따라, 긴 긴 밤...날이 새는구나.

삼돌   날 샜다. 천신이시여

새타니   "천미라 인삼 찾아 삼만리 세월은 간다"

삼돌   세월아, 가지 마라.

새타니   "흐르는 구름처럼 무심한 세월이 흘러 흘러서 간다...."

삼돌   에이 멘! (손수건으로 눈물을 닦으며) 감동...감동입니다, 도 련님...봐요. 새도 울고 있어요.

(새타니...겸연쩍은지, 한쪽으로 날아간다.

148

<음악 M#4: 아버님 전 상서/정혼 솔로>)

정혼   첩첩산중에 흐르는 물소리

시원타 내 마음 적시네

온갖 꽃들과 약초 발밑에 널려있고

이건 뭔가 솜나물 이건 뭔가 취나물

고사리 도라지 원추리 비비추 영지버섯

만 가지 병에, 만 가지 약초일세

아버지께 맞는 약초 어디에 있을 건가

향기 품은 천리향 따라 날은 저물고

바람 불어 발길 따라 날이 밝았네

약초 찾아 삼만리 세월은 간다

흐르는 구름처럼 세월은 간다....

정혼   오늘 밤 여기서 쉬자.

삼돌   듣던 중 반가운 소립니다. 얼른 자리 마련하겠습니다.

(삼돌이 여기저기서 나뭇가지 등으로 잘 자리를 만든다. 새타니도 정혼 옆에서 날개를 접고, 정혼이 새타니 무릎에 머릴 대고 눕는다.)

<사이>

(삼돌이가 잠자리를 만들려고, 나뭇가지를 들다가 기겁하며 비명을 지른다. 산 한쪽 편에서 나타나는 커다란 곰 한 마리. 새타니가 푸드덕 날고 요동친다)

삼돌   (뒤로 엉덩방아) 사람 살려! 도련님! 살려주세요?

정혼   (누웠다가 벌떡) 무슨 일이냐?

삼돌   (엉금엉금 기며) 고~옴... 고~옴... 곰... 세 마리... 아니 한 마리!

정혼   (사태를 판별하고 신중하게) 삼돌아! 움직이지 말아라! 조용히! 조용히 그대로 있어!

(정혼이 조심스레 곰에게 천천히 다가간다. 그때 새타니가 곰에게 다

가가 뭔가 재잘대고, 곰이 춤을 추기 시작한다. 신기한 듯 바라보는 정혼과 삼돌....

<사이>

이어 정혼의 죽은 어머니가 현신한다. 곰이 넙죽 어머니 옆에 엎드려, 마치 어머니를 사수하는 해태처럼 앉는다)

삼돌　마님! 마님이....

정혼　쉿!

어머니　정혼아! 집 떠난 지 한 달...찾았느냐?

정혼　아직 못 찾았습니다!

어머니　산꼭대기 넋바위를 찾아라.

삼돌　넋바위요?

어머니　그 바위 밑에 천미라 약초가 하나 있을 것이다. 단, 천미라를 캐되, 뿌리 하나라도 부러뜨리면 안 된다.

(곰이 두루마리 종이를 가져와 정혼에게 준다)

정혼　(종이를 읽는다) 뿌리에서 나는 냄새가 매우 위험할 것이다. 뿌리까지 하루 종일 달여서 곰쓸개하고 함께 먹으면, 단 한 번에 만병의 근원, 씻은 듯이 나을 것이다.
　　　(정혼이 종이쪽지를 읽는 동안 어머니와 곰은 사라지고 없다) 어머니...!

삼돌　이게 꿈입니까, 생시입니까? 마님도 곰도 사라지고 없습니다! 근데 도련님! 곰이 있던 자리에서 뭔가 꿈틀거립니다요.

정혼　꿈틀거려? 가져오너라!

삼돌　(정혼의 품속으로 달려들며) 아이구, 못 가겠습니다!

정혼　그놈 참...! 싫은 거냐, 무서운 거냐?

삼돌　둘 답니다!

150

정혼   도움이 안 되는구나!

(정혼이 곰이 있던 자리에 가서, 주머니에 들어있는 것을 주워서 본다)

삼돌   그거 곰쓸개 아닙니까?

정혼   그렇다! 곰 쓸개로구나. ...어머니가 주신 거다. 삼돌아! 어서 가자!

삼돌   지금요? 이 밤중에요?

정혼   한시가 급하다. 가다 보면 날이 밝을 것이다.

삼돌   무섭습니다요!

정혼   그럼, 너는 여기 있거라!

삼돌   (화들짝 놀라며) 아이구, 아닙니다요! 갑니다요! 가!

(다시 행장을 꾸려 떠나는 정혼과 삼돌...퇴장)

<3장>

(무대는 분이 집 뒷마당. 분이가 소반에 정화수를 놓고, 정성껏 기원한다)

분이   신령님! 우리 도련님 부디 천마당인가, 천마란가, 천미란가? 그런 거 못 가져오셔도 무사히 안전하게 돌아오게만 하옵소서.... 우리 삼돌이두요.....

    (목이 멘다. 그때 분이가 걱정돼서 주모가 살며시 나타난다)

    다리 한 짝 없어도, 팔 두 짝 정도 없어도 그냥그냥 좋으니, 제발 살아만 돌아오게 하옵소서. 백골이 넋이 되어 혼백이 쪼그라들어도 천만번 빌고 또 비옵니다....

주모   어이구, 이것아! 잊어버려! 삼돌인지 사돌인지 집 떠난 지 석삼년이야, 석삼년! 왔으면 벌써 왔지...여태 이 지경이겠어?

분이   꿈에 봤다니까요?

주모   뭘?

분이	큰 곰 한 마릴 등에다 쩌~억 메고 저기 앞마당으로 성큼성큼....
주모	엠병 지랄한다. 이젠 곰 꿈까지 꿔? 엊그젠 호랑일 타고 왔다며? 살쾡이한테 잡혀먹히지나 말라고 기도해 이것아!
분이	엄니! 해두해두 넘 하세요. 우리 삼돌이 무사히 오라구 기도는 못할망정?
주모	아이구! 맨날 한다, 맨날 해. 제발 그 삼돌인가, 뺑돌인가? 잊어버리구 우리 딸년 시집가게 해 달라구!
분이	싫어, 싫어. 난 삼돌이뿐이야.
주모	이것아! 옆 동네에 튼튼하고 튼실한 떡보도 있고, 개똥이, 쇠똥이, 말똥이, 돌쇠, 마당쇠 노총각에다, 홀애비들두 쌔구 쌨어! 벌써 삼 년이야, 삼 년! 이년아!
분이	왜 욕이야, 욕이? 좋아하구 사랑하는 것두 죄야, 죄냐구?
주모	죄지! 상사병으로 처죽으면 에미 말 안 들어 처먹은 죄!

(그때 헐레벌떡 들어오는 달래)

달래	분이 엄니. 큰일 났어요.
주모	응, 뭐가?
달래	어르신께서 하루 종일 밥도 안 드시고....
주모	그리고?
달래	그리고... 헛소리만....
주모	헛소리?
달래	(아버지 흉내를 내며) "주모! 주모! 손 좀 빌려줘. 주모, 주모!"
주모	에이구 영감탱이...밤낮 그놈의 손 타령, 밥 타령.... 징글맞어! 영감탱이 별나고 별나서, 된장찌개만 달래! 늙으면 그저 빨리 죽는 게 상책이지!
달래	어서 가보세요!
주모	알았어! 내가 이렇게 삼 년을 사네.... 똥을 쌀, 삼년을....

(휑하니 퇴장)

분이	(울음이 복받쳐 달래한테 안기며) 아씨!
달래	분이야! (같이 운다) 꿈에...도련님 봤단다.
분이	삼돌인요?
달래	피투성이 도련님을 업고, 삼돌이가 왔어!
분이	피? 삼돌이가요?
달래	이를 어쩌니? 아이구! (통곡한다)
분이	(어이없는 표정으로 달래를 보다가) 아씨! (일으킨다)
	그런 개꿈은 말고, 어서 가요...! 우리 삼돌이 그리 쉽게 안
	죽어요.... (달래 마지못해 분이 따라서 나간다)

\<4장\>
\<M#5: 새날이 밝아-연주곡이 흐른다\>

(온갖 종류의 나비들이 새타니와 함께 춤추듯이 무대를 수놓는다. 날이 밝아온다. 무대는 바뀌어 넋 바위 근처. 산적들이 넋 바위 주변으로 모여든다)

산적1	내 평생 이렇게 많은 나비는 처음 보네!
산적2	나비도 떼를 지어 몰려다니나?
산적3	여기가 넋바위니까, 수 천 년 떠돌던 넋이 나비가 안 됐겠냐?
산적두목	소설을 써라 소설을 써! 자, 모두 모여!
	(좌정해서 앉는다)
	오늘 약초들 다 꺼내!

(산적1부터 한 사람씩 약초 캔 걸 두목에게 보여준다)

산적1	익모초, 구지뽕나무, 당귀, 구기자입니다.
산적2	헛개나무, 함초환, 치자, 어성초, 승검초입니다.
산적3/두목	감초, 작약, 산수유, 오가피
산적3	관절 뼈마디에 좋은 쇠무릎 우술초....

산적두목 우술초? 우술초 어디서 구했냐?

(모두 서로 쳐다보고 있다)

산적1 심메마니 놈한테 뺏었죠!

산적두목 그것밖에 없어?

(다시 서로 쳐다보는 산적들)

그것밖에 없냐구? ...왜 대답이 없어, 짜식들아?

(산적2가 얼른 보따리에서 산삼을 꺼낸다. 산삼을 받아보고 냄새도 맡아 본다)

요즘 니놈들 수확이 없다! 응?

(산삼을 갑자기 한입에 넣고 버적버적 씹어 먹는다. 기겁하는 산적들)

산적들 형님!/ 뭐예요?/ 안 돼!/ 미치겠네! ....

(침묵)

산적두목 (자기 보따리를 산적들 앞에 던지며)

담아! 그리고 하산한다!

(하릴없이 약초들을 두목 보따리에 넣는 산적들. 그때 새타니가 날아든다)

산적2 뭔 새야? 재밌게 생겼네....

산적3 그러게... 저런 새는 난생처음이다....

산적1 희한하게 생겼네.

산적두목 이놈들아! 뭘 봐? 목 떨어지겠다. 어서 가자!

(이때 새타니가 요란하게 소릴 지른다. 그쪽에서 나타나는 정혼과 삼돌. 숨이 차다)

삼돌 저놈의 새가 왜 난리야? 조용히 해 이놈아! 곰 새끼 다시 나오겠다.

(문득 산적들을 발견한다) 도련님...!

산적두목 이게 누구신가...? (정혼에게 다가가며) 도련님...! 선비님...!

장차 진사에 판서 대감 되실 양반 아니신가? 여긴 어쩐

154

일이셔...?

삼돌　무엄하다!

산적1　무엄하다?

산적2　여긴 삼엄하다! (산적들 모두 웃는다)

정혼　단지 지나가는 길입니다.

산적3　(다리를 쭈욱 벌리며) 그러면 단지 기어서 지나가시든지...!

(두목만 빼고 다른 산적들이 모두 다릴 벌리고 노랠 부르며, 터널처럼 일렬로 늘어선다. 머뭇거리는 정혼과 삼돌. 할 수 없이 가랑이 사이로 들어가는 정혼과 삼돌. 그 옆에서 두목은 정혼과 삼돌을 발로 차며 즐기고 있다.

\<M#6: 얼씨구 절씨구/산적들 합창>)

산적들　(노래조로)

　　　　얼씨구씨구 들어간다 절씨구씨구 들어간다

　　　　껑충 뛰었다 제천장 신발이 없어 못 가고

　　　　바람이 불었다 화천장 선선해서 못 가고

　　　　술 취했다 청주장 도둑이 많아서 못 가고

　　　　예산이 안 돼서 예산장 돈이 없어서 못 가고

　　　　천안 장터는 능수버들 느리고 늘어져 못 간다.

　　　　열씨구씨구 들어간다 맹씨구씨구 들어간다.

(마침내 산적들이 정혼과 삼돌의 괴나리봇짐을 빼앗는다)

산적두목 돈 될 만한 거 있으면 다 꺼내!

(산적들이 봇짐에서 이것저것 꺼내 놓는데....)

산적들　(산적1이 꺼낼 때마다 외친다) 보선, 짚신, 천자문, 부채, 고쟁이...!

산적2　아이구...찌린내!

산적1   가만, 이건 뭐야? (곰 쓸개를 담은 보자기를 꺼낸다)

산적3   무슨 짐승 내장 같은데요?

산적1   곰 쓸갠가?

삼돌   아니요, 아닙니다.

산적1   아니면?

삼돌   토끼 간입니다.

산적두목 줘 봐! (쓸개를 받아서 살피고 냄새를 맡는다)

　　　　　토끼 생간이라...?

　　　　　(산적들을 보며) 돈이 되겠냐?

산적2   큰 형님! 그거야 별주부전 얘기지...토끼 간이 무슨 돈이 되

　　　　　겠습니까? 우리가 용왕도 아닌데...!

(웃어젖히는 산적들. 바로 그때, 새타니가 소리치며 산적들에게 무섭게
달려든다. 산적들 기겁하고....)

산적3   저놈의 새 새끼...?

산적두목 저 새 새끼가 토끼 간을 먹고 싶은가 보다.

　　　　　(곰 쓸개를 정혼에게 집어 던지며)

　　　　　얘들아. 짚신하구 보선만 챙기고 뜨자!

산적들   네.

(새타니가 계속 산적들 사라질 때까지 매섭게 부리로 공격한다. 모두
엎어지며 넘어지며 줄행랑을 치며 달아나는 산적들)

<사이>

삼돌   도련님! 이제 살았습니다.

정혼   새가 우릴 구했구나.

삼돌   누가 아니랍니까!

정혼   자, 우리도 어서 저 넛바위에서 천미라 약초를 캐야지...!

삼돌   네 그렇지요! 근데 짚신도 보선도 다 빼앗겼으니 어쩝니까?

정혼   어쨌거나 천미라 약초가 우선이다. 봐라! 새가 우릴 재촉하

156

고 있구나! 어서 가자!
(새가 다시 정혼과 삼돌을 넋바위로 안내한다.

<음악 M#7: #5-새날이 밝아 Reprise>

바위 근처에 도달하는 정혼과 삼돌. 새타니가 바위 주위를 느리게 돈
다. 마치 기원 치성의 Ritual Ceremony 하듯이....)

정혼　　가만! 삼돌아...새가 멈출 때까지 움직이지 말아라!

(이윽고 새가 멈추자, 어여쁜 선녀가 곰을 데리고 나타나, 바위 앞에
서 짧으나마 강렬한 기원무를 올리고 사라진다. 이 모습을 숨어서 지
켜보는 정혼과 삼돌)

삼돌　　도련님, 귀신입니다!

정혼　　쉬잇! 우릴 안내하는 혼령이다, 가보자!

삼돌　　냄새가 진동합니다.

　　　　　　(냄새를 맡으며)

　　　　　　냄새가 나쁘지 않은데요?

정혼　　쉬잇! 어서 가자!

　　　　　　(바위로 다가가는 두 사람. 정혼이 천미라를 발견한다)

　　　　　　천미라 약초다!

삼돌　　어찌 아십니까? 여기저기 풀잎투성인데...?

정혼　　(풀잎을 만지며) 냄새가 나지 않느냐!

삼돌　　(냄새를 다시 맡으며) 아까 그 냄새랑 똑같습니다, 도련님!

정혼　　잔말 말고, 어서 연장을 꺼내!

삼돌　　도둑놈들이 연장마저 챙겨 가지 않았습니까?

정혼　　그렇구나... 그럼....

(멈추는 음악. 손으로 천미라를 캐내는 정혼. 천미라를 캐내어 꺼내 든
다. 순간 커다란 음향 소리! 정혼과 삼돌이 기절한다.

<음악 M#8: 효도의 노래>

노래가 이어진다.)

<6장>

(음악 'M#8-효도의 노래'가 연주되면서, 선녀들과 사자들이 합창하는 가운데, 무대는 오방색의 찬연한 무대로 바뀐다.

<M#8-효도의 노래/선녀, 사자들>)

선녀들/사자들   산넘어넘어넘어 고개너머너머머
　　　　　　　　　구름 타고 오셨나 바람 타고 오셨나
　　　　　　　　　효자가 오셨네 효부가 나셨네
　　　　　　　　　부모님 사랑 가족들 사랑
　　　　　　　　　이웃들 사랑 사랑을 배웠네
　　　　　　　　　사랑을 나누었네 사랑을 주고
　　　　　　　　　사랑을 받았네 사랑을 알았네
　　　　　　　　　사랑의 노래를 풀잎 같은 사랑
　　　　　　　　　사랑의 노래....

(노랠 부르는 가운데 쓰러져있는 정혼을 깨운다)

사자1   여보세요!

선녀1   이봐요!

사자2   일어나요...!

선녀2   아직도 꿈속이야!

사자1   흔들어 봐! (흔든다)

사자2   꼬집어 봐! (꼬집는다)

선녀3   간지럽혀! 그럼 살아날지 몰라! (간지럽힌다)

사자1   생명수를 뿌려! 그럼 살아나지! (뿌린다)

선녀1   신선주를 먹여! (신선주를 먹인다)

사자2   불로주를 먹여! (불로주를 먹인다)

선녀2   약초 술을 먹여! 그럼 일어나지! (입에 약초주를 넣는다)

사자1   안 되겠어! 심폐소생술! 시작!

(심폐소생술을 노래조로....

<노랫조로 M#9: 심폐소생술/ 선녀, 사자들>)

선녀들   타토테오테페라

사자들   하하!

선녀들   리포토테오쎄테스까

사자들   하하!

선녀들   하파이씨메남피미남

사자들   하하!

선녀들   폴리스페로페로

사자들   하하!

선녀들   인생 공생

사자들   벌떡!

선녀들   현생 전생

사자들   벌떡!

선녀들   재생 생생

사자들   벌떡!

선녀들   내생 쌩쌩

사자들   벌떡!

모두들   히아카카벌떡 히아카카벌떡 히아카카벌떡...캬아...!

(꿈틀대는 정혼)

모두 전생 벌떡 내생 벌~떡!!

사자1 살았다. 푸 하 푸 하...! 숨 쉰다....

정혼 (아무렇지도 않은 듯, 벌떡 일어나 몽유병 환자처럼 걷는다) 누구요?

(선녀1이 양산을 받쳐 들고, 계속 주변을 걷는 정혼을 배웅한다)

선녀1 나? 너? 넌 나. 난 너. 나는 나? 당신은 당신? 나 대신 당신. 당신 대신 나!

정혼 (어리둥절) 네?

사자2 뭐?

정혼 뭐라구요?

선녀2 뭐?

정혼 대체...당신 누구야?

사자1 그런 당신은?

정혼 뭐요?

선녀3 누굴까?

정혼 무슨 소리야?

사자2 그렇지!

정혼 대체 여긴 어디요?

선녀1 왜 묻지?

정혼 대체 뭐하자는 겁니까?

사자1 언제?

정혼 네?

선녀2 뭘?

정혼 내가 어떻게...?

사자2 어떻게 오셨는데?

정혼 (사방을 주의 깊게 살피며) 여긴?

선녀3	거기?
선녀1	요기?
선녀2	저기?
정혼	(소리친다) 어딥니까, 여기?
사자1	기가 막혀….
선녀3	여기? 별나라….
사자2	화성
선녀1	금성
사자1	명왕성
선녀2	수성
사자2	혜성
선녀3	직녀성
사자1	북극성
선녀1	알파성, 베타, 시리우스, 마케마카, 트리톤, 엘리스, 알타이르, 리겔, 폴룩스, 안테레스….
사자2	모두 우리 구역이지. 여길 왜 왔어?
정혼	약초 캐러요!
선녀2	약초? (웃는다)
사자1	무슨 약초?
정혼	천미라! (모두 웃는다)
사자2	쉽지 않을걸!
선녀3	생명초니까!
사자1	성명과 생명을 담보로 맡길 수 있어?
정혼	(주위를 둘러보고 확신에 차서) 물론이죠!!
선녀1	맡길 수 있대! (다시 모두 웃는다)
사자2	잠깐! (옷에서 악기를 꺼내 분다. 모두 한 쪽에 모여 구수회의(鳩首會議)를 하는 선녀와 사자들. 이윽고 가면을 쓴, 사

자들이 정혼에게 다가간다)

사자1　그럼, 우선 심판을 진행한다.

정혼　심판? 무슨 심판?

사자2　별나라 심판!

(이어서 심판의 '연주곡#10'이 이어진다. 연주곡에 맞춰 현생의 모습이 무대 한쪽에서 재현 장면으로 하나씩 전개된다. 사자들에 의해 마치 잠망경으로 세상을 내려다보듯, 재현되는 곳을 보고 있는 정혼

<음악 M#10-심판 뮤직 : 연주곡>)

사자1　심판 일!
　　　　(재연1: 정혼 아버지의 아픈 모습)

사자2　심판 이!
　　　　(재연2: 달래와 분이가 정성스럽게 치성을 드리는 모습)

사자1　심판 삼!
　　　　(재연3: 삼돌이가 정혼의 초상화를 들고 절을 하며 울고 있는 모습)

사자2　심판 사!
　　　　(재연4: 정혼 아버지, 달래, 분이, 삼돌이가 정혼이 죽은 무덤의 비석 앞에서 애도하고 있는 모습)

(음악이 멎으며, 재현 장면 사라진다)

정혼　아냐! 아녜요! 아버님! 저 여기 있어요! 여기 살아있어요!

(혼자 발버둥을 칠 뿐, 제자리다. 그 사이에 무대엔 죄인을 처형하는 처형장이 사자들에 의해 만들어진다)

사자1　(두루마리를 읽어 내려간다)
　　　　죄인은 부모의 은공도 모르고! 지 애비의 지병도 못 고치고! 여기 신선계 별나라에 무단 침입한 죄로. 영생이 아닌 영원

한 죽음을 내리노라!

정혼   아닙니다! 아녜요! 아버지 병을 낫게 하지 않는 한, 한순간도 눈을 감을 수 없습니다!

사자2   시끄럽다...! (처형대로 끌고 간다)

선녀1   천수 마마 납시오!

(일제히 뿔피리를 부는 사자들. 선녀들에 의해 커다란 파라솔과 함께 등장하는 천수 마마. 그 옆엔 반인반수의 화려한 뿔 달린 소가 이채롭다)

천수 마마 (정혼을 내려다보며) 오늘의 죄인이냐?

뿔소   (엄청나게 울부짖는다) 예!

천수 마마 (정혼 가까이 다가와 자세히 보고) 삼대 죄악이구나!
첫째, 죽어서 여길 왔으니, 명을 다하지 못한 죄고
둘째, 병든 아비 은공을 저버린 죄요
셋째, 사랑하는 사람과 맹세를 저버린 죄로다.

정혼   아닙니다! 아직 저버리지 않았고, 명이 다하지 않았고, 맹세 또한 잊지 않았습니다.

천수 마마 처형하라! (퇴장)

뿔소   처형!

(뿔나팔 소리와 함께 타악기 소리. 사자들이 정혼을 큰 칼 아래 세우고, 죽음의 가면을 씌운다. 발버둥 치는 정혼. 음악이 멈추고... 반인반수의 괴수가 큰 칼로 목을 내리치려는 순간, 긴 파람, 큰 소리에 이합집산하는 사자들과 선녀들. 정혼은 혼절해 있다)

모두   대비마마다!

선녀1   대비마마 납신다!

(일제히 모두 엎드린다. 신선계 대비마마가 천수 마마와 동행하여 함께 등장한다. 화려한 의상, 온갖 깃털이 이채롭다)

대비마마 (형틀을 굽어보며) 인간 세상에서 온 사람이냐?

모두   예.

대비마마 삼대 죄악 가운데, 제일 무거운 죄가 부모의 은공을 저버리는 것임을 모르느냐? 또 목숨을 초개처럼 버리는 건 하늘의 명을 포기하는 것이요. 더욱이 사랑하는 사람과의 맹세를 아무렇지 않게 여기고 죽어...? 지금부터 팔한지옥, 팔열연옥, 무간지옥에서 각각 120년씩 지낼 것이다! 집행해라!

사자1   집행하랍신다!

(사자들과 선녀들의 노래소리에 맞춰, 쇠사슬로 정혼과 삼돌을 묶고, 형틀 주위를 돌며 의식무를 춘다. 마지막 지옥으로 보내는 의식이다.

\<M#11: 형장의 노래/ 사자들, 선녀들 합창>)

모두   죄를 짓고 죄를 지었네 무거운 죄
         하늘도 땅도 용서 못 할 무거운 죄
         은혜도 약속도 맹세도 저버린 죄
         오, 인간이여! 잊었나 사람의 도리
         오, 인간이여 잊었나 자식의 도리
         채찍 불꽃 뜨거움 차가움 아픔과 고통
         무서운 형벌 무거운 형벌 죄의 형벌
         아타파타 아타파타 이시마파 이시마파...

         ....

(노래가 끝날 무렵, 새타니가 날아든다. 행렬이 멈춘다. 새타니가 대비마마에게 공손히 안착하고 뭔가 자초지종 설명)

대비마마 죄인을 가까이 인도하라!

선녀1   죄인 대령하랍신다.

사자들   예...! (사자들이 정혼과 삼돌을 대비마마 가까이 끌고 와 죽음의 가면을 벗긴다)

대비마마 고개를 들라! 날 알아보겠느냐?

정혼 ....

대비마마 정혼아! 깨었거라! (사이)

삼돌 마님!

정혼 (비로소 알아차린다) 어머니...!

대비마마 깨었거라!

정혼/삼돌 어머니...! 마님! 어머니...! 마님! 어머니...!

(어머니가 꿈결처럼 사라지듯 퇴장하고, 정혼의 어머니를 부르는 소리가 계속 메아리처럼 이어지는 가운데, M#8-효도의 노래 Reprise 되면서, 무대는 분이 집 마당으로 바뀐다)

선녀/사자/모두<M#12:#8-효도의 노래Reprise/모두 합창>

산 넘어넘어넘어 고개 너머너머너머

구름 타고 오셨나 바람 타고 오셨나

효자가 오셨네 효부가 나셨네

부모님 사랑 가족 사랑

이웃 사랑 사랑을 배우고 사랑을 나누었네

사랑을 주고 사랑을 받았네

사랑을 알았네 사랑의 노래를

풀잎 같은 사랑 달콤한 향기

사랑 사랑 사랑의 노래....

<7장>

(분이 집 마당. 분이가 작은 제상을 차리고 있다)

정혼 (들어오다가 놀라며) 저거 분이 아니냐?

삼돌	그러게요? 분이야!
분이	(소리 지른다) 어머, 사람 살려!
삼돌	(덩달아 놀라며) 분이야! 나야, 나!
분이	(몸을 피하며) 나가, 누구야? 나가? 으~악! 귀신이야! 아가씨! (정혼 앞쪽으로 도망하는데, 덥석 끌어안아 분이를 잡는 정혼) 우~엑! 사람 살려!

(정혼 품에서 빠져나와 비명 지르며 도망하는 분이)

정혼	분이야! 분이야...(분이가 사라졌다) 분이가 왜 저러는 거냐?
삼돌	그러니까요?
정혼	(마당에 놓인 조그만 제상을 본다) 이거 제사상 아니냐? (그때 새타니가 조용히 날아와 제상 옆에 다소곳이 앉는다) 이 제사상 누구 것이냐?

(그때 무대 밖에서 왁자지껄한 소리 들리며. 분이가 달래, 정혼 아버지, 주모를 대동하고 나타난다)

분이	틀림없어요! 귀신이에요. 내가 왜 거짓말을 하겠어요. 분명 히 봤다니까요!

(마침내 일행이 정혼, 삼돌이와 마주친다)

(긴 침묵)

(정혼 아버지가 갑자기 기절해서 자빠진다. 분이가 보살핀다)

정혼	아버님! (정혼이 천천히 달래를 향해 다가온다)
달래	어머! 귀신이야! (놀란다)
정혼	달래! 나요!
달래	나가 누구예요?
분이	저 귀신 새끼가 날 이렇게 꼬옥 잡았단 말이에요! 그것두 이 벌건 대낮에...!
주모	저 귀신 몽둥이가? (몽둥이를 집어 든다) 이 귀신 바가지 새끼!
정혼	주모! 나요, 나!

주모	옘병헐... 야, 이 귀신아. 귀신 씨나락 까 먹는 소리 하덜 말어! 이 싸가지 없는 귀신 바가지야!
삼돌	잠깐! 이 삼돌이가 이실직고하겠습니다요!
분이	목소린 영락없이 삼돌이네!
삼돌	분이야, 나 정말 삼돌이야! (분이에게 다가간다)
주모	(몽둥이를 부여잡고 외마디 소리) 야...! 이 옘병 하다 육실헐 놈아! 가까이 오지 마! 북어 대가리 패듯 패버릴 테니까!
분이	엄니, 아무리 삼돌이가 귀신이 돼 왔다지만, 옘병하다 육실헐 놈이 뭐야, 육실헐 놈이? (삼돌이가 별 할 말이 없다) 근데 아가씬 넋 나간 사람 모양 그렇게 서 있지 말구, 무슨 말 좀 해보세요.
아버지	(깨어나서 정혼을 본다) 우리 정혼이 많이 닮았네....
정혼	(일행을 보고) 아버지!
아버지	아버지?
정혼	저, 귀신두, 혼령두 아닌 정혼입니다.
삼돌	전 삼돌이구요!
아버지	무슨 2중 귀신 씨나리 까먹는 소리냐?
달래	정혼 도련님과 삼돌이는 삼 년 전에 돌아가셨습니다!
분이	맞아요!
정혼	자초지종을 말하겠습니다.(설명하러 더 다가선다)사실인즉....
분이	(몽둥이를 휘두르며) 서! 거기 서! 이 귀신 도깨비야!

(정혼이 할 수 없이 멈춰 선다)

달래	잠깐 있어봐라! 산 도련님인지, 죽은 도련님인지, 증명을 해보면 알 것 아니냐!
아버지	우리 아가 똑똑하다.
분이	어떻게요...?
달래	정혼 도련님이 맞는다고 했지요?

정혼 물론이요, 달래! 여부가 있소!

아버지 그럼 고향이 어디신가?

정혼 아버지께서 사시는 이곳, 제천군 봉양읍 향교리임다.

주모 와아! 귀신은 귀신이다...!

분이 귀신같이 맞추네!

달래 여긴 어디고 왜 왔습니까?

아버지 그렇지! 그래야 증명이 되지...!

정혼 아버지 병환을 낫게 하려고 삼천리 방방곡곡 산이란 산을
다 찾아.

삼돌 약초 캐고 돌아왔습니다...!

(이때, 산적들이 나타난다. 정혼 일행을 보고, 몸을 숨겨 동태를 살핀다)

주모 역시 귀신은 귀신이라니까! 내 얼른 동네 의원하고 사람들
불러올게.

(빠르게 퇴장)

달래 무슨 약초에요?

분이 약초 이름...!

산적1 (펄쩍 나타나며) 천마라.

산적2/ 3 천마라 약초...! 헤헤헤헤.... (모두 놀라는 정혼 일행들)

산적1 (달래와 분이를 가리키며) 기체후일향만강하십니까! 새 가
슴 두 양반!

달래 무엄하다!

산적두목 무엄 무엄 무엄... 그래, 근처에 무덤이 즐비하지....

삼돌 (막아선다) 물렀거라!

산적1 물러 터진 놈, 살렸거라!

(발로 찬다. 추풍낙엽처럼 쓰러지는 삼돌)

분이 어머, 저 귀신, 물 귀신이네....

정혼 (삼돌을 일으키며) 이보시오...! 보자 보자 하니....

산적 두목 그래 봐하니...어떤데?

달래 그만하고 물러가시지요!

산적 두목 오호, 두 양반이 우리 흙수저 같은 무지렁이들한테 훈계를 하시겠다!? (둘러보며) 얘들아! 천미라 인삼하고, 제상에 있는 은촛대, 은쟁반, 은수저, 소지품 다 챙기고, 두 계집도 챙겨!

산적들 네!

분이 사람 살려!

아버지 야! 귀신과 사람 싸움이라? 볼 만하네...! 그래. 찔러, 때려, 부셔, 엎어, 뽑아, 갈겨, 쑤셔...!

(일시에 달려드는 산적들과 정혼 일행이 싸움판으로 아수라장이 된다.

<음악 M#13: 싸움-연주곡>

그때, 나타나는 새타니와 곰)

산적1 형님! 곰입니다!

산적2 새두요.......

산적두목 야. 뚱쳐! 뛰어! (허둥지둥 도망하는 산적들. 두목이 곰에게 엉덩이를 물린다) 아이구. 나 죽는다! 아이구. 내 엉덩이...... 곰이 사람 잡네! 사람 살려! 사람 살려......! (퇴장)

(사이)

(달래가 다쳤는지 아파하며 손 등을 어루만지자, 정혼이 손수건을 꺼내 달래의 손 등을 감아준다. 달래가 헤어질 때 줬던 그 손수건이다)

분이 아가씨! 그 손수건.....!?

달래 도련님께 드렸던 손수건이구나! (감격하여) 도련님! 살아계셨군요?

이게 지금 꿈입니까? 생시입니까?

삼돌	생십니다. (역시 분이가 줬던 수건을 꺼낸다)
분이	내 수건이에요! 삼돌아!
삼돌	분이야! 나 좀 꼬집어 봐! (분이가 삼돌의 팔을 꼬집는다. 큰 소리로)
	아얏...!
달래	도련님!
정혼	달래! 아버님!
아버지	정혼이 니가 참말이냐? 나두 좀 꼬집어 봐라! (분이가 꼬집는다)
	아! 아프다! 생시야!
삼돌	어르신두 참말이라니까요? 정혼 도련님이에요!
아버지	그러게 말이다. 이게 꿈이냐? 생시냐? 삼년 전에 죽어서 장례 까지 치뤘는데.....?
정혼	아버님! 이 불효자식을 용서해 주십시오!
아버지	어디 좀 보자. 꿈인지 생시인지? 손이라두 만져보자!
	(정혼이 다가가자 아버지가 그의 얼굴을 쓰다듬는다)
	세상에 내 아들이 살아왔어! 내 아들이 살아왔어! (모두 감 격에 겨워연신 눈물을 닦는다)
달래	맞습니다. 아버님!
아버지	이제 죽어도 여한이 없다.

(이때 무대 밖에서 왁자지껄 떠드는 소리와 함께, 주모와 마을촌장이 포졸을 앞세우고, 포승줄에 묶인 산적들을 데리고 등장한다)

주모	이 천하에 몹쓸 도적놈들아! 어디 가서 도둑질 할 게 없어, 술 도둑을 다해? 응? 술 쳐 먹고 외상 안 갚은 게 삼년이야. 삼 년!
	드디어 저 귀신들하고, 이 도둑놈들 한꺼번에 다 잡아 쳐넣 자구요!
아버지	이보게 주모! 아들 정혼이야. 정혼이 살아 돌아왔어! 봐. 이

렇게....

(훌쩍 정혼 등에 올라탄다)

주모 아이구..... 그러구보니 생전에 그 모습이네요! (모두 웃는다) 자, 이거보세요. (보따리들을 내려놓는다. 하나씩 꺼내 보여주며) 은가락지, 짚신,보선, 부채, 간장 종지, 숟가락, 젓가락, 놋그릇, 요강에......

세상에 돈 된다 싶으면 여자 고쟁이까지 다 싹쓸이 한 도둑놈들이에요! 세상에...... 이놈들 누가 산 채로 안 잡아먹나? (그때, 곰이 성큼 나선다. 곰을 발견한 주모 기절초풍) 엄마야! 사람 살려! 이게 뭐야?

삼돌 곰이요! 착한 곰!

마을촌장 그놈 참, 잘 생겼다!

주모 착하고 잘 생겨? 난 강아지도 안 키우는 사람이에요!

(모두 웃는다. 포졸들이 도둑을 끌고 나간다)

포졸 자, 가자! (도적들 끌려 나간다. 그때 곰이 조그만 보따리를 정혼에게 건네준다)

정혼 아버님! 천미라 약초입니다!

아버지 에구 우리 아들 효자다. 효자야!

마을촌장 드디어 우리 마을에 효부효자 경사 났네!

(음악이 흐르면서 곰이 정혼에게 약탕관을 건네준다. 노래가 진행되면서 전체 출연자들이 함께 합창으로 이어진다. 마지막에 산적들이 만장에 새긴 글을 들고 도열한다)

'효도가 서야 인간이 되고'

'효도가 서야 가정이 서고'

'효도가 서야 나라가 바로 선다'

'착하게 살자'

<음악 M#14-효자의 노래/모두>

아버지 부모님 은혜 하늘 보다 높아
세상 어디에도 없어라
나서 자라고 어른이 되어
부모님 은혜 잊지 않으리
모두 은혜는 강물이 되어 바다가 되고
부모님 사랑 구름처럼 피어오른다
태양보다 밝은 부모님 사랑
불꽃처럼 피어라 세상을 향해
사랑은 높아 산처럼
사랑은 깊어 바닷물처럼
효도가 서야 인간이 서고
효도가 서야 가정이 된다
효도가 서야 나라가 선다.........
(무대 위쪽에 어머니가 현신해서 정혼과 아버지를 바라본다.

<음악 M#15 : M#8-효도의 노래 Reprise>

가 이어지며, 커튼콜로 연결되며..........)
-천천히 막이 내린다-
2020.5.10

청아

-등장인물-

심청
심봉사
어머니 (심청이 어렸을 때 사별한)
돌쇠   (심청을 짝사랑 하는 노총각)
뺑덕어멈
뺑덕
새타니   (하늘의 메신저 새)
새끼   (새타니 새끼)
점례   (심청의 단짝 친구)
사왕   (수선궁에서 죽은 사람들을 관장하는 사자들의 왕)
환영들 (심청   꿈속에 나타나는)
사자들
처녀들
수선들   (물에 사는 신선들)
선원들
동네 사람들

-무대-

많은 장면 변화에 빠르게 무대 전환이 될 수 있게, 간략한 추상적 무
대일수록 좋겠다. 특히 인당수에 빠진 장면 이후의 수선궁(水仙宮)
무대는 온갖 아름다운 바다 속 풍경이 장엄하고 화려했으면 좋겠음.
음악인들(악사들)이 수선궁 파티 장면 같은 곳에선 함께 무대로 들어
와 공연할 수 있으면 좋겠다.
우리 무속에 나오는 神界와 人間界 사이의 메신저 역할을 하는 새타

니와 그 새끼가 공연 중간 중간에 악기를 연주하면 더욱 극적인 장면이 되겠음.

-뮤지컬 넘버-

(1)M#1-   동산에 올라

(2)M#2-   우리가 사네

(3)M#3-   술래잡기 하는 달

(4)M#4-   비나이다

(5)M#5-   맘속 비밀

(6)M#6-   길 떠나요

(7)M#7-   훼방노래

(8)M#8-   사랑이야

(9)M#9-   우리는 뱃사공

(10)M10-   뺑덕어멈은 빵떡

(11)M#11-   신세신세 내 신세여, **심봉사** 솔로

(12)M#12-   뺑덕어멈은 빵떡 Reprise

(13)M#13-   길 떠나요 Reprise

(14)M#14-   길 떠나요 Reprise

(15)M#15-   간다 간다

(16)M#16-   배 띄워라 성원들 합창

(17)M#17-   이별의 노래, **심청** 솔로

(18)M#18-   고사 쏭

(19)M#19-   길 떠나요 Reprise, **심청** 솔로

(20)M#20-   수선궁 궁중음악 연주곡

(21)M#21-   수악 파티연주곡

(22)M#22-   등산가세

(23)M#23-　　　길 떠나요 연주곡
(24)M#24-　　　귀인 납시오 연주곡
(25)M#25-　　　길 떠나요 Reprise
(26)M#26-　　　밝은 세상

<1장: 소녀 심청>

(서곡)
막이 오르면서

<음악#1-동산에 올라(연주곡)>

가 연주된다.
한 무리의 처녀들이 동산을 뛰어 내려오고 있다.

처녀1	밤나무
처녀2	질경이
처녀3	배나무
처녀4	등나무
처녀5	청솔
처녀6	푸른 솔
처녀7	대추등걸이
처녀8	칙넝쿨 오얏나무
처녀1	머루. 다래
다같이	담뿍
처녀2	쑥꾹새
처녀3	부엉이
처녀4	가시나무새
처녀5	산새들이 날고
처녀6	온갖 짐승 다 있네.
처녀7	(소리친다) 산아!
다같이	(메아리) 산아!
처녀8	푸른 산아!

처녀1　　높푸른 산아!

처녀2　　산이 있어 산에 사네.

처녀3　　산에 사네

다같이　　(메아리) 산에 사네.

(<음악#2-우리가 사네/처녀들 합창>

를 부르며, 원을 그리며 춤을 춘다)

처녀들　　산에 산에 사는 것 산에 사노라네

　　　　　　들에 들에 사는 것 들에 사노라네

　　　　　　물에 물에 사는 것 물에 사노라네

　　　　　　하늘 아래 사는 것 우리가 사네

　　　　　　우리가 있어 노래하며 사네

　　　　　　우리가 있어 춤추며 사네

　　　　　　세상은 세상은 아름다운 곳

　　　　　　착한 이에게 행복을 주는 곳

　　　　　　산에 산에 사는 것 산에 사노라네

　　　　　　들에 들에 사는 것 들에 사노라네

　　　　　　물에 물에 사는 것 물에 사노라네

　　　　　　하늘 아래 사는 것 우리가 사네

　　　　　　하늘 아래 사는 것 우리가 사네..........

(동네처녀들 해맑게 웃으며 동산에 솟아오르는 달을 본다)

처녀1　　애들아! 보름달이야!

처녀2　　동산에 걸렸네.

처녀3　　나무위에 앉았어.

처녀4　　(손으로 잡는 것처럼) 니 머리위에 앉았다.

처녀5　　(손으로 가리키며) 아냐. 니 눈에 앉았어.

처녀6　아냐 니 머리 위야.

처녀7　아니? 니 눈에.......

처녀8　여기 잡았다! (처녀1을 잡으며) 술래잡기 하는 달!

(<음악#3-술래잡기 하는 달/처녀들 합창>

을 부르며 처녀들이 술래잡기 놀이를 안무에 맞춰 춤을 춘다)

처녀들　일월엔 보름달 이월엔 그믐달

　　　　　삼월엔 제비연달 사월엔 배꽃달

　　　　　오월엔 단오달 유월엔 유두달

　　　　　칠월엔 칠석달 팔월엔 한가위달

　　　　　구월엔 술래잡기 시월엔 상달

　　　　　십일월엔 동짓달 십이월엔 섣달

　　　　　달달 무슨 달 회초리에 맞는 달

　　　　　연자방아에 찍힌 달 마음속에 꽁꽁

　　　　　머리속에 꽁꽁 술래잡기 하는 달!

　　　　　한 달 두 달 세 달 네 달 다섯 달

　　　　　여섯 일곱 여덟 아홉 열!

(처녀1이 처녀8을 잡으면 모두 재미있게 웃는다)

처녀1　얘들아!

모두　왜?

처녀1　얘깃거리 하나!

모두　뭔데?

처녀1　(귓속말) ....

모두　정말?

처녀2　청이가?

처녀3　청이 보러 가자?

처녀4,5	청이?
처녀6,7	어디 있는데?
처녀8	칠성바위에 있을 거야.
처녀1	돌쇠두?
처녀2	뺑덕이두?
처녀3	누가 알아?
처녀4	가보자
모두	그래? 가자! (모두 뛰어 나간다)

<2장 칠성바위>

(칠성 바위 앞에서 치성 드리고 있는 심청. 옆에 새타니와 새끼가 날아와 지켜보고 있다. 심청이 노래한다.

<음악#4-비나이다/심청 솔로>)

심청	비나이다 비나이다 칠성님전 비나이다
	아버님 살아생전 칠흑 같은 눈을 떠서
	세상천지 만물 중에 좋은 일만 둘러보고
	남은 여생 편안히 살게 하여 주옵소서
	누리게 하옵소서 비나이다 비나이다.........
	(문득 새타니와 새끼를 발견하고) 새야! 너는 알지? 내 마음?
새타니	알구말구......
새끼	그 마음 우리 마음이야. (새타니와 함께 웃는다)
심청	난 너희들이 부러워.
새타니	어째서?
심청	너희는 언제나 세상천지 두루두루 맘껏 날고, 들어도 보잖아?

새타니	우린 니가 부러운 걸?
심청	왜?
새타니	넌 우리보다 '큰 마음'을 가졌으니까?
새끼	너에 비하면 우린 아직 '새가슴'인 걸?
새타니	넌 삼천대천의 마음을 가졌어!
심청	그런 말, 난 몰라.
새끼	몰라도 돼! 알 바 없지.
새타니	마음 끝간 데..... 몰라도 돼.
새타니/새끼	나중에 알지. 알게 되지.
심청	근데 새야!
새타니/새끼	왜?
심청	한 가지 물어볼 게 있어!
새타니/새끼	뭔데?
새끼	어려운건 싫어.
심청	어렵지 않아!
새타니	들어볼까?
심청	달님께 빌고 빌면..... 아버님이 눈을 뜨실까?
	(노래한다.

\<음악#5-맘속 비밀/3중창>)

저 동산에 걸린 연분홍 달 속의 비밀을 아실까?
그리고 이 칠성바위 보시고 말씀을 하실까? 눈을 뜨실까?
이 꽃들 보고 자비를 얻으실까? 아니면 너희들 노랫소리에
귀를 열고 무릎을 치실까? 그럼 난 어떻게 되는 거지?
보고 싶은 어머니 얼굴 언젠가 볼 수 있을까?
사는 것과 죽는 것의 차이는? 시작과 끝은 어디에?

새타니	청아! 슬퍼하지도 기뻐하지도 마.
새끼	어제와 오늘은 다르지 않아.
새타니/새끼(듀엣)	해 뜨고 지는 것. 솔처럼 늘 푸른 솔처럼
	심청이는 심청. 우리 새는 새.
다같이(트리오)	아름다운 작은 새야 새장에서 나와
	님을 만나면은 날아 가거라 날아가
	꿈속에서 꿈을 꾸는 작은 새야
	님을 만나면은 날아 가거라 날아가.......

(음악이 멎고)

새타니	너도 우리처럼 훨훨 노래하며 꿈을 찾아봐.
심청	고맙다. (그때 심청의 친구 점례가 헐레벌떡 뛰어 들어오며)
점례	청아! 청아!
새끼	친구가 오네?
심청	점례야! 왜? 무슨 일 있어?
새타니	우린 알지!
심청	뭔데? 왜 그래?
새끼	나까지 숨이 차네!
점례	(숨을 겨우 가다듬고) 애들이 와!
심청	애들?
점례	인순이,덕분이,계림이,초심이,분홍이,설운이,홍은이,귀분이
	모두.....
새타니	못된 것들!
점례	소문을 들었대!
심청	무슨 소문? 나 잘못한 것 없어!
새끼	물론이지.
점례	알아. 근데......
새타니	(상수쪽에서 밖을 살피다가) 온다!

처녀들	청아! (동네처녀들 등장, 둥그렇게 청이를 에워싸고 놀린다)
처녀1	오늘이 며칠 째야?
처녀2	바위가 움직였어?
처녀3	북두칠성이 내려왔어?
처녀4	시집 못간 처녀귀신 될라구?
처녀5	아니 보리밥 한번 못 먹은 보리귀신!
처녀6	우리 마을에 효녀가 났지 뭐야!
처녀7	효녀 심청.
처녀8	청 청......
처녀들	심청.
점례	(나서며) 얘들아! 그만해!
심청	괜찮아!
새타니	(역시 나서며) 괜찮긴 그만해! (처녀들 그때서야 새들을 보고)
처녀1	저놈! 또 나타났네?
처녀2	졸졸......
처녀3	하루 종일.
처녀4	어젠 오복이네 방앗간에서.
처녀5	보리 다 쪼아 먹었어.
처녀6	나쁜 놈들
처녀7	(소매를 걷어부치며) 에이! 이놈의 새!
처녀들	훠어이! 훠어이!
심청	얘들아! 하지 마!
처녀들	하지 마?
심청	새들도 생각이 있고 가슴이 있어. 마음을 헤아릴 줄 안다고.
처녀들	미친 소리! 쫓아버려! 훠어이!
새타니	우린 해치지 않아!
새끼	친구야 우린!

처녀3	친구?
처녀5	우리 친구래....? (모두 웃는다)
처녀4	허튼 소리 말고.
처녀들	꺼져!
점례	얘들아! 됐어. 그만해!
처녀4	뭐야 넌?
처녀5	웬 참견?
새타니	우린 니들을 알아! 너희 맘속을..... 탐욕스럽고, 질투심 많고, 이기적이고, 훼방하고, 간섭하고.....
새끼	우리 새들은 그렇지 않거든!
새타니	같이 살고, 같이 웃고, 같이 고민하고 같이 아파하지!
처녀6	새대가리란 말 못 들었어? 어서 쫓아!
처녀7	그래!
처녀들	새대가리! 훠어이 훠어이 훠어이......! (새들 마지못해 다른 곳으로 피하며)
새타니	좋아! 전쟁을 하고 싶진 않아! 삼촌뻘 되는 수리아저씨를 부를 생각은 없단 말야!
심청	새야! 그냥 노래해 줘. 너희들 노랫소리에 귀먹었던 우리 심장이 활짝 열리게.......!
새타니	청아! 넌 네 갈 길을 가야해. 알았지?
새타니/새끼	(노래한다.

<음악#6-길 떠나요/새타니,새끼>)

길 떠나요 님 찾아 세상을 봐요

184

소리 들려요 산 넘고 물 건너

바람따라 가노라면 거기에 님이 있죠

님이 있어요.....

(노랠 듣던 처녀들이 곧바로 심청과 새타니 사이를 훼방하며 더욱 놀리는 투로 노래한다.)

(<음악#7-훼방 노래/처녀들>

랩형식의 노래다)

처녀들　장님 하나가 또 한 장님을 데리고 길을 떠났대.

　　　　웅 웅 웅덩이에 빠졌대. 빠지고 말았대......

　　　　눈먼 장님 하나 다른 장님 둘 그 뒤에 또 하나 장님

　　　　가다가 걷다가 기다가 웅 웅 웅덩이에 빠졌대.

　　　　살면 뭘 해? 보이지 않는 걸........

　　　　눈 먼 장님 하나가 다른 장님을

　　　　데리고 간다네 길을 간다네

　　　　웅 웅 웅덩이에 빠졌대.

(노래를 하며 새타니를 쫓을 무렵, 돌쇠 등장한다)

돌쇠　야! 이 못된 것들아! 그만 두지 못해? 가! 가라니까!

처녀1　와! 노총각 오셨다.

처녀2　벌레 먹은 노총각 납시었어!

처녀3　오칠은 삼십오

처녀들　삼십오

처녀4　칠십 절반에 죽은 노총각이 있었대.

처녀5　외다리 노총각도 있었고

처녀6　장님 노총각은 어떻고?

처녀7　귀머거리 장님?

처녀8	아니, 냄새나는 노총각.
돌쇠	어서 가지 못해! (돌을 집어 던지려고 하자)
처녀들	용용죽겠지?약올라죽겠지?벌레먹은 노총각,외다리 노총각, 냄새나는 노총각 하하하... (처녀들 놀리면서 퇴장한다. 무대 엔 심청과 돌쇠, 점례만....)
돌쇠	(처녀들이 나간 쪽을 보며) 못된 것들! (돌아서며 청이에게) 청아. 아버님이 찾으셔...... (사이) 너 우는구나?
점례	가엾은 청이! 기집애들, 너무 심했어!
돌쇠	(처녀들이 나간 쪽을 보고) 저것들을 그냥! (쫓아가려는데 심청이 말리며)
심청	괜찮아! 걔네들 때문이 아냐. 나 때문이지.
돌쇠	응?
심청	내 치성도 소용이 없나봐!
점례	무슨 소리야?
심청	벌써 십년 째야! 매일 아침저녁 아버님 눈뜨게 해달라고 빌 고 또 빌고......
점례	마을 사람들 다 알어!
돌쇠	들어 주실 거야?
심청	진지도 못 드시고...... 내 걱정만 하셔?
돌쇠	무슨?
심청	시집가라구.
돌쇠	시집?
점례	정말?
심청	난 그냥 아버님 모시고 살 거야....
돌쇠	청아! 좋은 생각이 있어!
심청	무슨?
돌쇠	점례야! 좀 비켜줄래? (점례 토라져서 반대 쪽 바위 근처로

186

가 선다. 돌쇠은근하게) 나하고 같이..... 아버님 모시고 살면 되잖아!

심청 (놀라며) 돌쇠야!

돌쇠 진심이야! 이 칠성바위하고 저 달보고 맹세하는데... (넙죽 청이 앞에 무릎 꿇고 애원하듯) 너 없인 못살아!

심청 망칙해라!

점례 어머....

돌쇠 아니면 나...... 죽는다!

심청 그만해!

점례 (몸을 비비꼬며) 청이는 좋겠다!

돌쇠 청아! 알았지? (너털웃음을 크게 웃으며) 후련하다...... 맘속에 있는 말 다 하니까......!

심청 (주위를 살피며) 돌쇠야!

돌쇠 널 기다린 게 십년이야?

(<음악#8-사랑이야/돌쇠 솔로>)

매일 아침 새벽 별 보고 기도했지

짝지어 달라고 매일 밤 밤마다

달보고 기도했지 사랑하게 해 달라고

사랑은 부드러워 사랑하면 편안하지

사랑은 간지러워 몸둘바를 모르겠어

사랑은 영원한 것 영원하지 저 달처럼 저 별처럼.........

(심청의 손을 잡는다. 얼른 손을 빼는 심청)

점례 맙소사!

돌쇠 (소리친다) 보셨죠? 달님! 들으셨죠? 나 밖에 없어요! 돌쇠 밖에 없다구요!

심청   (말리며) 돌쇠야!

돌쇠   (들으란 듯이 일부러 더 큰 소리로) 백년해로 하는 거예요 아셨죠? 네?

심청   돌쇠야! 그만해! 누가 듣겠어!

돌쇠   들으면 어때? 야! 점례두 내말 들어봐! 나 장가가면 품앗이 많이 할 거야! 복내리 서천리 능리 강상리 모두..... 서너해 열심히 하면 문전옥답에 아버님 모시고..... 애두 열둘은 낳아야지.....

심청   돌쇠야! 그만!

점례   열둘? 맙소사.......! (벌렁 자빠진다)

돌쇠   정말이야! 십년동안 기도하고 궁리한 것들이야!
그리구 매일 너랑 이 칠성 바위에 아버님 눈 뜨게 해 달라구 빌거구!
혼자 비는 거 보다 둘이 빌면 더 효과가 있겠지?
(갑자기 생각 난 듯) 점례까지 셋이 하면 더 좋겠다 그지?
누가 알어? 당장 아버님이 세상천지 광명을 보게 될지!
(바위에다 대고 더 큰 소리로) 바위님! 맞죠? 그렇죠? 대답해 주세요!

심청   돌쇠야!

점례   난 언제 저런 열정적인 낭군을 만나지? (그때 새타니 새끼가 날아온다)

새끼   청아! 집에 가봐. 어서.

심청   알았어! (돌쇠에게) 돌쇠야! 난 아버님하고만 살 거야..... 알았지?

(뛰어 나간다)

돌쇠   같이 가! 청아......! (쏜살 같이 따라간다. 점례만 남는다)

점례   칠성바위님! 달님! 내 소원두 들어주세요..... 나 시집가고 싶어요.

정말이에요. 정말이라니까요...... (돌쇠 목소리 흉내를 내며) 대답해 주세요!

3장 <흥정하세>

(무대 밖에서부터 들려오는 뱃사공들의 노래 소리.

<음악#9-우리는 뱃사공/선원들 합창>)

선원들　(노래하며 등장)
　　　　거친 파도 거친 바람 우리는 뱃사공
　　　　끝없는 망망대해 마음을 적신다
　　　　수만리 바다 길 노를 저어라
　　　　이별도 슬픔도 빠져 녹는다
　　　　부어라 마셔라 두려움이 사라진다
　　　　취하자 마시자 거친 파도 맘을 비우자
(이때 허겁지겁 코를 틀어막고 등장하는 뺑덕어멈과 새타니)

뺑덕어멈　아이구 술 냄새........ 흥정 하다 말구 가면 어떡해요? 글쎄..... 그 이하는 안 돼.

선원1　아주머니! 일흔 댓냥이면 쌀이 삼백석이에요. 적은 돈이 아녜요.

뺑덕어멈　그럼 우리 청이가 사백석 값도 안 된단 얘기야?

선원2　사정이 그렇다니까요.

뺑덕어멈　아무튼 흥정은 흥정이고 아니면 아닌 거예요. 사백석 값을 쳐주던가, 아니면 관두던가.....!

선원3　(둘러보며) 어쩜 좋은가? (서로들 모여 숙의한다. 그때 새타니와 새끼가 날아와서 뺑덕어멈에게)

새타니	공양미가 삼백석 아니었어?
뺑덕어멈	아이고! 저놈의 새 새끼 또 나타났네. 어서 가! 어서 없어지지 못해? 저놈의 새 주둥아리......
새끼	월선사 주지스님이 공양미 삼백석이면 다 된다고 했잖아!
뺑덕어멈	쉿! 조용히! 입 닥치지 못해? 공양미는 무슨 공양미? 세상에 누가 봉사의 눈을 뜨게 해? 부처님 아니라 부처님 가운데 토막이라도 가능한 얘기야? 말년에 나두 호강 한번 해야겠어. 누구는 태어나면서부터 양반인가? 돈만 있으면 최고지. 권력두 돈으로 사재끼는 세상인데......!
새타니	천만에. 돈으로 안 되는 것도 있지?
뺑덕어멈	뭔데?
새타니	선행! 착한 일!
뺑덕어멈	이놈의 새새끼! 내가 나쁜 짓 한 게 뭐야? 세상천지 똥구멍이 찢어지도록 가난한 봉사 심학규에게 시집 온 것부터가 선행 아냐? 심씨 집안에 열녀문을 세워 모셔두 모자랄 판인데...... (그때 아들 뺑덕이가 헐레벌떡 들어온다)
뺑덕	엄니! 오시래요!
뺑덕어멈	벌써 일어나셨어?
뺑덕	시장하시대요. 그리고 뒷간에도 가셔야하고......
뺑덕어멈	어이구 망할 놈의 영감탱이, 허구헌날 처먹고 싸기는...... 그나저나 여태 뭘 하는 거야? (버럭) 아, 여봐요!
뺑덕	(놀라서 똥을 쌌다) 앗! 똥 나왔다!
뺑덕어멈	나 가야해요!
선원4	아직 결정 못 했습다.
선원5	사백석이 좀 힘에 부치거든요.
뺑덕어멈	앗따! 닭보다 꿩이라구...... 흥정은 그렇게 하는 게 아니유! 장사하는 사람들이...... 내 얘기 들어봐요...... 가까이 좀 와요!

누가 잡아먹나? (선원들 미적미적 가까이 다가가 경청한다) 우리 청이가 제물이 되면 당신들 하는 일이 더 잘 되지....... 훗날을 생각해야지? 그까짓 쌀 사백석에 한 시간이 넘게 복장을 터뜨려?

선원6 쫌만 시간을 주세요.

뺑덕어멈 (선원6을 떠다밀며) 아유, 술 냄새. 나 시간 없어. 이래뵈두 촌음이 아까운 사람이야. 개밥도 줘야하고 소여물도 줘야 하구, 바깥양반 아침밥에다 대소변도 봐줘야 하구..... 내 신세가 쥐약 먹은 고슴도치 모양, 하루 '죙일' 바뻐! (침을 '퉤' 뱉으며) 없던 일로 합시다!

선원6 아니...! 규수나 한번 보죠.

선원들 네!

뺑덕어멈 청이를........? (생각에 잠기다가, 뺑덕이 궁뎅이를 힘껏 때리며 큰 소리로) 못할 것 없지!

뺑덕 (화들짝 또 놀라며) 또 나왔다. (바지춤을 꽉 움켜쥔다)

뺑덕어멈 이따 술시에 오슈! 사백석 값 가져와요. 흥정은 번갯불에 콩 볶듯 해야 해! 뙤국놈들처럼 밍그적밍그적 할 필요 없지!

선원들 알겠습니다. (선원들 퇴장한다)

뺑덕어멈 (선원들 나간 쪽을 바라보다가 뺑덕에게) 아들아 그만 가자!

뺑덕 (여전히 바지춤을 휘어잡고) 응, 엄니....... (나가려는데, 그때 잽싸게 새타니가 길을 가로 막는다)

새타니 세상사 쉬운 일 있나?

새끼 점점 더 어려울 걸?

(놀려대며 노래를 시작한다.

<음악#10-뺑덕어멈은 빵떡/새끼 솔로>)

뺑덕어멈은 방아떡

뺑덕어멈은 호호떡

뺑덕어멈은 호박떡

뺑덕어멈 뭐가 어쩌구 어째? (옆에서 뺑덕이는 배를 잡고 웃는다)

이놈아? 뭐가 그리 우스워?

뺑덕 (웃으며) 다 맞는 말인데요 뭘...... 뺑덕 엄만 *끄떡 끄떡* 방아떡!

뺑덕어멈 뭐라구?

새타니/새끼 (계속 노래 이어진다)

뺑덕어멈은 방아떡 뺑덕어멈은 호박떡

뺑덕어멈은 게피떡 뺑덕이는 시레기떡

거머리떡 찰떡에 헐레벌떡. 쌍코피 코피떡. 찐드기떡.

걸레떡. 쌈지떡. 우스개떡. 똥떡. 벌레떡. 콩가루떡

빈대떡에 개떡! (새타니와 새끼가 퇴장한다)

뺑덕어멈 아이구 아이구 저 망할 놈들! 니들 거기 안서? 이 죽일 놈들아!

(따라서 퇴장한다)

뺑덕 (같이 퇴장하다가 다시 들어 와, 관객에게)

오늘 똥 많이 나왔다! (똥 싼 바지 뒤춤을 잔뜩 움켜쥐고, 허

겁지겁 반대쪽으로 퇴장)

4장 <봉사 타령>

심봉사 (노래. 집에서 신세타령을 하고 있는 심봉사.

<음악#11-신세신세 내 신세야/심봉사 솔로>)

남선부주 오방신장 청제장군 백제장군

흑제장군 적제장군 황제장군 안동제비원

칠성님전 제석님전에 일심은 정념 눈먼 봉사

만물 중에 허허실실 만만세세 다 보이고 보여

광명천지 언게 되어 실사구시 하여 주소

내 무슨 힘으로 공양미 삼백석을 얻는단 말인고?

전생에 무슨 업보 있어 눈먼 봉사로 세상엘 나와

일찍이 부인 사별하고 비록 궁색하나

효녀 심청을 얻었으니 만족이고

비록 궁핍하나 자식 복 있어 뭐를 더 바랄 손가

오직하나 소원이면 내 딸 심청 얼굴이나 한번 보고지고

섬섬옥수 빼어난 자태 걷는 모습이나 한번 보고지고

이 애비 살아생전 여식 얼굴 한번 못 보니 내 신세 말이 아니로세

영락 거렁뱅이 잠뱅이 무지렁이 신세. 아이구 신세신세 내 신세야

아이구 신세신세 내 신세야...........

(그때 심청이가 돌쇠와 함께 들어온다)

심청 아버님! 저 왔어요.

심봉사 아이구! 청아! 잠깐 잠든 사이 널 잊었구나!

심청 진지 드셨어요?

심봉사 응? 뺑덕어멈이......

심청 안 드셨죠? 이 불효자식 용서해 주셔요. 아버님.

심봉사 무슨 소리? 난 니 목소리만 들어도 좋다. 니 손만 잡아도 광명을 얻은 듯 해.

심청 평생 아버님 곁을 지킬 겁니다. 아버님 뼈를 빌어 태어난 이 몸, 세상 어딜 가겠습니까?

심봉사 고맙다.

심청 빈 말이 아닙니다. 아버님.

심봉사	그래두..... 시집은 가야지?
돌쇠	그럼요!
심봉사	(퍼뜩 놀라며) 깜짝이야! 누구야?
돌쇠	돌쇠요! 맞는 말씀입니다. 시집와야죠...!
심봉사	어디로?
돌쇠	(손을 잡으며) 저 말고 누가 또 있겠습니까? 칠성바위 앞에서 맹세했습니다요.
심봉사	무슨 맹세?
심청/돌쇠	시집 안 가기로요!/백년해로하기로요!
심봉사	무슨 해괴망측한 말들이냐..... 산간에 금수도 짝을 찾아 짝짝이 살거늘, 사람으로 태어나 있을 법한 소리냐? 시집 장간 가야지. 청이는청이 대로, 돌쇠는 뒬쇠 대로.
돌쇠	아이, 아버님! (어깨를 치는 바람에 넘어지는 심봉사. 돌쇠 부축을 받아 겨우 일어난다)
심청	아버님 제 일은 제가 알아서 합니다. (그때 헐레벌떡 뺑덕어멈과 뺑덕, 새 타니 일행이 들어온다)
뺑덕어멈	(호들갑을 떨며) 청이 아버지! 성사됐어요!
심봉사	응? 뭐가?
뺑덕어멈	공양미요!
심청	공양미? 무슨 말씀이세요?
뺑덕어멈	응.... 그게.....
심봉사	아니다. 아무것도 아냐! (뺑덕어멈을 손짓으로 불러 잡고, 무대 한 편으로간다) 뺑덕어멈....... 없던 일로 해!
심청	무슨 말씀이세요. 어머님?
뺑덕어멈	사실은......?
심청	네. 사실은요?
뺑덕어멈	어제 월선사 주지스님이 우리 집에 왔다가 하신 말씀이......

194

심봉사	글쎄, 그만 두라니까! (다시 기절할 듯이 넘어간다. 돌쇠가 잡는다)
심청	말씀하세요. 저에 관한 얘기죠?
뺑덕어멈	응... 그게......
심봉사	아 글쎄 그만 두라잖아! (고함지르다 심한 기침을 한다)
심청	안 되겠어요. 아버님.....!
돌쇠	내가 모시고 들어갈게. 업히세요. 아버님! (등에 심봉사를 홀짝 업고는 들어간다)
심봉사	(들어가며) 청아! 너 없인 못산다......
새타니	눈뜨고 못 보겠네!
새끼	그러게!
뺑덕어멈	(새타니를 발견한다) 아이구 저놈의 새 새끼! 또 왔네.
뺑덕	내가 쫓을까?
뺑덕어멈	아주 죽여 버려!
심청	안돼요! 새가 왜요?
뺑덕어멈	사사건건 쫓아다니면서 왼갖 훼방만 하구 다니잖아!
심청	훼방이라뇨? 사람보다 못한 미물로.....
뺑덕	미물이 뭐야?
뺑덕어멈	미물이건 이물이건 밤 말은 쥐가 듣고......
새끼	낮말은 우리가.....!
새타니	듣는다! 들어보자구!
심청	무슨 비밀이 있겠어요. 비밀이 있다 하더라도 언젠간 드러날 일.....
새끼	그렇지!
새타니	말 잘한다!
심청	어서 말씀하세요!
뺑덕어멈	그게 말야.....!

뺑덕	(갑자기 그제서야 생각난 듯, 소리친다) 아! 좋은 수가 있다!
뺑덕어멈	깜짝야! 뭐?
뺑덕	새총 하나 얻어 올게요. 개똥이가 새총 하나 가지고 있거든!
뺑덕어멈	얼른 가져와. 저 꼴 보기 싫은 놈들 다 처치하게!
뺑덕	(새들을 보고) 히히.... 들었지? 꼼짝 말고 있어! 내가 요절박 살을 내 줄테니까!
새끼	요절은 무슨 요절! 이 기절땡절할 바보멍텅구리야! 우리가 대 신 혼을 내 줄테니 어서 갖고 와!
뺑덕	어쭈?
새타니	어쭈! (놀리며) 방앗간 똥간에서 난 칠삭동이 뺑덕이!
새끼	뺑덕이 뱃가죽은 똥퉁배. 먹고먹고 쳐먹어서 똥똥 방귀 소리......
새타니	갔다 오라니까? 얼마든지 기다려 줄게!
뺑덕어멈	(버럭) 뭐해!
뺑덕	가요! (나가며) 두고 보자! 망할 놈의 새 새끼들! (퇴장한다. 키득거리며 웃는 새들)
심청	말씀하세요!
뺑덕어멈	아버지 눈을 뜨게 하는 방법이 있다는 거야.
심청	뭔데요?
뺑덕어멈	그게......
심청	뭐든 말씀하세요. 뭐든지 할 수 있어요.
뺑덕어멈	공양미를.......
심청	얼마나요?
뺑덕어멈	삼백석만 있으면 된다는 거야.
심청	삼백석요?
뺑덕어멈	응.
새타니	(다가서며) 선원들한텐 왜 사백석이라고 했어?

196

뺑덕어멈　쉿!

심청　네?

뺑덕어멈　아냐! 저놈의 새새끼들......

심청　삼백석이요?

뺑덕어멈　중국 가는 뱃사람들 용왕제에 바칠 처녀를 찾고 있어서......

심청　처녀요?

뺑덕어멈　응. 인당수용왕님께 제사를 지내면, 순풍에 돛 단 듯이 무사히 갔다 올 수 있단 거지......!

심청　잘 하셨어요...... 삼백석을 주겠다던가요?

새타니　아니, 사백석으로 흥정을 했다니까!

심청　사백석요?

뺑덕어멈　산통 다 깨지는군......!

심청　네?

뺑덕어멈　난 그저 사백석을 받으면, 아버님 뫼시고 백석 값으로 남은 여생 잘 먹고 살까 해서......

심청　잘 하셨어요. 사백석이 비싸다고 저 말고, 딴 처녀라도 구하면 어째요?

　　　　그럼 공양미는 나무아미타불이 되고....... (운다)

새타니　불쌍하다.

새끼　청아! 힘내! 하늘이 무너져도......

새타니　솟아날 구멍은 있어!

뺑덕어멈　이따 술시에 집으로 온다고 했으니까! 잘 구슬려서 성사시켜 볼게!

(그때 뺑덕이가 커단 장대 그물을 들고 헐레벌떡 들어온다)

뺑덕　엄니! 새총보다 더 좋은 거 구해 왔다! 역쉬 난 똑똑해! 그지?

뺑덕어멈　그게 뭐야?

뺑덕　그물!

뺑덕어멈 그물?

뺑덕 고기 잡는 그물......! 뭐든지 잡을 수 있다? 엄마두! (그물로 뺑덕어멈을 덮친다)

뺑덕어멈 아이구 아이구 이 망할 놈이.... 이거 안 치워? (겨우 그물을 벗긴다)

뺑덕 봤지? 생각해 보니까 새총은 쏘면 죽을 거란 말야..... 근데 이 그물은 뭐든 통째로 잡을 수 있거든? 이렇게.......

(다시 뺑덕어멈을 덮치려 한다)

뺑덕어멈 (피하며) 아이구 됐어! 이 멍추야!

뺑덕 히히....... 산채로 잡아 새장에 넣어 길렀다가 날 좋은 날, 털 뽑아 구워 먹으면 되지!

심청 끔찍해! 뺑덕 오빠! 제발......

새타니 괜찮아!

새끼 저 바보가 우리를 잡을 수 있을 것 같애?

새타니 우리가 잡지! 이렇게!

(새들이 뺑덕이와 뺑덕어멈을 협공을 하며 노래한다.

<음악#12-뺑덕어멈은 빵떡 Reprise>)

뺑덕이 뱃가죽은 똥통통배,
먹고먹고 쳐 먹어서 똥똥 방귀소리.....

새끼 뺑덕이 어멈 호박떡. 헐레벌떡.
뺑덕이 어멈은 개떡. 게피떡
뺑덕이는 시레기떡. 거머리떡
찰떡에 쌍코피 코피떡! 떡! 떡................!

심청 새야! 그만해!

뺑덕어멈 아이구 나죽네! 사람 살려! 사람 살려!

198

뺑덕   아이구 내 배, 내 엉덩이 아프다, 아퍼!

(모두 퇴장한다, 청이만 남아있다)

5장 <그리는 마음>

심청   공양미 삼백 석! 천지신명이시여, 칠성님! 이제 아버님에게
빛이......!
밝은 광명의 빛, 빛!

(<음악#13-길 떠나요 Reprise>

    를 심청이 노래한다.
    나중에 환영들에 의해 합창으로 함께 부른다)
    길 떠나요 님 찾아
    세상을 봐요 소리 들려요
(합창)   산 넘고 물 건너 바람따라 가노라면
    거기에 님이 있죠 님이 있어요
    길 떠나요 님 찾아 거울을 봐요
    님이 있어요
    산 넘고 물 건너 구름따라 올라가니
    거기에 님이 있죠 님이 있어요.......

(노래 끝나고 BG 음악 연주가 심청이 꿈에서 깰 때까지 계속 이어진다.
심청이 마치 환영을 보는 듯, 어느 새 잠이 든 듯, 환영들이 나타난다.
손에 손에 거울을 들고 빛을 만들고 있다)

환영들   청아!
    청아!
    심청!

고운님! 다을래청!
아리아리 머루청,아리청!
청산 속에 숨은 산청청! 물청청!
아이청! 갸이청! 아이갸이갸 심청!

심청   (벌떡 깬다) 누구세요?

환영들   님 오시네.
        고운님 고깔 쓰고 도톰이 오시네.

심청   누구세요?

환영들   연무 속에 연꽃타고 잊은 님 오시네.

심청   누구시냐구요?

환영들   가신듯 다시 오시네, 다시 오시네.

심청   누구시죠? (죽은 심청모가 나타난다)

어머니   청아!

심청   누구시어요?

어머니   나다!

심청   (그제야 어머니를 알아보고) 어머니......

어머니   보고 싶었다.

심청   저두요,어머니......(어머니에게 달려가는데,길을 막는환영들)

어머니   곧 만나게 되지.

심청   그럴까요?

어머니   그렇구말구...

환영들   (돌림으로 노래를 주고받는다.

<음악#14-길 떠나요 Reprise>)

길 떠나요 님 찾아
거울을 봐요 님이 있어요

산 넘고 물 건너 구름따라 올라가니

거기에 님이 있죠 님이 있어요······

(이윽고 사라지는 심청모. 환영들이 다시 심청을 에워싼다)

환영들 꿈인 듯 보고 지고 (Echo) 보고 지고

님의 얼굴 보고 지고 (Echo) 보고 지고

심청 어머니!

환영들 깊은 속 어머니 마음, (Echo) 마음

물속에 숨어있네, (Echo) 숨어있네

심청 물?

환영들 안개 속에 잠겨있네, (Echo) 잠겨있네

심청 안개?

환영들 물안개!

심청 물안개?

환영들 물보라 일고 파도치고 거친 바람소리! (Echo) 바람소리

심청 어머니!

환영들 긴 무명처럼 실 비단처럼 (Echo) 비단처럼

올올이 이어졌네 면면이 이어졌네 (Echo) 이어졌네

추월산 칡넝쿨처럼 (Echo) 칡넝쿨처럼

휘돌아 감돌아 살아있네. (Echo) 팽돌아 누워있네.

간다 간다 님구경 간다! (Echo) 간다 간다 세상 찾아 간다.

(그때 새타니와 새끼가 노래하며 등장한다)

(<음악#15-간다 간다/새타니,새끼,환영들>)

새타니 간다 간다 님 찾아 간다

우리 님 찾아 간다······

환영들 간다 간다 님의 소리에 깨어라 일어나라

깨어라! 일어나라 깨어라! 일어나라!

꿈인 듯 보고지고 님의 얼굴 보고지고

깊은 속 님의 마음 물속에 숨어 있네

깊은 속 님의 마음 안개 속에 숨어 있네

간다 간다 님 구경 간다

간다 간다 님 세상 찾아 간다................

(꿈에서 깬 것처럼 외마디 비명을 지르는 심청.

어느 새 환영은 온데간데없고........ 새타니와 새끼가 옆에 와있다)

새끼　　꿈 꿨어!

새타니　　이마에 땀!

새끼　　송근 땀, 우리처럼 새여윈 가슴이 뛰네. 할딱이네......!

심청　　어디야? 여기가?

새타니　　인당수!

심청　　인당수?

새끼/새타니　　　인당수!

(그때 천지를 뒤흔드는 북소리 들리며 선원들, 동네 사람들, 심봉사, 뺑덕어멈 등이 몰려온다)

선원들　　인당수에 배띄워라! 만경창파 배 띄워라!

　　　　(노래.

<음악#16-배 띄워라/선원들 합창>)

어기여차 어기여차 어여 디어차 어기야 디어차

감기어라 감기어차 에이라 디어차 어기야 디어차

무쇠 같은 팔뚝으로 노를 저어라 닻을 올려라

강철같은 다리로 감아 파도를 타고 노 저어간다

어기어차 어기어차 어여 디어차 어여 디어차

감기어라 감기어차 에어라 디어차 에어라 디어차.........
(음악이 파도처럼 몰아치는데, 심봉사, 돌쇠, 점례, 동네사람들이 떠나는 청이를 향해 절규한다)

심봉사　청아!

돌쇠　청아!

점례　청아!

동네사람들　　청아! 심청아! 아이갸이갸 청아!
(배 선수에 우뚝 올라서는 심청과 그녀를 지켜보는 선원들과 동네사람들의 모습. 폭풍우처럼 음악이 커지다가 잔잔해진다. 바람소리)
(노래.

<음악#17-이별의 노래/심청 솔로>)

심청　오! 천지신명이시여! 하늘 땅 우주의 근본이시여!
　　　보잘것없는 인간의 몸. 여기 죽음 앞에 서 있습니다
　　　삶과 죽음은 일찍이 자연의 이치, 섭리 속에 윤회가 있고
　　　그 속에 억겁이 있습니다.
　　　일찍이 어머님을 여의고 홀로되신 아버님의 눈이 되어
　　　추우나 더우나 사시장철 주야로 함께 지내온 이 몸.
　　　이제 아버님께 광명을 드리고져 마지막 죽음을 감수합니다.
　　　천지신명 굽어 살피사 아버님 생전 복되게 해 주시옵고
　　　돌아오지 못할 세상 가는 길 영생의 길 얻게 하여 주옵소서
　　　이승의 풀잎처럼 꽃잎처럼 엮고 엮어진 인연들......
　　　어머님 곁에 가올새면 내 깊은 은혜 한 줌
　　　눈물로 보답하렵니다.....!
(강렬한 폭풍우를 연상케 하는 음악)

선원1　바람 분다! 돛 달아라!

선원들	돛을 올려라!
선원2	선수 좌정하고
선원들	좌정 하고
선원3	서북방향!
선원들	서북방향!
선원4	젯상 준비!
선원들	젯상 준비!
선원5	갑판원 열호!
선원들	갑판원 열호!

(선원 하나가 심청 머리에 천을 씌운다. 부는 바람, 번개가 친다.
이어 고사가 시작된다)
(고사 노래.

<음악#18-고사 쏭/선원6>)

선원6	넋이로다 넋이로다 인당수의 넋이로다
	혼이로다 혼이로다 서해바다 혼이로다
	신이로세 신이로세 저승극락 신이로세
	영산호 호원일동 바람신께 비나이다
	구름신께 비나이다 처녀 심청 보내노니
	중국 땅 천만리길 순풍에 항진하여
	만만대륙 너른 땅에 일마다 호사되어
	후광 복록 만만대대 축원축수 하나이다
	세사 향!
모두	세사 향! (음악이 진동하고, 물안개 피어오른다)
심청	(이어지는 노래)
	열에 열 아홉소사! 아버님! 어머니!

(물에 뛰어드는데...... <암전> 음악 이어지고)

6장 <재회>

(물 밑 水仙宮이다.
비단처럼 드리운 길에 갈기갈기 찢어진 젖은 옷을 입고 걸어오는 심청,
영롱한 빛이 아름답다. 애잔한 음악이 흐르고.......

<음악#19-길 떠나요/심청 솔로>)

심청   길 떠나요 님 찾아
                 세상을 봐요 소리 들려요
                 산 넘고 물 건너 바람따라 흘러가면
                 거기에 님이 있죠 님이 있어요... (새가 나타난다)
새타니   청아!
심청   새야! 우리 영원히 이별한 줄 알았어.
새끼   우린 그냥 새가 아냐.
심청   그냥 새가 아니라구?
새타니   응. 새타니!
심청   새타니?
새끼   새 중에 새.
새타니   그림 속에 사는.
심청   그림?
새타니   응. 왕희지, 왕헌지, 마화지, 솔거, 단원, 혜원의 그림 속.
새끼   신선들이 사는 곳에 있는.
심청   신선? 그게 뭐야?
새타니   선경에 사는 사람들. 인선, 천선, 지선, 수선........

새끼	여기 물엔 수선들이 있지.
심청	수선? 그럼 좋은 사람들이구나?
새끼	물론. 그리구......
새타니	니가 아는 분도 계셔.....
심청	나를? 누구? 어떤?
새타니	이제 알게 돼!
심청	누군데?
새끼	곧 알게 된다니까! 안녕......! (새들이 나간다)
심청	가지마! 새야......! (사이) 누굴까? 누가 날 안다는 거지?
	(텅 빈 무대, 심청이 방황한다.
	괴이한 음악소리.

<음악#20-수선궁 궁중음악 연주곡>.

심청이 서성인다)

왜 아무도 없지? 여보세요? 여보세요?

(한 줄기 빛을 발견한다) 아, 빛....! (냄새를 맡는다) 그리고 냄새! 향기로와! 수선화보다 좋은 냄새. 근데 왜 아무도 없지? 여기가 어디지? 그 리고 난....? 누구야? (주위를 둘러보며 부른다)

여보세요! 여보세요! 누구 없어요? 여보세요. 여보세요....

(빛 속에 하나 둘 나타나는 수선들.

번쩍이는 물결 같은 의상과 의상 곳곳에 거울들이 장식되어 있다)

수선들	심~ 청~
심청	응? 누구?
수선들	심~ 청~
심청	누구야? (나타나는 수선들. 심청을 몰아간다) 누구야?

수선1	그런 넌?
수선2	어디서 왔어?
수선3	뭘 찾는데?
수선4	여기 왜 왔어?
수선5	누가 불렀어?
수선6	뭘 원하는 대?
수선7	전에도 왔었니?
수선8	처음이야?
수선1	누구냐구? 넌?
수선2	얼굴이 다른데......?
수선3	누런 황색이야
수선4	옷은 어떻구?
수선5	어디 옷이야?
수선6	오, 냄새!
수선7	이리 와봐!
수선8	떨고 있네?
수선1	추운가 봐?
수선2	그럴 리가?
수선3	무서워?
수선4	왜?
수선5	괜찮아?
수선6	누굴 찾아?
수선7	누구냐구? 넌?
수선8	벙어린가?
수선1	어디 아프냐구?
수선2	길을 잃었어?
수선3	집이 어디야?

수선4	집은 있어?
수선5	혼자?
수선6	아니면?
수선7	말을 해!
수선8	아니면 울던지!
수선1	웃던지!
수선2	말을 하라구! (청이 주위로 바짝 모여든다)
심청	몰라!
수선3	뭘?
심청	여긴 처음이고 내가 사는 곳은......?
수선4	사는 곳은?
심청	황학동!
수선5	황학동?
수선6	이름은?
수선들	이름!
심청	청.
수선들	청?
심청	심청.
수선7	심청?
수선8	열반계에 들어있나? (수선들 모여서 커다란 열반계 책을 펴서 살펴본다)
수선1	누구라구.......?
수선2	수청
수선3	아냐 지청
수선4	소청
수선5	아냐 실청
수선6	진청

수선7 다시 물어봐! (모두 심청을 본다)

심청 심청이요!

수선8 심청이라...... 응. 마지막 리스트!

수선1 신출내기군!

심청 네?

수선2 우선 축하해!

수선3 파티다! 신출내기 축하 파티!

수선들 수악을 울려라!

(듣도 보도 못한

<음악#21-수악 파티 연주곡>

과 함께 춤을 추는 수선 들, 심청이 수선들의 괴이한 춤에 어안이 벙벙한데,

수선들이 심청을 데리고 춤을 추기 시작한다. 잔치가 고조될 무렵 갑자기 음악이 멎더니, 굉음과 함께 잔치는 파장이 되고,

수선궁에서 죽은 자들을 관장하는 세 명의 사자가 나타난다)

사자1 웬 이방인이야? (사자들이 심청이를 잡는다) 누구지? 여긴 왜 왔어?

심청 전.......

사자1 사형한테 보고! (심청을 끌고 가는 사자들. 웅성거리는 수선들. 모두 퇴장)

7장 <애모>

(무대 한편에서 돌쇠와 심봉사가 등장한다. 월선사로 올라가는 길이다. 몹시 지친 모습으로 숨을 몰아쉰다)

심봉사　돌쇠야! 다리가 아파 더는 못 걷겠다.

돌쇠　그러세요. 어르신네..... (바위에 심봉사를 앉힌다)

심봉사　어디쯤이냐?

돌쇠　월선사에 거의 다 온 것 같은 뎁쇼. 높이 올라 왔어요. 이 밑은 천길

　　　벼랑이에요.

심봉사　그나저나 뺑덕이하고 어멈은?

돌쇠　에이, 잊어버리세요.

심봉사　몹쓸 것들......! (사이) 노자 돈이나 좀 남았어?

돌쇠　몇 푼이요.

심봉사　내가 귀가 얇아서....그것들의 말을 듣지 말았어야 하는 건데...

돌쇠　이미 늦은 걸요.

심봉사　그 돈이 어떤 돈인데?

돌쇠　글쎄 말예요. 지하에 청이가 알면 여간 화낼 일이 아니죠. (한쪽을 보다)

　　　저기 약숫물이 있어요. 물 좀 받아올게요..... (퇴장한다)

심봉사　하나 있는 여식 잃고, 돈마저 강탈 당하구......

　　　(갑자기 뭔가 생각난 듯) 이 밑이 낭떠러지라고?

　　　살아본들 무슨 소용이야? 죽어서 마누라하구 청이를 어떻게 본단 말인가?

　　　(엉엉 운다. 이때 돌쇠가 물을 떠오다가 심봉사의 이상한 행동을 보고 잠시 지켜본다. 심봉사 앞으로 가, 그 앞이 낭떠러지 인줄 알고 '폴짝' 뛰어내린다. 그러나 제자리다. 심봉사 땅을 쳐가며 운다) 아이구! 맘대로 죽지도 못하는구나!

돌쇠　(심봉사를 진정시키며) 어르신! 그만하세요. 그래두 살아야죠. 자, 시원한 물 좀 드세요. 스님 뵙고 사정을 해보자구요.

심봉사　사정은 무슨? 이미 틀린 과녁인 걸?

돌쇠 제게.... 묘안이 하나 있거든요......

심봉사 (귀가 번쩍 띄어) 무슨?

돌쇠 우선 오늘.... 열섬 값만 먼저 주구요? 나머진 10년 동안 천천히 갚겠다구요.

심봉사 내가 십년간 무슨 수로 쌀 이백하구 구십석을 갚아?

돌쇠 제가 있잖습니까? 품 팔아 갚으면 되죠!

심봉사 쓸데없는 소리. 전혀 남과 같은 자네한테 내가 왜 신세를 져? 그리구 십년간 자네 몸은 늘 청춘인가? 벌써 사십 줄인데....!

돌쇠 아직 아니죠! 이제 서른아홉인데.... 지금도 젊은 것들 내 앞에서 설설 깁니다. 한가위 때, 씨름으로 황소 한 마리 안 탔습니까?

심봉사 보진 못했지만, 그랬다고는 들었어. 뺑덕이가 외지에 가 없었으니
망정이지. 그 놈이 있었어봐!

돌쇠 앗따! 그 빌어먹을 놈, 그놈 얘긴 꺼내지도 마셔요. 코빼기라도 뵈는 날 엔 팔 다리 몽창 분질러 버릴 거니까.

심봉사 쓸데없는 얘기 그만하구...... 어서 올라가세.... 날은 아직 안 어됐어?

돌쇠 슬슬 저녁이 가까워 오는구먼요. 일어나실까요?

심봉사 그래. 가야지...... (둘이 일어서 한두 발짝 가다가..... 심봉사가 갑자기 멈춰서며) 조심해! 천길 벼랑이야?

돌쇠 헤헤.... 걱정 마세요! 제가 꽉 잡고 있잖아요.

심봉사 고맙네. (눈물을 훔치며) 자네가 없었던들... 돌쇠....! 좀 업어주면 안될까? 힘들어. 그리구 자네 잘 부르던 노래라두 한 곡조 불러주구!

돌쇠 노래요? 박자가 좀 삐져서......!

심봉사 꿩보다 닭이라구...... 괜찮네.......

돌쇠   알겠습니다. 자, 업히세요.......! 노래 나갑니다!
(노래한다.

<음악#22-등산가세/돌쇠 솔로>)

죽장 짚고 망혜 신으니 심삿갓이 영락없네
산아 산아 높은 산아 니 주인이 따로 있냐
찾는 이가 주인이고 가는 이가 객이로세
가자 가자 어서 가자 해지기전에 어서 가자
산천 경계 구경하니 시름마저 잊혀진다
씨구씨구 좋을 씨구 얼씨구나 좋을 씨구............
(노래에 맞춰 허둥허둥 퇴장한다)

8장 <그리움>

(死王이 있는 방. 사왕과 사자들. 새타니, 새끼 그리고 심청)

사왕   어디서 왔어?

심청   황학동이요.

사왕   거기가 어디야?

새타니   저쪽이요!

새끼   아니 이쪽!

사왕   니들한테 묻지 않았어. 방향을 묻는 게 아니라.....

심청   황학동이라는 것밖엔 모릅니다. 여긴 어디죠? 그리고 누구세요?

사왕   그런 넌?

새끼   심청이요!

새타니   효녀 심청.

사자1	조용!
새끼	우린 그냥......
사자들	조용!
사왕	저 주둥이 튀어나온 이상한 놈들. 가둬 놔! 나중에 처리하게!
사자들	네.
새끼	처리요?
새타니	우린 심청이...... (사자들이 새들을 끌고 나간다)
심청	얘들아 조심해!
새타니	청아! 너두! (사이)
사왕	저 새들 이름이 뭐냐?
심청	새타니요.
사왕	새타니?
심청	네.
사왕	니 본명은?
심청	심청이요.
사왕	심청? 깊고 푸른 물에 들어올 이름이네...... 여긴 왜 어떻게 왔어?
심청	제가 묻고 싶은 말예요. 죽은 줄 알았거든요.
사왕	그럼 살았나?
심청	아닌가요? 이렇게 말하고, 보고, 듣는데?
사왕	천만에......
심청	네?
사왕	죽어도 말하고 듣고 다 해! 살아있는 인간들이 모를 뿐이지.... 심청은 죽기 전의 이름이지. 전생의 내 이름이 '곰채무'인 것처럼......
심청	그럼 난 누구에요? 살아 있지 않다면 죽은 건가요? 그리고 여긴 어디고, 난 지금 뭘 하고 있는 거죠? (사자들이 돌아온다)

사왕	여긴 내 왕국이야. 그리고 넌 그냥 너고! 과거는 그냥 과거고… 넌 궁내를 소란케 한 소요죄로 치죄를 받고 있는 거고. (사자들에게) 얘들아!
사자들	네.
사왕	이 계집애 잠수!
사자들	네!
심청	잠수?
사왕	물에 빠져 영원히 죽는 거지.
심청	전 벌써 죽었는데요?
사왕	그건 니 착가이고, 또 내가 알바 아니고, 죽었으면 또 죽는 거고. 죽고 살고 죽고 살고 죽고 살고 죽고 살고…… 잠수!
사자들	잠수! (한쪽에서 감옥처럼 쓰이는 욕조가 들어온다. 욕조는 관객들이 환히 들여다 볼 수 있게 만들어져 있다)
심청	살려주세요. 살려 주세요. 아버님! 어머님!
사왕	밤새 잘 지켰다가, 내일 아침 해일 높은 파도에 던져버려!
사자들	해일 파도! (사왕 퇴장한다. 사자들이 심청을 욕조에 밀어 넣는다.

심청이 발버둥치다, 잠시 조용해진다. 이어서

<음악#23-연주곡 길 떠나요, 연주곡>

가 들린다)

사자2	자, 좀 쉬자구! 죽는다는 건 안 좋아. 서글퍼지니까! 어때 한 잔 해?
사자3	좋지! 그거 말구 낙이 있어? (사자들이 나간다)

9장 <인과응보>

(무대가 바뀌고, 도망가듯 등장하는 뺑덕과 뺑덕어멈. 헐떡인다. 밤이다)

뺑덕 좀 천천히 가요! 숨차 죽겠어.

뺑덕어멈 이놈아. 쫓아오면 어쩔려구?

뺑덕 엄마두....... 봉사 주제에 어떻게 쫓아와요? 여기처럼 암흑천지 일 텐데......

뺑덕어멈 돌쇠가 쫓아오지 않겠어?

뺑덕 돌쇠요? 그놈 뒷간에 간 사이에 튀었는데, 어떻게 쫓아와요? 뒷간 갔다 하면 한 시간인데......

뺑덕어멈 아휴, 이제 좀 쉬어 보자? (둘이 주저앉는다. 바람 소리)

뺑덕 나 무섭다. 엄마..... (뺑덕어멈 품속으로 파고든다)

뺑덕어멈 그러니까 나두 무섭잖아? 근데 여기가 어디쯤이냐?

뺑덕 모르죠. 마구 뛰어 내려왔으니까, 산 두 개 정도 넘은 거 같은데....

뺑덕어멈 큰 개울을 두 개나 건넜지? 옷이 뺑 젖었어.

뺑덕 나두 흠뻑이에요. 미끄러져 넘어졌을 땐 죽었구나 했는데, 한참 떠내려 왔어요.

뺑덕어멈 우릴 누가 잡아준 것 같았는데......?

뺑덕 맞아요. 깜깜해서 뭐가 뭔지 보여야지요? 어 춥다. (그때 무대 한쪽에 새타니가 나타나 피리를 분다) 근데 이게 무슨 소리죠? 바람 소리두 아니구........

뺑덕어멈 그러게. 노래 소리 같기두 하구, 신음 소리 같기두 하구.... (둘이 듣는다)

뺑덕 (일어서며) 가요. 혹시 근처에 집이라두 있을지 알아요?

뺑덕어멈 난 발이 퉁퉁 부어서 더 이상 갈수가 없다. 그리고 어깨쭉지가 부러진 것처럼 아퍼. 떠내려 오다가 나무 등걸에 부딪혔나봐!

215

뺑덕　　엄니! 엎혀요. 빨리 가야지. 여긴 너무 춥고 깜깜해.....

(뺑덕어멈을 업는다. 그때 두 사람에게 새타니와 새끼가 다가온다)

새타니　못된 인간들!

뺑덕어멈 아이구 새 새끼들이 여기 또 왔네.

뺑덕　　다른 새 아녜요?

뺑덕어멈 아냐. 그 놈들이야!

　　　　　(바로 그때 '새끼'가 잽싸게 뺑덕어멈 허리춤에 찬 돈 주머니
　　　　　를 낚아챈다)

　　　　　아이구 아이구 내 돈! 저 놈의 새끼가 내 돈... 내 돈을 훔쳐 갔어.

뺑덕　　(뺑덕어멈을 내려놓으며) 돈......? 돈......? 어디요 어디?

새끼　　어디 긴? 안 보여?

뺑덕　　(소리 나는 쪽으로 돌아서며) 야! 돈주머니 내놔?

새타니　주인한테 돌려줘야지.

뺑덕어멈 이놈아! 주인은 나야! 그게 어떤 돈인데?

새끼　　맞아! 어떤 돈인데...... 훔쳤지!

뺑덕어멈 뭐? 훔쳐?

뺑덕　　그냥 꺼냈지.......

새타니　그게 훔친 거지!

새끼　　멍텅구리 뺑덕! (새끼가 뺑덕이 머리를 '그것두 몰라?' 하는
　　　　　식으로 '콕' 쫀다)

뺑덕　　아얏! 어라? 이게 막 쪼네? 니들 다 죽었다. 닭 모가지 비틀듯
　　　　　이 요절 박살 낼 거니까......! (돌멩이를 주섬주섬 줍는다)

새끼　　헤헤헤...... 약 오르지?

뺑덕어멈 뺑덕아! 뭐해! 어서 잡지 않구?

뺑덕　　알았어요. 어딨어 이놈의 새 새끼들.......

(새들 뺑덕과 뺑덕어멈 사이를 술래잡기하듯, 빙빙 돌며 조롱한다. 뺑
덕어멈과 뺑덕, 쫓아다니느라 정신이 없다)

새타니	나 잡아봐라!
새타니	나 여기 있지?
새끼	여기두!
뺑덕	이 새끼들! 죽었다! (쫓는다. 뺑덕어멈도 다른 새 소리 나는 쪽으로 뛴다. 어둔 밤이라 뺑덕이와 뺑덕어멈에겐 잘 보이지 않는다)
새타니	용용 죽겠지?
새끼	뺑덕이 뱃가죽은 똥통배.
새타니	뺑덕이 어멈은 호박떡. 헐레벌떡. 시래기떡.......
뺑덕	이놈의 새 새끼들! (힘껏 돌을 던진다. 그런데 그 돌이 그만 반대편의 뺑덕어멈 눈에 정통으로 맞았다)
뺑덕어멈	아이구 내 눈! 아이구 내 눈! 내 눈.......! 이게 무슨 날벼락?
뺑덕	엄니.....! (뛰어가 두 눈을 감싸고 쓰러진 뺑덕어멈을 일으키며) 엄니 괜찮아? 어디? (비명을 지른다) 와아! 피다! 피!
뺑덕어멈	아이구...... 나 죽는다! 내가 장님이 되는구나. (쓰러진다)
뺑덕	엄니! (흔든다) 엄니! 엄니! 엄마아........! (엄청 큰 소리로 울어댄다. 그때 심청의 욕조를 지키던 사자들이 뺑덕이 일행 쪽으로 온다)
사자2	왜들 이렇게 시끄러워! 응?
사자3	수선궁에 무슨 일 났어?
새타니	일은 일이죠!
새끼	천하의 나쁜 인간들 잡아왔으니까.
사자2	니놈들! 어떻게 나왔어?
새타니	그림 속에서 나왔죠!
사자3	들어가. 어서!
새타니	가죠. 가기 전에......
새끼	이 냄새나는 인간들 잡아가서! (슬쩍 돈 몇 푼을 꺼내 주며)

이건 나중에 신선주 사는데 보태시고……

사자2 아니 뭐... 이런걸 다. 알았어……

(슬쩍 찔러 준 돈 다발을 보고는 좋아서 집어넣고는 뺑덕 일행을 보고,

냄새를 맡으며) 이놈들 죄가 엄청 크네! 냄새가 지독해....

사자3 눈을 못 뜰 정도야! 안 되겠어. 갈고리를 쓰자고!

(두 사자가 옆구리에서 갈고리를 꺼내, 뺑덕과 어멈을 채우고, 심청 욕조 근처로 끌고 간다)

사자2 여기 앉아 대기해! (벌벌 떠는 뺑덕과 뺑덕어멈) 이름이 뭐야?

뺑덕 뺑덕이요.

사자3 빵떡?

뺑덕 아니 뺑덕이요!

사자2 괴상한 이름이로군……. (들여다보다가) 생긴 것두 괴물이야……..!

사자3 그래? (역시 들여다본다. 그리고 이번엔 뺑덕어멈을 들여다보다가) 여긴 더 해! 넌 누구야?

뺑덕 제 엄니에요.

뺑덕어멈 아이구 내 눈……

사자2 근데 여긴 왜?

새타니 남의 돈 갖고 도망치다, 여기까지 떠내려 왔어요.

사자3 너희들! 그만 들어가!

새끼 쫌 있다요.

새타니 증인이 필요하잖아요……

사자2 그건 그래.

사자3 더 물을 것 없이 이놈들 달근질에 사형감이야.

사자2 (욕조를 가리키며) 쟤보다 냄새가 열배는 더해………

뺑덕 (그제서야 욕조 안에 실신해 누어있는 심청을 발견하곤) 엄

218

니... 저거 청이아녜요? 우와 귀신이다 귀신이야! 엄니!

뺑덕어멈 뭐? 청이? 그게 뭔 소리야?

뺑덕 틀림없어요. 청이에요... 엄니 무섭다아! (뺑덕이가 다시 뺑덕어멈 품속으로 파고든다. 웃는 사자들)

사자2 아는 사인가 봐! 자, 달근질부터 해 볼까?

사자3 일어나!

뺑덕 무서워요. 엄니! 엄니! 귀신이야! 사람 살려!

뺑덕어멈 불쌍한 봉사 살려 주세요.

사자2 일어나라니까! (등짝을 때린다. 벌떡 일어서는 뺑덕어멈과 뺑덕.

그때

<음악#24-귀인 납시오 연주음악>

소리 들리며, 귀인<심청의 어머니>이 수선궁 시녀들에 의해 온갖 해초로 아름답게 만들어진 꽃가마 타고 등장한다)

어머니 왜 이리 소란스러우냐?

사자2 외지인들이 궁내에 잠수했기에 단죄하고 있는 중입니다.

어머니 사람이?

사자3 네.

어머니 악취가 가득하구나. 그사이 열반계에 입적한 생물은?

사자2 한 사람, 오늘 아침에 들어온 소녀가 있습니다.

어머니 소녀? 어디 있느냐?

사자3 엄명에 의해 잠수형 중입니다.

새타니 제가 말씀 좀 드려도 될까요?

사자3 니가 나설 자리 아냐!

사자2 끌어내세!

사자3	죽었을 텐데!
어머니	이름이 무엇이드냐?
새끼	심청입니다.......
새타니	따님 심청이요!
어머니	뭐라? (몹시 놀라며) 심청? 애들아! 어서 그 앨 살려라!

(삽시간에 시녀들과 사자들에 의해 심청의 구조 작업이 진행된다. 욕조에서 꺼내 심폐소생술을 거행한다. 다가가는 어머니. 드디어 심청이 깨어난다)

어머니	눈을 뜨거라! 청아! (심청이 살아난다. 마치 오랜 잠에서 깨어난 듯, 기지개를 켜는 심청) 내가 보이느냐?
심청	귀하신 분, 누구신지요?
어머니	나다!
심청	아! 어머니......? (비로소 깨닫는다) 어머니! (껴안는 두 모녀)
어머니	보고 싶었다.
심청	저두요 어머니! 근데 어쩜 하나도 늙지 않으셨어요.
어머니	여긴 시간이 없는 곳이니까!
심청	네?
어머니	시간이 있으되, 머문 곳이야. 오로지 있는 건 화평과 행복이 있을 뿐. 봐라! (시녀들과 사자들 모두 수선궁의 평화를 상징하는 성호를 긋는다. 황홀해 하는 심청) 아버님은 어찌 되었느냐?
새타니	월선사에서 하산하는 중입니다.
새끼	광명만을 고대하고 있죠.
새타니	효녀 심청이 공양미 삼백석으로 아버님 눈을 뜨게 월선사에 주고자,
	인당수에 몸을 던졌는데......
새끼	저 뺑덕어멈과 뺑덕이가 그 돈을 모두 갈취해 도망가다, 제

발로 여길 들어왔습니다!

심청　(비로소 뺑덕이를 발견한다) 뺑덕 오빠!

어머니　탐욕은 가장 큰 대역죄. 개인도 가정도 나라도 망치게 하는 것! 여봐라!

모두　네.

어머니　저 몹쓸 모자를 아흔 아홉 번 잠수극형으로, 다신 생명을 잇지 못하게 하라.

모두　아흔 아홉 잠수극형이요! (사자들이 뺑덕과 뺑덕어멈을 끌고 나간다)

뺑덕어멈　아이구 내 팔자! 장님 주제에 또 어디루 끌려가누.......?

뺑덕　(끌려가며 소리소리 지른다) 청아! 청아! 살려줘! 살려줘! 청아!

어머니　여기서 널 다시 만나다니..... 청아! 나하고, 여기서 영생토록 행복하게 살자꾸나!

심청　아닙니다. 아버님 곁으로 보내 주십시오. 아버님과의 약속 저버릴 수 없습니다.

어머니　약속?

새타니　네!

새끼　아버님이 울고 있어요. (그때 객석 쪽에서 돌쇠와 심봉사가 등장해 무대로 천천히 내려온다)

심청　소원 이룬 후에 다시 찾아뵙겠습니다. 어머니!

어머니　오냐! 갸륵한 너의 효심과 정성이 만고에 귀감이 될 것, 허락하마!

심청　(공손히 절한다) 고맙습니다. 어머니!

새들　(덩달아 공손히 절을 하며) 고맙습니다. 어머니!

어머니　얘들아, 내 딸 효녀 **심청**　극진히 현생까지 모시어라!

시녀들　네. 마마! (어머니가 사라지고, 시녀들이 심청을 꽃가마에 태우고,

<음악#25-길 떠나요 Reprise>

이어지며, 심봉사와 돌쇠가 걸어오는 쪽으로 가서 마주한다. 이승과 저승의 만남이다)

10장 <상봉>

심청/시녀들	(노래)

                       길 떠나요 님찾아 세상을 봐요 소리 들려요
          산 넘고 물 건너 바람따라 흘러가면
          거기에 님이 있죠 님이 있어요

심봉사   돌쇠야! 저기 들리는 노래 소리가 뭐냐?

돌쇠   귀하신 분의 행렬 같은 뎁쇼!

심봉사   그래? 그 노래 많이 듣던 노래다.

돌쇠   그러게요? 청이가 부르던 노래?

심봉사   팔다리 주물러 줄때 저 노랠 부르곤 했지!

돌쇠   행렬이 굉장한뎁쇼? 꽃가마에다, 꽃단장한 처녀들. 눈이 부실 지경이에요.

심봉사   그 광경 한번만이라두 보고 싶구나.

돌쇠   십년만 지나면 볼 수 있을 텐데요 뭐?

심봉사   십년? 어찌 더 살길 바랄손가?

새타니   (심봉사 곁으로 날아와) 기구한 운명도 끝이지!

새끼   그렇구 말구!

돌쇠   봐요. 새들이에요!

심봉사   응? 새?

돌쇠   네. 청이 따라 다니던 새들이요!

심봉사   그래. 반갑구나. 새들아! 좋은 소식이 있냐? 오늘따라 니들 목소리가옥을 굴리듯 청아하구나!

새들   (더 목소리를 예쁘게 굴리며) 고맙습니다.

심봉사   그동안 평안 했는가?

새타니   그림 같은 나날이었죠.

심봉사   혹시 우리 청이 소식 바람결에나, 풍문결에 아니면 꿈결에 들어봤어?

새들   그럼요!

심봉사   그래?

돌쇠   어디서? 설마 황천엘 다녀 온건 아니겠지?

새끼   황천 보다 더한 팔천구천 십천계까지 다녀왔는 걸요!

새타니   저길 보세요! (가리키며, 청이를 부른다)

새끼/새타니   청이 아씨!

새타니   아버님 현신 하셨소!

심봉사   이게 무슨 소리냐? 내가 귀까지 멀었어? 응? 청이가 웬 말이야?

돌쇠   아이구. 아버님. 맞아요. 청이에요! (크게 부른다) 청아! 청아. 심청아!

(심청이 가마에서 내려와 심봉사에게 뛰어온다)

심청   아버님! (와락 껴안는 세 사람) 돌쇠야!

심봉사   아이구 내 딸! 내 딸 청아? 이게 뭔일이냐? 내 딸 청이가 맞아? 이게 꿈이냐? 아니면....?

새타니   생시옵니다.

심청   아버님. 그간 기체후 일향만강하십니까!

새끼   눈뜨고 못 보겠다!

심봉사   난 잘 있었지. 근데 어디 보자. (얼굴을 연신 만지며) 청이 맞지? 목소린 영락없는 내 딸 청이건만...... 니가 죽은 줄만 알았다!

새타니   사는 것과 죽는 것.

새끼   차이가 없습니다.

심봉사	그래?
심청	살아 돌아왔습니다. 아버님! 돌쇠야. 신세가 말이 아니구나.
돌쇠	무슨 소리! 난 니가 살아올 줄 알았어! 넌 헤엄도 잘 치잖아! 인당수가 제 아무리 깊어도 니가 그냥 죽을 리 없지!
심봉사	죄 많은 애비 곁으로 다시 오다니....
심청	무슨 말씀이십니까? 잠시나마 죄 많은 여식 인사 올립니다.

(공손히 절을 올린다)

새타니	이제 우린 가야지! 청아! 안녕?
심청	가지마! 너흰 내 생명의 은인!
새끼	가야 해!
새타니	웅거라는 화가가 그림을 그리는데 우리가 필요하다는 거야.
새끼	안빈낙도! 가야지....
새타니	또 만날 날 있을 거야!
새끼	늘 훗날이란 게 있으니까!
새타니	참. 이거 돌려줄게! (돈 주머니를 꺼낸다)
심청	뭔데?
새타니	뺑덕어멈이 훔쳐갔던 돈!
심봉사	돈? 뺑덕어멈이 훔쳐갔던 돈? 어디보자! (그때 눈이 '번쩍' 뜨인다) 어디보자?
돌쇠	돈이에요. 어르신!
심봉사	응? 보인다! 보여! 돈이 보인다구.......! 돈이 요렇게 생겼어? 잘 생겼다! 잘 생겼어!
심청	아버님!
심봉사	청아! 이제 니가 보이는구나! 예쁜 우리 딸 청이가 보여! (돌쇠를 본다)넌 누구야?.....
돌쇠	돌쇠에요. 아버님!
심봉사	돌쇠가 이렇게 생겼어?

심청/돌쇠 아버님! (다시 껴안는 부녀)

심봉사 광명을 찾았어! 내 눈을 찾았어! (객석을 향해) 여러분! 내가 눈을 떴습니다! 우리 효녀 청이 덕분에 눈을 찾았습니다! 지극한 사랑과 믿음이눈을 뜨게 만들었습니다......! 고맙다. 청아! (청이와 덩실덩실 춤추며 기뻐하는데)

새타니 여러분! 이제 저희 미션두 끝났습니다. 청이 아버님, 청이, 돌쇠 그리고 여러분 모두 안녕.......!

새끼 또 만나요!

새타니/새끼 만수무강 행복하시고요!

(이별하는 새와 출연진들.<음악#26-밝은 세상/모두 합창>이 들리고....)

모두(노래) 온 세상 누리 사랑 밖에 없어
부모님 은공 가족사랑 인연일세
두엉실 사랑 사랑이 세상을 밝혀주네
밝은 세상 맑은 마음 세상을 지켜주네
두엉실 사랑 중에 세상사 경사로세

....

....

-천천히 막이 쏟아져 나린다-

2024.11.2

-新(신)마당놀이 쥬크박스뮤지컬-

-출연진-

진국 (24세의 대학생. 열정의 끼있는 청년)
정혜리 (22세의 앵모리 단원. 진국과 사랑하는 연인)
김명성 (진국의 부 54세. 왕년의 명 연출자이자 배우 출신)
박양자 (진국의 모 52세. 왕년의 가무왕)
양수천 (40세의 앵모리단의 명실상부한 기획자)
억수 (앵모리 남자 단원. 32세로 앵모리에서 가장 오래된 단원)
성호 (양수천 파 남자 단원. 30세로 실력은 없지만 양수천의 뒷바라지로 제2의 앵모리실력자다)
완식 (진국의 동갑 단원이자 친구. 늘 진국의 편에 서있는 조력자다)
은정 (여자 단원 중 제일 나이가 많은 단원. 29세)
미영 (제일 막내인 여자 단원. 20세)

-뮤지컬 넘버-

(1)M#1-   엿치기 엿치기 사빠뽀
(2)M#2-   장타령
(3)M#3-   갑돌이와 갑분이
(4)M#4-   최진사 댁 셋째딸
(5)M#5-   농악
(6)M#6-   한 오백년
(7)M#7-   강원도 아리랑
(8)M#8-   까투리 사냥
(9)M#9-   엿가락 차차차

엿치기엿치기 사빠뽀

(10)M#10-　　　　노란 셔츠 입은 사나이
(11)M#11-　　　　음악9 엿가락차차차 Reprise
(12)M#12-　　　　엿 사세요 엿을 사

-무대-

무대엔 커튼이 전부다. 이 커튼을 통해 모든 무대상의 매직 같은 공연
은 이뤄진다.커튼 옆엔 악기들과 각종 크기의 가방들(소품, 의상을 넣
은)
그리고 의상 옷걸이가 놓여져 있다. 마치 무대 뒤의 분장실과 같은 분
위기.
그러나 이런 소품들과 의상이 공연 내내 움직여지며, 적당한 조화와
기능을 가지고 활용된다.
사실상 마당놀이의 개념에 맞게 이 작품은 실내나 실외 어떤 무대에
도 적용 할 수있도록 연출 되어야 한다. 모든 배역은 각 장면마다 1인
다역의 멀티역할을 소화하며, 일종의 Variety Show 개념의 뮤지컬로
빠른 전환과 함께 진행 된다.

-1장: 장터마당-

(M#1-반주 음악이 구성지게 뜨고)

김명성　(마이크 앞에 선다)

자, 오세요. 보세요.

들어요. 들으세요.

장난이 아니에요. 정말이야.

놓치면 후회하는 쇼. 안보면 미치는 쇼.

와보면 환장하는 쇼. 쇼. 쇼.....!

비가 오나 눈이 오나 바람이 부나

세월 따라 이맘때면 찾아오는 끼리끼리 엿치기

자, 박치기 수벽치기 소스라치기 벽치기 삐치기 들치기.

날치기는 각별히 조심해!

자, 애들은 앉고 어른은 찌그러지고 공짜는 가라. 가!

얘! 넌 거기 앉아! 떠들면 안 돼! 그리고 저기 아주머니두,

앉으세요. 앉아! 남 허벅지는 안 되고 누워도 안 돼.

엎드려도 안 되고! 자, 앉아요. 앉아!

우리 이제 시작합니다. 엿치기 끼리끼리 박치기 이제 시작할랍니다.

들으셨어? 시작한다구요! 자, 박수 준비하구....

자, 노래부터 돌리고 쪼이고 흔들어 봐!

(노래 반주가 시작되고,

<음악#1-엿치기엿치기 사빠뽀/합창>

단원들　엿치기엿치기 끼리끼리 엿치기

사빠뽀 사빠뽀 두드리고 부딪치고

때리고 메기고 굴리고 메치고

엉키고 풀고감고 감고풀어

솟아치고 받아치고 이어받고

솟구치고 내려치고 되돌리고

퍼주고 막주고 멋주고

엿 주는 우리우리 엿가위 가락이여,

꿈 싣고 한을 먹고 뛰는 우리우리 소리소리

엿치기 엿치기 사빠뽀 사빠뽀 ....

(구성지게 노래하는 단원들. 앵모리 단원들도 신나게 노래를 따라하며 물건들을 팔면서 분위기 한껏 돋운다. 이어 단원들 한 두 명이 무대로 올라가다음 장면 의상을 갈아입는다.

무대는 어느새 정감 있는 우리의 옛 장터로 변한다. 이어 장타령(음악#6) 노래를 합창으로 부르며, 단원들이 이고, 지고, 펼치고 장터의 장사꾼으로변한다.

<음악#2 : 장타령>)

어이구나 데이고나 잘한다.

높이 떴다 제비장 빠사렸다 흥성장

아이고나 데이고나 잘한다.

(그렇지!)

아이고나 데이고나 잘한다.

춘천이라 샘밭장 신발이 젖어서 못가고

홍천이라 구만리장 길이 멀어서 못가네

아이고나 데이고나 잘한다.............

(모두 장터에 물건을 진열한 다음, 엿가위 가락에 맞춰 신명난 춤을 추며노래를 부른다. 연극의 막을 여는 멋진 군무와 노래가 압도한다.)

이강저강 평강장 강물이 없어 못가고

정들었네 정선장 님이 없어서 못가네
아이고나 데이고나 잘한다.
나무 많은 화천장 길이 막혀서 못가고
양식 파는 양양장 쌀이 많아 못가네
아이고나 데이고나 잘한다.
지금 왔다 인제장 일이 바빠서 못보고
울퉁불퉁 울진장 울화가 치밀어 못보네
아이고나 데이고나 잘한다.
이통저통 통천장 아는 것 많아 못보고
횡설수설 횡성장 가격이 비싸 못사네
아이고나 데이고나 잘한다.
어화 저화 김화장 놀기 좋아 못보고
회충회충 회양장 길이 험해 못보겠네
아이고나 데이고나 잘한다. 아이고나 데이고나 잘한다.
아이고나 데이고나 잘한다.............
(다시 왁자지껄하는 장터 분위기. 배경음악이 계속 이어지고,
물건 팔려는 아우성 소리가 범벅이 되는데.......
이때 양수천과 김명성이 지나가면 모두 인사하며 조용해진다.
뭔가 양수천이 김명성에게 지시하고 나가면 다시 왁자지껄한 장터.
김명성, 아들 진국을 불러 다음 장면을 지시한다.
진국 한 쪽 마이크 앞에 서서 변사처럼 **해설자** 역할을 한다.
다음 음악#3 전주가 흐르고.........)

-2장: 갑돌이와 갑순이-

진국　　지금으로부터 70년 전 일제시대,
나라를 뺏긴 것도 서러운데,

사랑도 맘대로 못했던 시절이었다.......

(<음악#3: 갑돌이와 갑분이/진국 솔로>)

갑돌이와 갑분이는 한 마을에 살았대요.

둘이는 서로 서로 사랑을 했더래요.

그러나 둘이는 마음뿐이래요. 겉으로는 안 그런 척 했더래요.

(무대에선 '갑돌이와 갑분이의 사랑' 재연 장면이 이어지고)

미영　　　그렇게, 갑돌이와 갑분이는 한 마을에 살았더래요

둘이는 서로 서로 사랑을 했더래요. 그러나 둘이는 마음뿐이래요.

겉으로는 음-음..... 안 그런 척 했더래요.

그러다가 갑분이는 시집을 갔더래요.

시집간 날 첫날밤에 한없이 울었더래요.

갑분이 마음은 갑돌이 뿐이래요. 겉으로는 음-음....

안 그런 척 했더래요.

재연 무대1

1. 갑분이(혜리 분)가 꽃바구니를 들고 춤을 추고 있다.

이때 나타나는 김판근(성호 분) -일본의 앞잡이-.

도리우찌 모자에 지팡이, 흰 양복 흰 구두에 금시계 줄이 선명하다.

갑분이의 미색에 반해 한쪽에서 숨어서 침을 삼키며, 갑분에게 다가가

애정 표현을 한다. 갑분이를 안으려고 달려드는 판근을 밀치는 갑분.

넘어지는 판근과 도망가는 갑분이.... 그때 일본경찰(억수 분)이 나타

나서 판근을 일으킨다. 자초지종을 얘기하는 판근. 경찰과 판근이 갑

분이를 따라가고.......

2. 여기에 지게를 지고 등장하는 갑돌이(진국 분). 덩실덩실 춤을 춘다.

그때 갑분이가 헐레벌떡 뛰어 들어오고.. 갑분이의 얘기를 듣고 난 갑

돌이, 화가치민다. 갑분이가 별일 아니라며 갑돌이를 진정시킨다. 갑돌

이 잠시 진정하고, 갑분이와 사랑의 춤을 춘다.

3. 이때 나타나는 판근. 그 옆엔 또 하나의 일본 앞잡이 똘마니(완식 분). 갑돌이를나무라고 갑분이는 갑돌이 뒤에 숨고. 판근이 갑분이를 끄집어 내려하자, 갑돌이가 막아서는데, 똘마니 앞잡이가 칼을 빼들고 달려들어 마침내 싸움이 벌어진 다...... 갑돌이를 못 당하는 똘마니. 판근이 화가 나서 칼을 넘겨받고 갑돌에게 달려든다. 치열한 싸움 그러나 밑에 깔리는 판근. 똘마니 고래고래 '사람 살려!'를외치는데 그사이 판근이 갑돌이를 밀고 칼로 갑돌이를 찌른다. 어깨에 칼을 맞는갑돌이. 그러나 갑돌이가 더 민첩하게 판근을 잡아채, 목을 조인다.

죽어가는 판근. 그때, 똘마니가 총으로 갑돌이를 위협한다. 뒤에서 이 모양을 보던갑순이가 똘마니 손을 발로차서 총을 떨어뜨리게 한다. 날쌘 갑돌이가 똘마니와총을 가운데 두고 싸움이 벌어지고, 그 아수라장 속에 커단 총소리! (사이)

마침내 갑돌이가 쓰러진다. 갑순이의 외마디 비명! 모두 갑돌이가 죽은 줄 알 고....... 그러나 걸어가던 똘마니가 힘없이 쓰러지고 갑돌이가 일어난다. 황급히 도망가는 판근. 사람들이 죽은 똘마니 옆으로 몰려들고, 갑분이가 울고, 허탈해 하는갑돌이. 어깨엔 흥건한 피가 흐른다.

4. 마침내 판근에 의해 일본경찰이 들어오고, 갑돌이를 살인 누명으로 포승을 채워끌고 나가는데, 갑분이가 통곡하고, 갑분 엄마(박양자 분)가 뜯어 말리고, 판근이갑분 어머니에게 은근슬쩍 돈 봉투를 건네주고 사라진다.

5. 세월이 흘러, 갑분이가 판근이와 결혼했다.

('10년 후!'라는 피켓을 정혜리가 관객에게 보여주고 퇴장한다)

판근이가 나가려다 갑분이에게 화를 낸다. 그리고 꼴도 보기 싫다는 듯이 '확' 나간다. 우는 갑분이. 어머니가 아기를 안고 들어와 갑분이를 달래준다. 아기를 안고더 슬피 우는 갑분이......

6. 드디어 경찰이 지켜보는 가운데 갑돌이가 석방된다. 경찰이 주는 보

따리를 들고감방 문을 나서는 갑돌이......

7. 갑분이 어머니가 판근을 만나러 와서 보니, 판근이 다른 여자(은정분)와 애정행각을 벌이고 있다.

8. 갑분이가 애기를 업고 일을 하는데, 갑분 어머니가 힘없이 들어와 판근에 대한 자초지종을 얘기한다. 다시 우는 갑분이.....

이때, 이웃집 뺑덕어멈이 다른 동네 사람들과 급히 들어와 소식을 전해주는데....모두 밖을 가리키면, '퀭'한 모습으로 보따리를 들고 들어서는 중절모의 갑돌이.갑순이가 놀라 기절해 쓰러지고, 쓰러진 갑분이를 안고 갑분이 어머니에게 자초지종을 얘기한다. 갑돌 이윽고 아기를 받아 든다. 아기는 갑돌이와 갑분이 사이에난 아기다. 갑돌이가 아기를 안고 기뻐하고 좋아하는데, 영덕어멈이 적셔준 물수건 덕분에 갑분이가 깨어나고, 마침내 갑돌이와 갑분이가 감격에 겨워 껴안는다. 그때, 한쪽에서 경찰에 의해 포승줄이 묶여진 채, 사기죄로 끌려가고 있는 판근.

두 사람 사이에 멈추어 선다. 갑돌이가 주먹을 불끈 쥐고 달려들려 하자, 갑분이가 말리고, 고개를 떨구는 판근. 경찰에 의해 끌려간다......

2절 노래가 나오며 갑돌이와 갑분이가 덩실덩실 동네 사람들과 모두 춤을 추는데....... 조명이 어두워진다.

(이어 다시 엿 가위 소리가 들리며, 김명성과 양수천이 한바탕 엿 가위 듀엣으로춤과 엿가락을 보여준 다음, 마이크 앞에 선다.

두 사람 만담식의 스탠드-업 코미디를 게걸스레 관객 앞에 늘어놓는다)

-3장: 최진사댁 셋째 딸-

김명성 이봐, 갑돌이와 갑분이만 있는 게 아냐!

양수천 그렇지! 을순이도 있고

김명성 병순이도 있어!

양수천 정분이도 있지.

김명성 그럼 무순이 무돌이 배추돌이두 있구......

양수천 뭐? 무슨 돌이?

김명성 돌이......! 정돌이, 사돌이, 병돌이, 쇠돌이, 고돌이, 빠돌이, 차돌이,꼬돌이, 막돌이, 멍돌이 그리고 나 같은 꾀돌이......

양수천 뭐? 꾀돌이? 에이구, 구리다 구려. 냄새나는 멍텅구리......!

김명성 응! 니가? 그렇지 넌 벽창호 빡똘이, 공돌이, 개돌이지.....

양수천 뭐야? (주먹으로 때리고, 김명성 피하고, 다시 갈기고 피하고, 다시 갈기고

피하고..... 그러다 둘이 서로 맞아 동시에 둘 다 나가떨어지고)

김명성 아이구 이제 그만해!

양수천 그래..... 그만하자. (악수를 청하면 김명성 악수 하려고 하다 또 당한다)

그러구보면 그 옛날 우리 한국 사람들 여자 이름은 모두 순이, 분이,남자 이름은 모두 돌이었어?

김명성 그렇지, 아직도 많아! 순이, 명이, 소이, 자이, 진이, 은이, 덕이, 게이......

양수천 (펄쩍 놀라며) 뭐? 게이? 예끼 이 후레자식 아들의 둘째 손자 놈아!

김명성 용용 죽겠지? 나 잡아 봐라! (도망가는 명성)

양수천 맞습니다요. 그래서 우리가 단일민족이 아닌가 생각합니다.

김명성 단수민족!

양수천 무슨 민족?

김명성 단수! 복수가 아닌 단수......

양수천 알았어! 이젠 못하는 수학까지 튀어 나오네. 자, 그럼 이번엔 또 다른 '사랑 타령' 하나 불러 볼까? 뮤직 큐우! (반주 음악 나오고)

자, 최진사댁으로 쳐들어 가 봅니다. 여봐! 최진사!

(<음악#4 : 최진사댁 셋째딸/양수천 솔로>)

건너 마을에 최진사 댁에 딸이 셋 있는데
그 중에서도 셋째 따님이 제일 예쁘다던데
아따 그 양반 호랑이라고 소문이 나서
먹쇠도 얼굴 한 번 밤쇠도 얼굴 한 번 못 봤다나요
그렇다면 내가 최진사 만나 뵙고 넙죽 절하고
아랫마을 사는 칠복이 놈이라고 말씀드리고 나서
염체 없지만 셋째 따님을 사랑하오니
사윗감 없으시면 이 몸이 어떠냐고 졸라 봐야지
다음 날 아침 용기를 내서 뛰어갔더니만
먹쇠란 놈이 눈물 흘리며 엉금엉금 기면서
아침 일찍이 최진사댁 문을 두드리니
얘기도 꺼내기 전 볼기만 맞았다고 넋두릴 하네
그렇지만 나는 대문을 활짝 열고 뛰어 들어가
요즘 보기 드문 사윗감 왔노라고 말씀드리곤 나서
육간대청에 무릎 꿇고서 머릴 조아리니
최진사 호탕하게 껄껄껄 웃으시며 좋아하시네.
웃는 소리에 깜짝 놀라서 고개 들어보니
최진사 양반 보이지 않고 구경군만 모였네
아차 이제는 틀렸구나 하고 일어서려니까
셋째 딸 사뿐사뿐 내게로 걸어와서 절을 하네요
얼씨구나 좋다 지화자 좋을씨고 땡이로구나
천하에 호랑이 최진사 사위되고 예쁜 색시 얻으니
먹쇠란 놈도 밤쇠란 놈도 나를 보면은

일곱 개 복 중에서 한 개가 맞았다고 놀려대겠지

놀려대겠지...... 놀려대겠지........

(노래가 진행 되는 동안, 다시 무대는 동시에 '재연무대2'가 진행된다)

재연 무대2

1. 최진사댁 딸 세 명(혜리, 은정, 미영 분)이 머리 관을 쓰고 양산을 바쳐 들고 패션 쇼 모양, 무대와 객석을 분주히 오간다. 이 모양을 재밌게 구경하는 밤쇠, 먹쇠 그리고 칠복이.......

2. 이때 최진사(김명정 분)가 진사관을 쓰고 곰방대를 들고 나와 좌정하면 세 딸들이 옆에 선다.(사진사<완식>가 사진도 찍고) 그러면 먹쇠(성호 분), 밤쇠(진국 분)가 들어와 딸을 달라며 조른다. 둘 다 못 마땅하지만 최진사가 옆에 있는 이참봉(양수천 분)에게 귓속 말로 조언을구해 듣는다.

최진사가 씨름을 하라고 주문하자, 동네 사람들이 모인 가운데, 먹쇠 와 밤쇠가 씨름을 한다. 먹쇠가 밤쇠를 번쩍 들었지만 밤쇠가 안 넘어 가고 이어 밤쇠가 먹쇠를들고 돌지만 안 쓰러진다. 그러다가 둘이 같이 쓰러져 비긴다. 다시 하지만 마찬가지다. 비난하는 사람들.... 그러면서 군중들이 모두 '칠복이!'를 외쳐댄다.

3. 그때 좌중에서 사람들에 의해 떠밀려서 칠복이가 나온다. 이 참봉이 칠복에게 두 사람을 동시에 상대하라고 지시한다. 난감해하기 보다 겸연쩍어 하는 칠복이. 사람들이 다시 '칠복이!'를 연 호하며 힘을실어준다. 셋째 딸이 일어선다. 다른 두 딸들은 칠복이를 조롱하고.....

드디어 먹쇠와 밤쇠가 협공해서 칠복이를 번쩍 들어 올리지만, 칠복이가 두 사람 다리 사이에 자기 다리를 꼭 집어넣고 죽어도 안 넘어간다. 이렇게 하기를 여러 번 승부가 도저히 나지 않는다. 그러자 이참봉이 최진사와 다시 의논을 하고 이번엔 팔씨름으로 결판 을 내겠다고선언한다. 드디어 이참봉 주관 하에 팔씨름. 밤쇠, 먹쇠가 한꺼번에 달려들어 칠복이를 이기려 하지만 오히려 두 사람 자빠진다. 이번엔 먹쇠가 닭싸움을 제안. 두사람이 칠복이를 공격하지만 또 둘 다 지고 만다. 들것에 실려 나가는 밤쇠와 먹쇠.........

4. 모두 지켜보는 속에 칠복이가 최진사 앞으로 가서 넙죽 절한다. 모두 웃는다. 일어서는 칠복이. 그때 셋째 딸이 그에게 와서 절을 한다. 최진사도 고개를 끄덕이고있고, 다른 딸들 칠복이가 아까워 어쩔 줄을 몰라 하고.......

칠복이 셋째 딸을 어깨에 태우고 일어서면 농악이 흥건히 시작되고, 칠복이가 좌중을 휘저으며 춤을 춘다.

5. 마침내 사모관대의 결혼식이 거행되고 사진사가 사진 찍고, 흥겨운 농악

<음악#5 '농악'>

이 한 바탕 벌어진다.

-4장: 탈춤 놀이-

(이어 무대는 자연스레 농악 장단에 맞춰, '탈춤'의 노장 장면이 진행된다)

재연 무대3

1. 취발이가 술에 취해 비틀 거리며 등장해 술을 마시고, 술병을 집어 던진 후에......

취발   쉬이, 어 취한다......! 산중에 무력일하여 철가는 줄을 몰랐더니

꽃피어 춘절이요. 잎 돋아 하절이라

오동 낙엽에 추절이요. 저 건너 창송녹죽에 백설이 펄펄 휘날리니

이 아니 동절이냐. 나도 본시 강산에 오입쟁이로 산간에 묻혔더니 풍류소리 반겨듣고 염불에 뜻이 없어, 이런 좋은 풍류정을 만났으니 어디 한번 놀다가려든... (불림) 낙양 동천 이와정.....

(장단에 맞춰 신명나게 춤을 추면, 다른 탈들이 함께 춤을 추며 도는데,

한 쪽에 노장이 옆에 각시를 끼고 나와 노닌다)

2. 이 모습을 본 취발이 부아가 나 노장 옆으로 가면, 노장이 부채로 취발이를 쫓는다. 취발이 오기가 발동해서 다시 노장에게 다가가면, 이번엔 노장이 지팡이로 취발이를 때려 내 쫓는다. 쫓겨 달아나는 취발이. 가다가 막대기를 주워 노장과 한바탕 멋진 춤으로 대결을 펼친다. 그래도 노장에겐 역부족이다. 마침내 줄행랑을치는 취발이.......

3. 이윽고 노장이 각시1과 춤을 춘다. 그러다 다시 한 편에 각시2가 나타나면, 노장각시1에게 있으라고 하고, 각시2에게 다가가 희롱한다. 노장의 농탕질에 각시2가대응하면, 노장 각시1,2와 함께 낭자하게 춤을 춘다.

4. 이 모습을 지켜본 동네 사람들과 악사들이 노장을 '몹쓸 놈'으로 여겨, '쉬이! 쉬이!' 하며 내쫓고, 다시 신명나는 농악으로 장터에서나 있을 법한 '막춤'으로 춤을춘다.

(그때 진국이 큰 소리로 음악을 저지하고 나선다. 모두 조용....)

진국　　그만! 그만! 그만들 하세요. 뭐하는 거에요? 이건 아녜요. 아니라구요!

김명성　왜 그래? 무슨 일이야?

진국　　바꿔야 해요!

성호　　바꿔?

억수　　뭘?

진국　　레파토리요......

양수천　무슨 토리?

박양자　진국아!

진국　세상이 변하고 있어요. 우리도 변해야 해요. 새로운 공연이 필요하다구 요.

억수　어떻게?

은정　무슨 공연?

성호　어떻게 바꾸는데? 가요무대? 전국 노래자랑? 콘서트 70 80? 미스트롯 선발대회? 국악 한마당?

미영　아님, 엠넷 팝콘? 고고 씽? 케이 팝?

은정　뭐? 어떤 거요?

진국　가장 한국적인 것! 가장 우리적인 것!

양수천　지금 우리가 하는 건 우리 것이 아니고 서양건가?

성호　우리 건 뭔데?

진국　내 얘긴.....

혜리　진국씨 말이 옳아요. 이제 다른 형식, 다른 이야기도 만들어 보자구요.

미영　(박수친다. 그러다 뻘쭘) 찬성이요....... 대...찬...성...!

김명성　진국아! 지금 우리가 하는 공연은 매우 한국적인 것들이야. 그리고 아직도 사람들이 좋아하고 있어.

양수천　요즘 양식 먹구 스파게티에 클럽 샌드위치를 먹어두, 우리 건 우리거야.

성호　부정할 수 없지.

양수천　잠시 젊은 혈기로 그러는 모양인데, 아버지를 봐서두 그러면 안된다! 자, 다음 공연 준비들 해! 어서!

(양수천 먼저 나가면, 다들 하나 둘씩 나간다. 깊은 생각에 잠기는 진국.

<음악#6 : 한오백년 전주>

240

가 흐른다. 그에겐 이미 다른 공연의 판타지가 떠오르고 있다)

-5장: 新(신) 한 오백년-

(무대에 혼자 있는 진국에게 혜리가 다가간다. 위로한다. 이어 완식이가 나와 진국에게 다가간다. 이어 미영 그리고 억수, 은정, 박양자가 아들에게 다가가 위로한다.
음악이 커지며, 진국이 몇 가지 동선을 단원들에게 짜주면 모두 동의하고,
무대가 바뀌고, 새로운 버전의 '한오백년'이 음악과 함께 공연된다)

박양자   (<음악#6 한 오백년 노래/박양자 솔로>)
아무렴 그렇지 그렇구 말구 한오백년 살자는데 웬 성화요
한 많은 이 세상 야속한 님아 정을 두고 몸만 가니 눈물이 나네
백사장 세모래 밭에 칠성단을 모으고 님 생겨 달라고 비나이다
청춘에 짓밟힌 애닯은 사랑 눈물을 흘리며 어디로 가나
으스름 달밤에 기러기 우는 소리 가뜩이나 아픈 가슴 더욱 아프네
살살부는 바람에 달빛이 밝아도 님 그리는 마음은 다를 게 없네
(아까부터 무대 옆에서 보던 성호도 합류한다)

(<음악#7: 강원도 아리랑/억수 솔로>)

억수   강원도 금강산 일만이천봉 팔만구암자 유점사 법당뒤에
칠성단 모아놓고 팔자에 없는 아들딸 나 달라고
석달 열흘 노구에 정성을 말고 타관객지 외로이 난 사람 괄세를 마라
정선읍네 물나들이 허풍선이 궁굴대는 주야장천 물거품을 안고
비빙글 배뱅글 도는데 우리 님은 어딜 가고 날 안고 돌 줄 왜 모르나
태산준령 험한 고개 칡넝쿨 얼크러진 가시덤불 헤치고

시냇물 굽이치는 골짜기 휘돌아서 불원천리 허덕지덕
허위단심 그대를 찾았건만 보고도 본체만체 무심하기만하누나
산비탈 굽은 길로 얼룩암소 몰고 가는 저 목동아 한가함을 자랑마라
나도 엊그제 정든 님을 이별하고 일구월심 맺힌 설움 이내 진정 깊은
한을 풀길이 바이없어 이곳에 머무르니
처량한 노래일랑 부디 부르지 마라
세파에 시달린 몸 만사에 뜻이 없어 홀연히 다 떨치고
청려를 의지하고 정처없이 가노라니
풍경은 예와 달라 만물이 소연한데
해 저무는 저녁노을 무심히 바라보며
옛일을 추억하고 시름없이 바라보니
눈앞에 보이는 것 모두가 시름뿐이라.............

(<음악#8: 까투리 사냥/은정 솔로>)

은정　　　우이여 위여 어허 까투리 사냥을 나간다.
전라도 지리산으로 꿩 사냥을 나간다.
지리산에 올라 무등산을 보고 나주 금성산에 당도하니
까투리 한 마리 푸두둥하니 매 방울이 떨렁
충청도 계룡산으로 까투리 사냥을 나간다.
계룡산에 올라 속리산을 보고 가야산에 당도하니
까투리 한 마리 푸두둥하니 매 방울이 떨렁
경기도 삼각산으로 까투리 사냥을 나간다.
삼각산에 올라 종남산을 돌고 광주산성에 당도하니
까투리 한 마리 푸두둥하니 매 방울이 떨렁
경상도 문경 새재로 까투리 사냥을 나간다.
문경 새재에 올라 청량산을 보고 보현산에 당도하니

까투리 한 마리 푸두둥하니 매 방울이 떨렁

강원도 금강산으로 까투리 사냥을 나간다.

오대산에 올라 금강산을 보고 태백산에 당도하니

김정일이 퍼뜩 놀라 김정일 사냥을 나간다..........

(위 노래들을 배경으로 재연 무대가 펼쳐진다)

재연 무대4

1. 한 오백년에 맞추어, 모두 삿갓을 쓰고 멋진 검무를 춘다. 해동 검무로 새로이 안무한 절정의 무대.

2. 강원도 아리랑 랩에 맞춰, 삿갓을 벗고 그 주위를 맴돌며 하염없이 긴 살푸리 춤을 현대화 한다.

3. 카투리 사냥의 새로운 음악 버전으로 사냥꾼 삼형제의 멋진 춤에 곰, 아랑이 등장한다. 살푸리 끝에 아랑이 수건을 들고 기원정성을 드리는데, 곰(성호 분)이 나타난다. 아랑이 도망가고 더 이상 갈 데가 없다. 그때 나타나는 사냥꾼 삼형제(진국,억수, 완식 분). 곰과의 멋진 대무가 이뤄지고 곰을 때려잡고, 그 가운데 막내(진국 분)가 아랑과 사랑을 나누는데........

(옆에서 김명정과 양수천, 박양자가 박수를 친다. 감동 받았고, 꽤 괜찮은 공연 아이템이 됐다고 확신한다)

김명정/양수천　　　부라보! 부라보!

김명정　좋았어!

양수천　명장면이야. 각색도 좋았구.......

김명정　특히 의상이 좋더군....

미영　연기는요? (잠시 침묵)

양수천　아주 좋아! (모두 환호하며 박수친다)

-6장: 엿치기 사빠뽀-

김명정 자, 그럼 이제 한 가지 더 젊은 친구들한테 숙제를 줘야겠어!

양수천 괜찮지?

모두 물론이죠. (김명정과 양수천이 서로 악수를 하고 눈짓을 교환한다)

김명정 다음 달에 우리 앵모리 극단이 미국과 유럽으로 순회공연을 떠난다.

모두 네? (모두 놀란다)

양수천 그래서 말인데, 이번에 아주 특별한 공연을 하나 더 만들어야 해!

혜리 어떤 거요?

박양자 세계를 놀라게 할........ K-컬쳐! 평소 아버님의 염원이 담긴 거지.

진국 (김명정을 보며) 뭔데요?

김명정 오래전부터 꿈꾸고 생각해 왔던 아이템이야!

미영 와! 아이템! 템!

김명정 그래 아이템!

은정 어려운 건가요?

억수 궁금해요.

성호 정말......!

김명정 엿가위 가락에 묻힌 전설......! 엿장수 이야기!

모두 와! 대박!

진국 새로운 아이템이에요!

양수천 (마이크 앞에서 빠른 어조로 엿가락 리듬에 맞춰 노래를 부른다.

<음악#9: 엿가락 차차차/모두>)

들어봐! (네). 지켜봐! (네). 살펴봐! (네)
보지 않고는 못 믿을 이야기 하나. (하나)
듣지 않고는 못 배길 이야기 하나. (하나)
엿가위의 전설 (그렇지) 엿가락의 전설 (그렇지)
때는 지금으로부터 70 년 전!
자, 두드리고 (두드리고). 때리고 (때리고)
메기고 (메기고). 부딪치고 (부딪치고)
굴리고 (굴리고). 메치고 (메치고). 엉키고 (엉키고)
풀고감고 (풀고감고). 감고풀어 (감고풀어)
숨아치고 (숨아치고). 볶아치고 (볶아치고)
낚아치고 (낚아치고). 이어받고 (이어받고)
되로받고 (되로받고). 되로주고 (되로주고)
다퍼주고 (다퍼주고). 막퍼주고 (막퍼주고)
먹여주는 엿엿엿 (엿엿엿). 엿먹어 처먹어 사먹어 (먹어 먹어 먹어)
엿치기 엿치기 사빠뽀. 소바뽀 조바뽀 김바뽀 사빠뽀
사래사래 사치기 초치기 길치기 사빠뽀
진빠뽀 돈빠보 울빠뽀 손빠뽀 뽀뽀뽀 마구뽀뽀
뽀뽀뽀뽀뽀뽀뽀뽀
뽀뽀뽀뽀뽀뽀뽀뽀

....
....

(무대 한쪽에서 엿가위 소리가 처음엔 작은 소리로, 이어서 모두가 엿
가위를 들고, 독특한 가락의 리듬 패턴을 만들어 낸다.
이어 새로운 패턴의 엿가락 리듬. 진국이 리드한다.
어느 새 화려한 의상에 독특한 리듬 못지않게 화려한 춤 동작......

징소리와 함께 일장의 무대가 끝난다. 무대엔 다시 아무도 없다.

진국이가 혼자 손에 징을 들고 있을 뿐이다. 골똘한 생각에 빠져 있다.

이제껏 모든 것은 진국의 환상 장면들이었다)

박양자　진국아! (등장하며) 진국아! 아빠가 찾으신다.

진국　왜요?

박양자　왜긴? 일 나가자는 거지!

김명정　(김명정 들어오며) 준비됐지?

박양자　네.......

김명정　5일장이야. 사람들 많을 게야.

진국　아버님........ 오늘은 다른 거 해봐요!

김명정　뭘? 어떻게?

진국　오프닝도 그렇고 좀 더 빠른 장단으로 연주하자구요. 늘 똑같잖아요.

김명정　늘 같다는 건, 사람들이 늘 좋아한다는 거야.

진국　하지만, 미래를 보고 바꿔야죠.

김명정　시대? 과거 없이 현재가 있냐? 전통은 귀중한 거야.

진국　하지만 전통두 옷을 바꿔 입고 갈아입어야죠. 아니면 빨아 입기라두 하든가!

김명정　빨아 입어? (박양자를 힐끗 쳐다보며) 하던 대로 잘해! 공연은 철학이 아니야!

박양자　여보. 귀담아 들어봐요.

김명정　쓸데없는 소리! 어서 나갈 준비나 해......... (휑하니 나간다. 당황스런 진국과 박양자)

-7장: 엿 사세요 엿을 사!-

(무대는 음악과 더불어 다시 장터로 바뀌고, 온갖 엔터테인먼트 요소

들이 벌어진 다. 제기차기, 접시돌리기, 마술 등등... 엿 판을 앞세우고 들어오는 진국 일행.

판을 장터 가운데 놓고, 앰프와 마이크를 설치하고 박양자가 마이크 앞에 서서

간들어지게 흘러간 가요

<음악#10: 가요-노란샤츠 입은 사나이>

를 부르기 시작한다. 박자에 맞춰 엿을 쪼개는 김명정. 그리고 춤을 추며 엿을 구경꾼들에게 파는 진국. 그러나 잠시후, 구경꾼들이 한 사람 한 사람 흩어진다. 볼 것 다 봤다는 표정들이다. 그때, 진국이 마이크를 잡는다.

<음악#11: 음악 9 Reprise>)

진국　　여러분! 들어봐 지켜봐 살펴봐
보지 않고는 못 믿을 이야기 하나
듣지 않고는 못 배길 이야기 하나
엿가위의 전설 엿가락의 전설
자, 두드려 때리고 메기고 부딪고 굴리고 메치고 엉키고
풀고감고 감고풀어 솎아치고 볶아치고
낚아치고 이어받고 되로받고 되로주고
다퍼주고 막퍼주고 먹여주는 엿엿엿.......
(구경꾼들이 모여들어 신나게 진국이의 소리를 받아주기 시작한다)
진국/모두 엿먹어 처먹어 사먹어(엿먹어 처먹어 사먹어)
엿치기 엿치기 사빠뽀(뽀뽀)
소빠뽀(뽀뽀) 조빠뽀(뽀뽀) 김빠뽀(뽀뽀) 사빠뽀(뽀뽀)

사래사래 사치기(뽀뽀) 초치기 길치기 사빠뽀(뽀뽀)

진빠뽀(뽀뽀) 돈빠뽀(뽀뽀) 울빠뽀(뽀뽀) 손빠뽀(뽀뽀)

뽀뽀뽀(뽀뽀) 마구마구뽀뽀(뽀뽀)

뽀 뽀 뽀 뽀 뽀 뽀 뽀 뽀

뽀 뽀 뽀 뽀 뽀 뽀 뽀 뽀

....

(노래가 진행되는 동안, 엿가위 소리, 온 몸에 설장구, 탭슈즈의 발장단 등... 새로운 엿가락과 군무를 선보이며, 새롭고 화려한 무대가 펼쳐진다. 이어서 진국과 혜리가 마이크 앞으로 나온다)

진국   감사합니다. 여러분!

혜리   고맙습니다. 여러분!

진국   지금까지 우리의 신명나는 엿가락을 듣고 보셨습니다.

혜리   우리 엿가락은 다른 어느 민족이나 나라에서 그 유래를 찾아볼 수 없 는 우리만의 가락입니다.

진국   그렇습니다. 우린 분명 이렇게 흥과 멋이 깃들여진, 멋진 음악을 만들어낸 '문화민족'입니다. 앞으로 우린 세계를 놀라게 하고, 흥겹게 만드 는 멋진 춤과 음악을 새롭게 만들어내는 진취적인 배달의 문화민족이 될 것입니다. 자, 다 같이 외쳐 봐요! (관객들을 선동하며) 대~한~민~국!(대한민국) 즐거우셨나요 여러분? (관객 반응 듣고) 자, 그럼 마지막 노래를 끝으로 오늘 공연을 마치겠습니다. 건강하세요. 여러분!

모두   행복하세요!

(터지는

<음악#12: 엿 사세요 엿을 사!>

에 맞추어 모두 노래와 춤을 춘다)

모두　　어와 어와. 엿 사세요 엿을 사

사랑 사랑 사랑 사랑 사랑의 엿을 사세요

울릉도라 호박엿 치악산엔 황골엿

황산벌에 땅콩엿 삼계전통 쌀엿

여름철엔 자란엿 겨울철엔 가래엿이

강원도라 옥수수엿 경기도라 가락엿

시험에는 합격엿 운수에는 대통엿

팔도엔 전통엿 민속마을엔 민속엿

엿먹어요 처먹어 엿가지가 많기도 해

무엿 쑥엿 쌀엿 방울엿 덩어리엿 순대엿

검은엿 백산엿 장원엿 복분자엿

판엿 갱엿 강정엿 포도엿 녹차엿

엿 사세요 엿을 사

사랑 사랑 사랑 사랑 사랑의 엿을 사세요

엿 사세요 엿을 사

사랑 사랑 사랑 사랑 사랑의 엿을 사세요

⋯⋯⋯⋯⋯⋯⋯⋯⋯⋯⋯⋯⋯⋯⋯

⋯⋯⋯⋯⋯⋯⋯⋯⋯⋯⋯⋯⋯⋯⋯

(노래에 묻혀 천천히 막이 내린다)

2024.5.21.

-춘향전 각색 뮤지컬-

-작의-

이 작품은 춘향전을 그대로 옮긴 것이 아니다. 춘향의 이야기를 뮤지컬이라는 틀에 넣고 국악이 아닌 새로운 현대적인 음악과 희곡 구성 그리고 그에 따른 무대를그려보고 싶었다. 우리 언어의 아름다운 행간과 리듬에 신경을 많이 썼고 더불어 드라마 흐름에 많은 주의를 기울였다. 또한 연극에서 빼 놓을 수 없는 각 등장인물들의 묘사에 많은 부분을 추가했다. 특히 '광대' 역할과 삽살개의 역할은 특별한 극적역할로 만들었다. 어른에서부터 아이들 그리고 동물이 등장하는 그야말로 가족 모두가 볼 수 있는 '가족 뮤지컬' 형식의 아이템으로서 작품을 만들고 싶은 욕심이었다.전생 장면에서부터 모두 8개의 장면으로 이뤄진 이 작품은 매우 간소한 대도구의 사용만으로 만들어지기를 바란다. 결코 많은 장치가 작품의 밀도를 높이고 표현하는데 도움이 되지 않는다는 필자의 생각이다.

-등장 인물-

춘향

이몽룡

월매

향단

이방

방자

변학도

광대(해설자역)

봉사

삽살개(월매 집의)

250

여인의 향기, 춘향

이웃방백수령들
아이들
관노들
사령들
무리들
기녀들
천인(天人)들(하늘나라 사람들)

-뮤지컬 넘버-

M-1   천상 음악(연주곡)

M-2   사랑의 메아리(합창곡)

M-3   광대 춤 음악(연주곡)

M-4   춘흥(듀엣)

M-5   광대 춤 음악, REPRISE(연주곡)

M-6   추천(듀엣)

M-7   봄의 시(솔로)

M-8   춘향찾기(삼중창)

M-9   여인의 지조(솔로)

M-10   개구리 합창(듀엣)

M-11   사랑의 약속(솔로)

M-12   사랑놀이 1(듀엣)

M-13   사랑놀이 2(듀엣)

M-14   넋두리(솔로)

M-15   이별이요(듀엣)

M-16   사랑의 진실(솔로)

M-17   사또 납시오(연주곡)

M-18   군노음악(연주곡)

M-19   일편단심(듀엣)

M-20   꿈길에서(합창)

M-21   아이들의 노래(합창)

M-22   님 기다리네(솔로)

M-23   죽기전에(솔로)

M-24   오! 그날(연주곡)

M-25   오! 그날 REPRISE(연주곡)

M-26   암행어사 출도야(연주곡)

M-27   사랑의 메아리 REPRISE(합창)

(1)전생에서

(막이 열린다. 천상의 음악소리

<M-#1:천상 음악/연주곡>

가 들리고 구름을 든天人들이 '구름 춤'을 춘다. 광대가 등장해, 같이 어울려 춤을 추다가.....)

광대 쉬잇! 풍악을 멈춰라!
   옛날도, 아주 까마득한 옛날 하늘에는 하늘나라가 있었고,
   땅에는 인간들이 사는 해동국 조선이 있었것다.
   하늘나라 옥황상제에 귀염 받던 시녀가 하나 있었으니,
   그 시녀 복숭아를 진상코자 옥경에 나아갔다가 그만, 태을
   성군을 만나 사랑에 빠졌다.

(전생의 춘향과 이몽룡이 천인들의 노래에 맞춰, 사랑의 춤을 춘다)

<M-#2:사랑의 메아리/합창>

천인들 온 세상 온 누리 사랑이 가득
   하늘에 맺은 인연 누구에 닿을런가
   두엉실 인연사랑 가지마다 만만개화
   부귀와 사랑공명 연연이 이어지어
   두엉실 인연사랑 영원토록 누리고져.......

(이때 나팔 소리가 진동하며 옥황상제 등장.

<M-#2 사랑의 메아리 연주곡 REPRISE>)

광대   아뿔싸. 사랑에 빠진 옥황상제의 시녀. 그만, 돌아갈 시간을 잃고야 말았다. 마침내 옥황상제가 진노 끝에 벌을 내리신다.
(옥황이 진노하여 벌을 내리자, 천상 군사들이 시녀를 올가미로 감싸 데리고간다. 태을 성군과 시녀가 헤어짐에 애타게 몸부림치는데.....)

광대   보아라! 천상의 두 선남선녀가 비로소 인간 세상에 한 날 한 시에 태어 나게 됐으니, 남원 땅 성춘향과 이몽룡이렸다.
          자, 이야기는 전라도 남원 땅으로 넘어간다. 때는 바야흐로 흐드러진 오월단오. 녹음은 녹림 간에 푸르렀고 만화는 방창. 백화는 난만.
          시절 좋은 호시절. 자 어디 한번 놀아보는디.
          (불림) 녹수 청산 깊은 골에 청룡 황룡이 꿈틀어지고.......

(<M-#3:광대춤 음악/연주곡>

에 맞춰 광대가 춤을 추다 퇴장하고, 무대 좌우로 춘향과 향단, 이몽룡 방자 이방이 각각 한 짝을 지어 춤추며 등장한다)

(2)인연

방자/이방 아~ 도련님......!
향단   아~ 춘향아씨......!
(동시무대로 무대 상수에선 향단과 춘향이 나와 그네를 타고 있고, 무대 하수 광한루엔 몽룡 방자 이방이 당도한다)

이몽룡   허어! 광한루에서 보는 경개가 절경이라더니, 과연 허언이 아니로구나. (부채를 편다)

방자   영락없죠.
이방   지당하신 말씀이옵니다.

이몽룡 저기 들녘을 가로질러 나는 것이 백학 아니냐?

이방 틀림없사옵니다. 최근에 이르러 부쩍 학이 날아드는 걸 보면, 태평성세를 뜻함이라. 모두가 우리 사또의 후덕인가 합니다.

방자 또 시작이군.

이몽룡 저기 예쁜 연못이 있구나.

방자 용지연이라구...... 하늘을 날아오르던 청룡이 '뚝' 떨어져 생긴 연못이라 합니다.

이방 전설에 의하면 저 연못에 지금도 청룡 황룡이 짝을 지어 산다고 합니다.

이몽룡 저건 오작교 아니냐?

방자 어디 말씀입니까?

이방 (부채로 방자의 엉덩이를 치며) 예끼 이놈! 어느 앞이라고 감히 볼기짝을 들이대느냐! 영락없는 말씀입니다! 예부터 광한진경이 좋다고 했으나실은 저 오작교가 제일입니다. 호남 제일성이 저 오작교라 해도 마땅 할 것입니다. 광한루가 있어 오작교가 짝을 맞추니 금상에......

방자 첨화!

이방 아니겠습니까? (방자에게) 수고했다. 바야흐로 중국 땅 악양루고소대가 동정호를 연하여 절절이 절경이듯 영락없습니다.

방자 그뿐입니까? 도련님 저기......! 이방 어른도 보십쇼!
(이방이 방자가 가리키는 곳을 보자 궁뎅이를 찬다. 꼬꾸라지는 이방)
도련님이 그랬구만요. (이어 빠른 노래로 풀어낸다.

\<M-#4:춘흥/솔로\>)

떡갈잎은 춘풍을 못 이겨 흐늘흐늘 폭포유수 시냇가에 한

떨기 산유화

봄을 맞아 방실방실, 텀벙텀벙 백설같은 흰나비는 꽃수염을 물고불고

너울너울 춤을 추고.......

이방 옳거니. 황금같은 꾀꼬리는 자웅 한쌍이 날아든다.......

방자 (갑자기 노랠 멈추며) 거참..... 한참 열 올리는데 방해하십니다. 그려.

이방 이놈! 너 뭐라 했느냐? 응? 이 쳐죽일 놈!

(이방과 방자, 이몽령을 사이에 두고 쫓고 쫓긴다)

이몽룡 그만들 해라! 그만하면 전라도 남원 땅 경개를 내 알겠다. (제법 큰 기침을 하고) 얘들아!

방자 허허 얘들이라니? 애가 어른을 보고 '얘들아' 하네?

이방 (저지하며) 방자야!

이몽룡 춘흥이 도도하니 술 한 잔 함이 어떠냐?

이방 지당하신.......

방자 영락없는....... (서로 쳐다보고는)

이방/방자 (큰 소리로) 분부시옵니다!

이방 술상 차려라!

방자 술상 차리랍신다!

광대 (느닷없이 나타나서) 네이! 술상 나갑니다.

(<M-5 ; 광대춤 음악/연주곡>

술상을 내오는 광대. 몽룡을 중심으로 술상이벌어진다. 이때 동시에 무대 반대편에 조명이 들어오고, 춘향과 향단이 노래하며 그네 타는 장면으로 넘어간다)

\<M-#6:추천/ 춘향,향단 이중창>

춘향	올라라 하늘가 높이 높이 올라라
향단	파란 하늘 훨훨 날고 날아
춘향	내 한몸 함뿍 맡겨 살포시 눈 감아라
향단	올라라 하늘가 높이 높이 올라라
춘향	아득히 높은 곳에 아래아래 내려 보아
향단	두리번 두리번 내님 한번 찾으리라..........
향단	(그네를 밀며) 아씨?
춘향	왜 향단아?
향단	오늘이 수릿날 오월 단오 아니오니까?
춘향	그렇지. 일년 중 가장 기가 왕성한 날이라지. 쑥떡을 먹는다 해서 수릿날이라 했다는구나.
향단	아 수리치떡 말씀이군요 아씨?
춘향	그렇단다. 또 오늘 오시엔 쑥을 뜯고 익모초를 뜯어 두는 풍속이 있으니, 모두가 단군님 설화에서 유래한다고 할 수 있지.
향단	창포에 머리를 감구요!
춘향	옳거니! 동쪽에 흐르는 냇가에 가서 머리를 감는데 동방은 태양이 솟는 곳이라, 양기가 왕성한 곳. 악귀나 질병을 쫓기 위해 필연코 동쪽을 택한 것이다. 창포를 삶은 물에 머리를 감아야 일년의 재앙을 물리친다 했으니, 단오야 말로 일년 동안 귀신과 악령을 쫓는 중요한날이 아니고 무엇이겠니?
향단	오늘 강릉에선 단오제가 볼만하다 하던데 언제 우리 구경이나 가옵시다!
춘향	어머니가 허락하실지 모르겠다만, 나도 꼭 한 번 보고 싶구나. 자, 향단아! 밀어라! 저 하늘 끝까지 날고 싶다.
향단	네 아씨! (그네를 타는 춘향. 다시 조명은 광한루를 비추고)

| 이방 | (이몽룡이가 방금 지은 시를 소리 높여 노래한다. |

<M-#7:봄의 시/이방 솔로>)

높을 고 밝을 명 고명 오작선에
광한 오계루요. 높고 밝은 오작의 배에
광한루 옥 같은 누각이 그 짝이고 그 짝이라.......

| 방자 | (장단을 맞추며) 옳거니! |
| 이방 | (이어서 계속 노래한다) |

빌 차 물을 문, 차문천상 수직녀는
지흥금일 아견우라. 하늘의 직녀는 누구뇨
오늘의 내가 견우일세.........

방자	그렇지! 좋~다!
이방	예끼 이놈! (부채로 머리를 때린다)
방자	아이쿠 왜 또 때리쇼?
이방	아, 이놈아! 어른이 시를, 그것도 도련님의 시를 읽는데 웬 추임새가 그리 방정맞으냐!
방자	앗따! 본래 추임새란, '좋다! 얼씨구! 그렇지! 절씨구! 기절씨구! 쌍절씨구!' 이렇게 흥을 돋는 것 아니요? (관객에다) 안 그렇습니까? 여러분? (다시 이방에게) 도련님 즉흥시가 하도 명 작문이라, 서당 개도 삼년이면 풍월을 읊는다고 좋아서 그랬소.
이방	그렇지! 너는 서당 개, 난 언감생신 글 읽는 상전이지.
방자	앗따! 지에미 붙을, 그깟 천자문 나도 줏어 알고 있소.
이방	그래? 어디 한 번 읊어 봐라.
방자	그것 뭐 어렵겠소. 자, 들어보슈. (옛날 서당에서 하는 소릿조로) '하늘 천 땅개비 좃 훌떡 까

진 연지 좆!

닥닥 핥아서 간질이고 솔질하고 문지르고 주무르세!'

이방   예끼 이 쳐 죽일 놈!

(얼굴이 벌겋게 상기되어 방자를 닭 쫓듯 쫓아다닌다)

이몽룡   (웃으며) 됐다. 그만해라! 허어, 그것 참 진문이로고.

방자야! 너한테도 배울 게 있구나. 니 공부 학습에 내가 술

한 잔 내고 싶구나.

방자   송구합니다. (혼자소리로) 땅개비 좆 덕분에 술 한 잔 받아

먹네......

(몽룡이 주는 술잔을 후딱 마시고는) 다 마셨다!

이몽룡   그런데.......

이방   네? 그런데요?

방자   네, 도련님?

이몽룡   (손으로 가리키며) 저기....... 저게. 무엇이냐?

방자   예?

이방   (몽룡의 심성을 알아채고 낙담한다) 망했다!

이몽룡   저기 오락가락하는 것?

방자   무엇 말씀이옵니까?

이몽룡   저기.

이방   (일부러 안경을 꺼내 보고) 어디....?

이몽룡   내가 가리키는 곳을 봐라.

(방자, 이방 서로 눈치를 채고, 알면서도 몽룡이 가리키는 손 앞으로

간다)

방자   (엄청 큰 발견이나 한 것처럼) 이거 도련님 손가락요?

이몽룡   어허, 방자야! 내 손이 아니라, 저기 녹림 간에 오락가락하는

것 말이다.

방자   아, 팔라닥 팔라닥 한 거요?

260

이방	(고개를 갸웃뚱 거리며) 오락~가락? 소불알인가?
방자	(비로소 큰 걸 발견한 듯) 아, 저거요······?
이방	나비 한 쌍 아닙니까?
이몽룡	어허, 어리석긴?
이방	아, 저건 자웅 한 쌍 꾀꼬리인 줄 아룁니다.
이몽룡	어허 고연지고! 술에 취해 너희들 눈엔 사람이 안 보인단 말이냐?
	내 뒤로 와서 똑바로 봐라. (때를 기다렸다는 듯이 이방이 몽룡의 등에올라타고 본다)
이방	아, 보입니다요. 저거요?
이몽룡	그래, 저것이 무엇이냐?
이방	글쎄요······.
방자	아 뭔데요? 이방어른 나도 좀 봅시다! (이번엔 방자도 합세해 올라탄다. 몽룡이 힘들어 한다. 비틀댄다) 되련님! 쬐끔 앞으로 나가보십쇼.
	(몽룡이 앞으로 힘들게 나간다) 왼쪽이요. (왼쪽으로 움직인다) 아니 오른쪽. (다시 오른쪽으로 움직인다) 한 바퀴 돌아보세요. (한 바퀴 돈다. 더욱 힘들다) 아하! 저것 말씀입니까? 저것으로 말씀드리면······.
이몽룡	무거워 죽겠다. 얼른! (그제서야 못 이기는 체 내려오는 방자와 이방)
방자	도련님, 저것은······.
이몽룡	저것은?
방자	그것은?
이몽룡	그것은?
이방	길짐승도 날짐승도 아닌······.
이몽룡	답답하다!

방자	들짐승도.....
이방	산짐승도 아닌.......
이몽룡	무엇이냐?
이방	에헴, 도련님 저걸 일러 말씀드리면, 저건 다른 무엇이 아니오라...
이몽룡	그래.
방자	이 고을 기생이던.......
이몽룡	기생?
이방	퇴기 월매의 딸, 춘향이란 계집입니다.
방자	(듣거나말거나 아주 빠르게) 춘향은 기생구실 마다하고, 시서 문장에 여공재질을 겸비한 요조숙녀로서.......
이방	여염집 처녀보다 더 순결한 요조숙녀입니다.
이몽룡	그래? 잘됐다. 옛말에 요조숙녀는 군자호구라, 숙녀에겐 군자가 짝이되는 법.
방자	(노래로 대답을 주고받는다.

<M-#8 ; 춘향 찾기/삼중창>)

도련님 말씀마십시오. 저래뵈도 저 앨 두고
남원일대 관속 건달은 말할 것도 없고
호남의 내노라는 양반님들 춘향의 집 대문에
발 들여 놓기는 고사하고 되려 뒤통수 치고
돌아간다 하오.

이몽룡	그렇다 한들 퇴기의 딸이 아니냐?
이방	지당하신 말씀.
방자	허나 여쭙기 황송하나
이방	기안부에 등록이 되지 않아

이방/방자 기생으로 간주할 순 없습니다.

이몽룡 잔말 말고 불러 오너라!

방자 지랄하네! 큰일이네.

이방 일 났네. 경사 났어.

방자 이런 일엔 이방어른이 제 격입죠.

이방 어른 입담이면 안 될 일도........

이방 (부채로 냅다 방자의 머리통을 치며) 어서 썩 가지 못하겠느냐!

방자 (맞은 머리통을 매만지며)

갑니다 옵니다. 가며오며 매맞으며

절절매며 가지요 가. 갑니다 가.

에라 모르겠다. 배때기에 힘 잔뜩주고

나가신다 나가신다 방자어른이 나가신다!

(음악에 맞춰 춤을 추며 춘향이 추천하는 곳으로 나아간다.
이때 광대가 나무 가지를 들고 방자와 합류한다. 춘향 그네 타는 곳
근처에도달해, 나무 가지 뒤에 숨어서 춘향과 향단의 동정을 살핀다)

광대 (노래로 대미를 장식한다)

일은 점점 점입가경! 이팔청춘 두 사랑이 과연 어찌 진전
될거나...!

방자 (숨넘어가는 소리로) 여봐라! 춘향아! (큰 소리로) 향단아!

향단 어머 깜짝야! 아니 방자야 예가 어디라고 감히 우리 아씨를
동네 북청하듯, (방자의 거친 말투 흉내를 내며) '춘향아! 춘
향아' 하고 부른단말이냐!

방자 앗따, 고것. 말끝마다 앵두를 똑똑 따는구나. 여하튼 춘향
아! 말 말아라. 큰 일 났다.

춘향 무엇이 큰일이란 말이냐?

방자 사또 자제 도련님이 봄 나들이차 광한루에 나왔다가, 너 노
는 모습보고 불러 오랍신다.

향단 어쩌구 어째? 아니 우리 아씨가 어떤 분이신지, 네 감히 몰라
      서 개수작이냐? 응? 개수작? (부채로 냅다 때린다)

방자 아따! 제 에미붙을 내 대갈통이 뉘집 다듬이 돌인가? 여기서
      도 '딱',저기서도 '딱'......! 그러니 대가리가 나빠질 수밖에.
      이젠 하두 맞아서 머리털도 다 빠지는 판이다.

향단 어디 그럼 더 빠져봐라. (또 때린다. 방자, 잽싸게 손을 잡고
      향단이 손에다, '쪽!'하고 입맞춤을 한다) 아이구머니!

방자 헤헤 천생연분이다. 우린 만생연분이야!

향단 이 망할놈이....... (방자가 도망가고 쫓아다닌다)

방자 아이구 얘야, 각설하고...... 네 아씨가 그네를 탈 때, 외씨 같
      은 두 발길 구름 가운데 펄렁이고 백방사 속옷 가랭이가 동
      남풍에 펄럭펄럭,박속같은 네 아씨 살결이 창천에 희뜩이는
      걸 보고 도련님이 그냥 녹으셨다 녹으셨어. 양자강 물 흐르
      듯 오줌을 확 싸버릴 뻔했단 말야.그러니 낸들 무슨 말을 할
      것이냐. 잔말 말고 건너가자.

춘향 (노래로 답변한다

\<M-#9:여인의 지조/5중창>)

      방자야 듣거라. 오늘은 단오날
      그네 뛰는 여자 나 혼자 아니고
      나 역시 기생이 아니거늘 양반인지 백반인지
      허리꺽어 절반인지

향단 개다리 소반인지 누가 됐든
      갈 수 없다고 여쭈어라.

(치마를 번쩍 들자, 그 바람에 뒤로 나가떨어지는 방자. 퇴장하는 춘

향과 향단)

방자　아이고, 춘....... 춘향아!

이몽룡　(술잔을 놓고 외마디 소리) 춘....... 춘향아 춘향아!

광대　(다시 노래로 이어 받고)

　　　　춘향아, 춘향아, 춘향아! 봄 춘자 향기 향자

　　　　여인의 향기로세 그 향기 만고에 가득하니

　　　　몽룡의 가슴이 뛰는 구나

　　　　그 모습 구름사이에 명월 같고

　　　　물에 잠긴 한 떨기 수선화라

　　　　영락없는 월궁 선녀가 그 아니냐......

　　　　(이어 대사로) 자, 이처럼

　　　　설레설레 뒤숭숭 숭숭 그날 밤.

　　　　달은 솟아 고요히 대지를 비추는데......

　　　　사랑의 밀월에 빠진 도련님 거동보소.

　　　　꿀맛은 꿀맛인가 보더라!

(3)사랑의 유희

이몽룡　준비는 되었느냐?

방자　여부 있습니까! (둥그런 보름달이 보인다)

이방　저기 월출동령에 달이 솟아오릅니다.

방자　달 모양이 꼭 영계백숙이요.

이몽룡　무어라?

방자　달 모양이 이슬 먹은 한 떨기 박꽃 같다 하였소.

이방　옳거니!

이몽룡　옳거니 그르거니 찾지 말고, 어서 가자.

이방/방자　네. 가십시다! 배때기에 힘 잔뜩 주고... (느닷없는 뻐꾸기 울

음소리)

이몽룡	어허, 왼 놈의 뻐꾸기가 저리 처량히도 우느냐.
이방	자고로 자시 경에 뻐꾸기가 울면 길조라 합니다.
방자	무슨 말씀이오. 이별의 별리곡이라 하지 않습니까?
이방	이놈! 만나지도 않았는데 이별이 웬 말, 재수 없게!
방자	쳇, 주제에 재수 찾네. (이번엔 개 짖는 소리)
방자	아이쿠 삽살개 컹컹 짖네.
이방	쉿! 저기 누가 나온다.
방자	일동, 엎드렷!

(모두 납작 엎드린다. 이때 월매가 등장한다. 긴 장죽에 속옷 차림)

| 월매 | 삽살아! 이리 온! 왜 자지 않고 그래? 누구라도 온다는 말이냐? |

(삽살개가 나와서 월매를 연신 핥고 있다. 월매 밖을 내다본다. 다시 납작 엎드려 숨는 이몽룡 일행. 방자와 이방이 개구리 우는 소릴 노래로 한다. 멋진 화음의 이중창이다)

(<M-#10:개구리 합창/삼중창>)

방자/이방/몽룡	개골 개골 개구리 논두렁에 개구리. 개골 개골 개구리 밭두렁에 개구리
	개골 개골 개구리 장독 뒤에 숨었나. 개골 개골 개구리 우물가에 숨었나
	개골 개골 개구리 사람 찾는 개구리. 개골 개골 개구리 꼭 꼭 숨어라
	나 잡으면 돈 줄게 나 잡으면 상 줄게.......
월매	웬 놈의 개구리새끼들이 저렇게 극성스럽게 우나? 내일 비라도 오려나? (하품하며 삽살개에게) 들어가자 응? 어서 들어 가.... (퇴장)

이몽룡	(속삭이며) 소리가 남정네 보다 걸 한, 저 사람이 누구냐?
방자	큰 일 날 뻔 했습니다.
이몽룡	춘향 어미냐?
이방	그렇습니다.
방자	헤헤...(몽룡에게 귓속말로) 이방 어른이 좋아하시는 분이시죠.
이방	(큰소리로) 예끼 이놈! (다시 삽살개 짖는 소리)
이몽룡/방자	엎드렷! (모두 다시 엎드린다)
이몽룡	소등하기 전에 어서 들어가자.
방자	옙. 쳐들어 가십시다요. (고수에게) 쳐라! (북을 세게 치자) 앗다! 북소리에 애새끼 깨겠네. 살살 좀 쳐!
이몽룡	어디 있느냐 대문?
방자	우리 주제에 어떻게 대문으로 들어간단 말입니까! 도련님은 담장.
이방	어른하고 전 여기 개구멍입니다요.......
이몽룡	뭐야?
이방	(못 마땅해서 내는 바튼 기침) 에헴, 헴.......
방자	(소매를 걷어 올리며) 어서 불끄기 전에 서두릅시다. 헌데 도련님. 이 담장은 유별나게 높은 담이라, 저희가 올려드릴테니 엉덩이부터 들이밀고 힘껏 뛰어 내리셔야 합니다.
이몽룡	엉덩이부터?
이방	엉덩이요! 도리 없습니다.
이몽룡	(조금 전 이방의 못 마땅해 하는 기침 소리와 똑 같이 내며) 에헴, 헴...
방자	아니면, 개구멍으로 들어가시렵니까?
이몽룡	아, 아니다. 뜻대로 하겠다.
이방/방자	자, 오르셔요! (이몽룡 두 사람 어깨에 올라타고 뛰어 넘다가,

넘어진다)

이몽룡　아이구, 아이구구...... 내 다리! 내 허리!

방자/이방　바보 도련님. 지 다리 치고 넘어졌네!

(연신 킥킥 웃고 있는 방자와 이방. 다시 삽살개가 뛰어나오며 짖는 소리)

월매　(앙칼진 소리로) 향단아 밖에 좀 나가봐! 밖이 왜 이리 소란 스러우냐? 도둑이라두 왔나 보다.

향단　네 마님! (죽창을 들고 뛰어 나온다) 누구야? 응? 사람이거든 나타나고 귀신이면 물렀거라!

방자　(속삭이며) 향단아, 나다! 문 좀 열어라!

향단　(금방 알아차리고 역시 속삭이며) 나가 누구요?

방자　향단아, 나야. 나라구!

향단　(대문이 열리자마자 죽창으로 찌르고 때린다) 이놈들! 이 도 둑놈들! 어디맛 좀 봐라......!

이방/방자　아이구 사람살려. (삽살개가 달려들고, 향단이 계속 멋진 무 술 솜씨로 곤욕을 준다)

향단　누구냐? 사람이냐? 귀신이냐.......?

방자　향단아, 나야. 방자. 방자.....

이방　난, 이방이다 이방.

향단　(놀란척하며) 아니, 이게 어인 일입니까? (삽살개도 엎드려 땅에 머릴 조아린다) 야심한 이 밤중에........

방자　아이구 내 대머리 더 까졌나보다.

이방　아이구 허리... 디스크야......!.

향단　호호... 난 도둑인 줄 알았지 뭡니까? 근데 웬일이십니까? 이 밤중에.........

방자　도련님 오셨다.

향단　뭐요? 누구요? (그제야 땅바닥에 앉아 있는 몽룡을 발견하고) 아이구머니나, 도련님 아니십니까?

(머리 숙여 정중히 인사한다. 삽살개도 컹컹대며 몽룡을 핥는다)

이몽룡 오냐! 잘 있었느냐?

이방 도련님? 가랭이가 좀 어떠시오?

이몽룡 (이방이 부축한다. 겨우 일어서며) 견딜만하다. (절름거린다) 너희들은 무사하냐? 조금 전에 개 잡아먹는 소리가 나더니.... (삽살개가 다시 짖는다) 아니다 아니다 내가 잘못했다... (삽살개를 어루만져준다. 진정하는삽살개)

방자 얼른 춘향 아씨께 여쭈어라. 도련님 행차하셨다고.......

향단 아, 네. (돌아 들어가려는데)

월매 향단아! 밖에 무슨 소리가 그리 요란하냐?

향단 마님! 큰 일 났습니다. 사또 자제 도련님이 행차하셨답니다.

월매 (초롱불을 들고 등장) 뭐가 어쩌구 어째? (몽룡 일행을 발견하고는)
아이구 도련님 뜻밖에 이 무슨 행차십니까? (절을 정중히 한다. 황급히 몽룡이 맞절을 하며)

이몽룡 그동안 평안한가? 장모!

모두 (놀라며) 장모?

방자 일 났네.

월매 네? 네.... 겨우 지냅지요. 오실 줄 몰라 영접이 불민합니다.

이몽룡 괜찮네.

월매 그럼 일단 안으로 드시지요. (얼른 향단에게) 뭐 하느냐? 얼른 춘향아씨 깨우고, 술상 내오지 않구!

향단 네 마님.

(향단이 총총히 퇴장하고, 월매의 안내로 몽룡이가 춘향의 방으로 들어간다.

황촛불이 그윽하다)

월매 누추하오나, 앉으시지요.

이몽룡 고맙네.

월매 이방어른도…….

이방 (눈을 찔끔하고) 괘념치 말게! 에헴 헴… (이때 향단 앞세우고, 춘향이 들어온다)

월매 춘향아! 인사드려라, 사또자제 도련님이시다.

춘향 문안드립니다. (큰 절을 올린다. 몽룡이 넋을 잃는다)

이몽룡 어허 말로만 들었더니 과연 경국일색이로구나.

방자 경국일색이 무엇입니까?

이방 (부채로 방자를 살짝 때리며) 물렀거라!

월매 (오히려 자신이 더 부끄러워하며) 부끄럽습니다! (춘향에게) 한 잔 따라 드려라. 근데 도련님 옷이 왜 그러합니까? 오시는 길에 넘어지셨소?

(뒤에서 킥킥대는 방자와 이방)

이몽룡 춘향이 보고 싶어 빨리 오다가 그만 넘어졌네.

(방자, 이방의 웃음. 삽살개가 따라 짖는다)

월매 그 옷 벗어주십시요. 향단이 시켜 빨아올리겠습니다.

이몽룡 응…..? 그래? 고맙네. (몽룡이 벗어준다. 향단이 받아들고 나간다)

월매 어젯밤 기이한 꿈을 꿨는데, 오늘밤 도련님 뵐려고 그 꿈을 꾸었나 봅니다.

이몽룡 무슨?

월매 난데없는 청룡 한 마리가 구름 밖에 노니면서, 백학 한 마리를 품에안고 놀지 뭡니까? 그러고 보니 도련님 함자가 '꿈 몽 자 용 룡자' 아닙니까?

이방 옳거니! 꿈 한번 '딱' 들어맞았다.

월매 뉘 아닙니까. 춘향이 태몽이 예쁘고 하얀 학이었답니다. (사이. 몽룡이 새삼 춘향을 그윽이 바라보자, 월매가 문득

눈치 보며)

청룡이 학을 보러 왔으니.......

이방　저흰 잠시 물러갑니다.

월매　편히 계시다 늦지 않게 가십시오.

이몽룡　잠깐! 오늘밤 내가 여기 온 것은 자네를 보러왔거니와......

월매　추하고 늙은 이 몸에게 무슨 할 말이?

이몽룡　사실은.... 내가.... 자네 딸 춘향이와 백년언약을 맺고자 왔으니 허락하여주게.

월매　(거짓 당황한 듯 하며) 헛된 말씀 마시고 잠깐 앉아 노시다가 가십시오.

이몽룡　호사는 다마요, 남아일언 중천금이라, 양반의 자식이 일구이언 할 까닭 이 있는가.

방자　호사는 다마가 무엇입니까?

이방　(또 부채로 때리며) 이게 다마다...... (또 때리며) 이게 호사구......!

방자　앗따..... 젠장...... 또 맞았다!

월매　옛말에 아들 알기를, 애비만한 사람 없고, 딸을 아는 이 어미만한 사람 없다 했습니다. 딸 마음 내가 잘 알지요.

(노래한다.

\<M-#11:사랑의 약속/월매,몽룡 2중창\>)

도련님 도련님 그리 그리 마옵소서

일시적 기분으로 언약에 언약

어느 날 훌쩍 떠나시면 우리 춘향 어찌합니까

그 신세가 내 신세라 청강에 노닐던 원앙새

짝 하나를 잃고 우는 꼴, 안됩니다 못합니다

불쌍하고 측은한 내 딸 어찌 어찌 보렵니까

못합니다 못합니다 죽어도 못합니다.......

이몽룡　어허 어허 염려를 말게. 염려를 말아

대장부 먹은 마음 금석같이 맹세하네.

천지 신령께 맹세하네 우리 만남 전생의 인연

보고 보고 또 보아도 생각 생각 또 하여도

춘향은 내 인연 내 사랑 사랑이야

(이방이 감격하여 훌쩍인다, 방자도 향단이도 삽살개도 따라 훌쩍인다)

이방　구구절절 지당하신 말씀입니다.

방자　경국자색에 호사가 다맙니다. (이방이 또 부채로 방자 머리를 때린다)

월매　저흰 이만 물러갑니다. 부디 귀한 시간 되십시오.

(월매, 이방, 방자, 향단 등이 퇴청한다. 잠시후, 술을 따르는 몽룡)

이몽룡　춘향아! 한 잔 들자. 이 잔은 우주의 근원 근본으로, 합환주로 알고마시자꾸나. (술을 건넨다)

춘향　송구합니다.

이몽룡　순 임금시절 아황과 여영의 만남이 귀중하다 했으나, 우리 연분 또한 어찌 중하지 않으랴. 천년 만년이라도 변치 않을 연분! 자, 들자!

(마신다. 그때 이방과 월매, 삽살개도 몰래 문구멍으로 방안을 들여다 보느라난리다)

이몽룡　춘향아.

춘향　네 도련님.

이몽룡　우리 한번 질탕하게 놀아보자.

(노래로 두 사람 화답하며 사랑의 춤을 춘다.

<M-#12:사랑 놀이1/2중창>)

이몽룡　　춘향아 춘향아 우리 사랑 춘향

춘향　　　도련님 도련님 내 사랑 도련님

이몽룡　　이리 가거라. 너를 보자

춘향　　　같이 가시죠 둘이 함께

이몽룡　　옳거니! 이제 우린 하나로구나

춘향/이몽룡　　　둘이 하나가 되고 하나가 둘이 되나니

　　　　　　　　　　한번 사랑 영원하다 죽어도 사랑 살아도 사랑

　　　　　　　　　　우리 사랑 원앙 두견도 부럽지 않아

　　　　　　　　　　견우 직녀도 부럽지 않아 백년 가약이 약속이어라

　　　　　　　　　　천년 사랑 변치 않으리 사랑 사랑 내사랑아

　　　　　　　　　　어와 둥둥 내사랑아........

월매　　　(손뼉 치며) 아이고 딱 되었소.

이방　　　젊은 것들이 잘들 노네. 우리도 한번 놀아볼까?

월매　　　(이방의 엉덩이를 꼬집으며) 아이구, 이방 나리두.......

이방　　　아얏! 그래. 더 꼬집어라 더 꼬집어! 멍 아니라 살점이 떨어져
　　　　　　도 좋다!

(엉덩이를 연신 두드리며 두 사람 퇴장한다. 반대편 무대에선 방자와
향단이가 들어와 이방과 월매처럼, 춘향 방을 훔쳐본다.
몽룡과 춘향의 사랑놀이가 노래로 계속 이어지고...

<M-#13:사랑놀이2/2중창>)

이몽룡　　춘향아!

춘향　　　도련님!

이몽룡　　춘향아!

춘향　　　도련님!

이몽룡　　우리 죽으면 될 것이 있다.

춘향	무엇입니까? 도련님
이몽룡	넌 죽어 물이 되되 은하수, 폭포수, 옥계수
	만경창파의 일대장강이 되고, 난 죽어.......
춘향	에구머니나 죽는단 말 마십시요.
이몽룡	그래도 사람이 나면 죽음에 이르거늘
	난 죽어 새가 되어 두견새도 되지 말고
	쌍거쌍래 떠날 줄 모르는 원앙새가 되어
	네 물가에서 평생 살 것이니라.
춘향	도련님 그러하오면 난 죽어 명사십리 해당화 되고 도련님은
	나비되어 내 꽃송이 물고,
	봄이 오면 너울너울 춤추며 노사이다.
이몽룡	옳거니! 넌 죽어 종로 인경되고, 난 죽어 인경 마치 되어
	그저 뎅뎅 칠 때 마다 '춘향 뎅!'
춘향	'도련님 뎅'
이몽룡/춘향	이렇게 매일 만나 백년 천년 살고 지고
	천 년 만 년 영원히 살고 지고 살고 지고.........

(몽룡과 춘향이 이렇게 노래하고 춤추며 노는 모습을 들여다보던,
방자와 향단이도 얼씨구 덩달아 좋아하며 서로 사랑을 쌓아간다)

방자	야! 좋다! 춘향뎅~
향단	도련님뎅~
방자	춘향뎅~
향단	도련님뎅~
방자	방자뎅~
향단	향단이뎅~
방자	히히...... 종소리 한번 좋다! (그러다 방자가 향단을 와락 끌
	어안는다)
향단	에그머니나! 이 손 안 놔?

(향단이가 방자 머리를 또 때린다. 쫓고 쫓기는 방자와 향단. 그때 춘향 방의 불이 꺼진다)

(4)이별이요

(춘향과 몽룡이 다정하게 조반상을 받아먹고 있다. 광대가 나타난다)

광대	옳거니! 흥진비래요, 고진감래라.
	어찌 인생에 즐거움만 있을쏘냐.
	세월은 흘러흘러 어느덧 두 어달이 흘렀것다.
	그때 몽룡의 아버지 사또께서 동부승지로 당상이 되어 느닷없이
	서울로 올라가게 되었것다. 어허 이 일을 어쩔거나! 일은 벌어졌다.
이방	(어찌나 급하게 뛰어 들어오는지 한참 춘향 집 마당을 몇 바퀴 돌다가)
	에헴. 헴..... (숨을 가다듬고) 도도도, 도련님 계시오?
이몽룡	누가냐? 나 바쁘다 바뻐.
이방	바쁜 줄 압니다만, 더 바쁜 일이 있어서 그럽니다.
이몽룡	무슨 바쁜 일? 나 일없다!
이방	일 투성입니다.
이몽룡	뭐?
이방	급히 부르십니다. 사도께서.
이몽룡	사또? 무슨 사또? 글공부에 바쁘다고 여쭤라.
이방	(혼잣소리로) 지랄허네!
이몽룡	너 뭐라 했느냐?
이방	에헴, 아 네. 고.... 공 공부하시느라 여념이 없으시죠 만......
이몽룡	그런데?

이방	그런데... 서울에서 기이한 소식이 있어.......
이몽룡	기이한 소식?
이방	(사실은 매우 좋아하며) 사또께서 동부승지로 당상되었다는 소식입니다.
이몽룡	뭐야?
이방	하여 도련님께서 어머님 모시고 당장 서울로 떠나시라는 분부입니다.
이몽룡	뭐라구?
춘향	(박수까지 치며) 어머나 도련님 댁에 경사났습니다. 아이 좋아라.
이방	저...... 도련님?
이몽룡	응?
이방	잠깐, 귀 좀.....
이몽룡	그래......!(귓속말.... 갑자기)아이고, 아이고......(서럽게 운다)
춘향	(놀라서) 도련님 갑자기 어인 일이십니까? 너무 좋아서 우십니까?
	슬퍼서 우십니까? 저도 좋아 눈물이 날 지경입니다.
이몽룡	아이고........ (더 섧게 운다)
춘향	답답합니다. 도련님. 우는 내력이나 일러주십시요. 내가 도련님 안 따라 갈까봐 그러십니까? 나도 같이 동행할 터이니 염려 놓으십시오.
이몽룡	그게 아니다.
춘향	그게 아니라니요?
이몽룡	춘향아....... 사실은.
춘향	사실은?
이몽룡	너와 잠시 이별할 수밖에 없구나.
춘향	무엇이요? 불가합니다. 절대! 내 눈에 흙이 들어가지 않는 한!

이몽룡	내 말 좀 들어봐라. 우선 부친의 뜻대로 어머님 모시고 서울 같다가 며칠 후에 널 데리러 다시 내려온다.
춘향	아이구 내 신세. 내가 이럴 줄 알았습니다. 이런 날이 올 줄 알았다구요......... 아이고 아이고 내 신세야! (통곡한다)
이몽룡	진정해라. 내가 간다고 아주 가겠냐?
춘향	마십시오! 모든 게 핑계무덤. 금석같이 굳은 언약 벌써 잊으셨습니까? 하늘에다 대고 사랑 맹세가 몇 번이었습니까? 도련님 너무 하십니다.퇴기의 딸이라고 함부로 하십니까? 이러지 마십시오. 서럽고 서럽습니다. (그때 월매가 춘향의 소릴 듣고 있다가)
월매	허허! 참말로 큰일이 났구나, 드려 큰 일이 났어! (객석에 대고) 여보시오. 동네분들, 내 말 좀 들어보오. 오늘 이 시간으로 우리 집에 사람둘 죽습니다! 응? 둘 죽어! 나하고 내 딸 춘향이 죽소! 죽어! 이년! 썩죽어라! 어서 죽어! (춘향 머리를 사정없이 윽박지르며. 옆에 있던 향단이가 말리지만 소용없다) 이년아 살아서 뭐하냐? 쓸 데 없다. 쓸 데 없어. 너 죽은 시체라도 저 양반이 지고 가게 어서 죽어라. 써억 죽어!(이번엔 몽룡에게) 여보시오. 도련님 인지 뒷박님인지 뒷간님인지 나하고 말 좀 합시다! 그래 내 딸 춘향을 헌 신짝 버리 듯 버리고 간다니이게 무슨 말이오. 대체 내 딸이 무슨 죄가 있어 그러시오. 응? 입이있으면 말 좀 해보시오! 대체 이 봉변이 웬 말이란 말이오? 응?
이몽룡	(어쩔 줄 몰라 하며) 장모 그게 아니라........
월매	그게 아니면 무엇이란 말이오. 남아일언 중천금이라더니 도련님 벌써잊으셨소? 군자가 숙녀를 버리면 칠거지악이라고 했는데....... 못합니다. 못해! 절대 못 해.......!
이몽룡	진정 하게나!

월매	이 지경에 진정 친정 천정이 다 뭔 말이오? 응? 지 에미 붙을 양반인지 좆반인지 개다리 소반인지, 대체 돈 있는 집안 양반네들 행세가 이렇단 말이오? 에이구 못살겠다. 못살겠어!
이방	(비로소 거들며) 진정하게나!
월매	이거 놔요! (이방이 그만 뒤로 굴러 떨어진다)
향단	(월매를 뜯어 말리며) 마님!
방자	아주머니!
월매	놓으라니까! (방자와 향단이도 굴러 떨어진다) (노래한다

<M-#14:넋두리/월매 솔로>)

에이구 도련님 가신 후에 춘향이 생각해 보시오
달 밝은 깊은 밤에 도련님 생각 몇몇 해를 있을 거며
허구 헌 날 짓나니 한숨이오 흐르나니 눈물이라
피 눈물 그런 눈물이 어딨겠소? 어찌 생이별이란 말이오.
하눌님도 무심해라. 어찌 이런 이별이 있단 말요.
이보시오 도련님! 가려거든 나 죽이고 저년 죽이고
향단이 마저 죽이고 그리고 가시오.
죽여 죽여! 어서 죽여........!

이몽룡	여보게 장모. 내 장모 죽여 뭣하겠나? 지금 당장은 못 데려가도 곧춘향 불러 갈 터이니 너무 염려 말게.
월매	(탈진해서 이방의 부축을 받고) 못 믿겠소, 내 못 믿겠소. 정녕 가시려거든 그 팔때기 하나 뚝 떼어놓고 가시오. 어서!
방자	드뎌 도련님 팔 병신 되는구나!
월매	아니면 그 다리 한 짝 떼어 놓고 가든가?
이방	아이구 도련님 다리두 병신이 되는구나.

| 춘향 | 어머니 그리 마십시오. 떠나시는 도련님 너무 조르지 마십시오. 이왕가시는 길 도련님과 한시 잠시라도 같이 있고 싶으니,어머닌그만건넌방으로가십시오.네어머니!(흐느껴 운다) |
| 월매 | 아이고 모르겠다 이년아! 니 팔자에 니 소관이지! 아이구 이놈의 팔자 |

(이방의 부축을 받고 월매가 퇴장하고, 방자 향단이만 남아 문 옆에서 두 사람의 이별장면에 연신 울음을 운다)

(노래<M-#15:이별이요/ 춘향.몽룡 2중창>)

춘향	도련님! 참으로 가시오? 난 어쩌구 가시나요?
이몽룡	춘향아!
춘향	도련님! 이제 누굴 믿고 산단 말이요.
	사무치는 만단정회 어찌 이겨내란 말씀이요.
이몽룡	춘향아!
춘향	진달래 꽃 활짝 필 때 도련님 생각 어이하며
	황국단풍 늙어갈 때 외로운 이 내 심사
	어찌 어찌 한단 말씀이요 적막강산 달 밝은데
	두견성의 슬픈 소리 내 어찌 하란 말씀이오
	에이고.... 에이고... 못 살겠네 서러워서 못 살겠네
이몽룡	춘향아 우지마라. 너와 맺은 깊은 연분
	내 어찌 잊을소냐. 오매불망 너를
	잊지 못해 부르고 또 부른다. 춘향아 춘향아...

(이때 이방과 군노사령이 등대한다)

이방	도련님 사또께서 도련님 불러오라고 난리난리 났습니다.
이몽룡	알겠다.
춘향	(발을 부둥켜안고)안 됩니다. 못합니다. 날 버려두곤 못 갑니다.

	살려두곤 못 갑니다......! (월매와 향단, 방자, 삽살개가 요란
	히 짖으며 등장한다)
월매	그래! 꽉 잡아라 꽉 잡어!
이몽룡	춘향아! 네가 나를 다시 보려거든 설워말고 잘 있거라.
	(이방, 방자가 겨우 두 사람을 떼어 놓는다) 춘향아! 이 거울
	받아라.
	장부의 맑은 마음 거울 빛과 같다 하였으니, 내 생각나거든
	날 본 듯꺼내 보아라.
춘향	도련님, 이 반지 받으시오. 여자의 명심불망이 이 반지와 같
	은지라.
	간직하고 두었다가 날 본 듯이 보십시오.
이몽룡	춘향아!
춘향	도련님! (와락 끌어안는 두 사람)
방자	아이고 내 못 보것다! (이방을 엉겁결에 끌어안는다)
이방	아, 이놈아!
춘향	도련님. 편지나 종종 하여주오.
이몽룡	오냐 알았다. 너두 몸성히 잘 있거라.

(헤어지는 두 사람. 광대가 두 사랑을 염원하며 노래한다)

(<M-#16:사랑의 진실/광대 솔로>)

광대	온 세상 온 누리사랑이 가득
	하늘에 맺은 인연 누구에 닿을런가
	두엉실 인연사랑가지마다 만만개화
	부귀와 사랑공명연연이 이어지어
	두엉실 인연사랑영원토록 누리고져........

(5)신관사또 납시요

광대   회자정리요 이자정회라. 만남이 있으면 이별이 있고,
이별이 있으면 만남이 있는 법. 세월은 흘러흘러 유수처럼
흐른다.
동풍이 건듯부니 떨어지는 꽃잎이요. 서풍이 건듯부니 흩어
지는 낙엽이라. 북풍 한설에 님 기다리는 춘향의 애간장만
타는구나.
이때 남원 땅에 신관사또가 부임하신다.
신관사또의 이름은 변학도. 서울 자하골 출신으로 윗사람에
게 상납과아첨을 잘하여 벼슬자리를 어려움 없이 샀것다!
본시 그 성정이 괴팍하고 풍류에 달통하여 외입 속이 아주
넉넉한 인물이었다.
자, 신관사또 행차시오!

(<M-#17:신관 사또 행차/연주곡>)

이방   신관사또 행차시다! 물렀거라, 물렀거라! 사또 행차시다!
변학도   일행이 등장해서, 동헌에 좌정한다)
변학도   그새 고을에 별일 없느냐?
이방   무연 무고합니다. 사또.
변학도   듣자하니 이 고을은 관노가 삼남 가운데 제일이라지?
이방   그렇게들 칭송합니다.
변학도   더불어 광한루, 오작교, 춘향이가 남원의 3절이라 했겠다?
그래 춘향이 가 그렇게도 절색이냐? (대답이 없다) 왜 대답
이 없어?
일동   네!

이방   하오나 사또?

변학도 잔말 말고 기생 점고 시작해.

이방   네 네...! 기생점고 하랍신다! (옆에 있던 방자가 책을 건넨다)
           명월이, 도홍이, 채봉이, 연심이, 소원이, 홍실이, 채실이, 방
           실이, 인실이...(호명 때마다 기녀들이 나와 절을 하고 물러간다)

변학도 에이 못난 것들! 빨리빨리 호명하지 못하겠느냐!

이방   우후동산에 명월이! 애산춘 춘심이! 백년절개 채봉이!
           화중군자 연심이! 형산은 백옥 명옥이! 양류편금에 앵앵이........

변학도 더 빨리 부르지 못하겠느냐?

이방   (빠르게 호명한다) 수첩청산에 운심이! 꽃 꺾었다 애절이!
           강물따라 흐른다 강선이! 거문고 탄다 탄금이! 만당 춘수에
           홍련이!

변학도 한꺼번에 다 불러들여!

이방   네! 금선이, 금옥이, 금련이, 양대선, 월중선, 화중선이, 바람
           맞았다 낙춘이!

방자   (이방 따라서) 바람 맞았다 낙춘이! (그때 늙은 기생이 절룩
           거리며 나온다)

변학도 춘향은 어디 있냐? (대답이 없다) 춘향은 어디 있냐고?

이방   춘향은 기생이 아니옵니다.

변학도 뭐야? 어째?

이방   근본이 기생의 딸이오나, 구관사또 자제 이도령과 백년가약
           을 맺어 수절하고 있습니다.

변학도 백년언약? 백년가약? (벼락같이) 이놈! 구관사또 자제 이도령이
           심심풀이로 기방에서 놀다 간 것을 백년가약이라니.... 당장
           대령하지 못해?

이방   하오나......

변학도 육시 처참할 놈 봤나! 시각을 지체 하다간, 네 놈을 비롯해서

형방이하 각 청 우두머리를 하나같이 파관탈직할 것이니 어서 지체말고 대령시켜라!

일동 네이! 사또 분부시오!

(요란한 음악소리와 함께

<M-#18:군노/연주음악>

군노들이 흩어진다)

광대 사또 분부 듣고 군노들이 바람같이 춘향의집 당도하여, 삽시간에 춘향을 결박해서 동헌으로 내닫는다!

군노들 춘향이 잡아 대령하였소!

변학도 음. 빠르긴 빠르구나. 춘향아! 고갤 들어라! (춘향의 자태를 꼼꼼히 살펴보고) 과연 허언이 아니구나. 춘향아! 오늘부터 수청 들 수 있겠지?

춘향 충신은 두 임금을 섬기지 않으며, 열녀는 두 남편을 섬기지 않는다고 했습니다. 차라리 죽이십시오!

변학도 뭐라? (변학도 갑자기 무안한 듯 좌중을 둘러본다. 그때 이방이 눈치 채고)

이방 요망한 년! 죽으려고 환장했느냐?

춘향 이보시오 이방어른. 일찍이 이방어른 사리에 조리가 있고 국량이 있는 줄 알았더니......

이방 그랬더니?

춘향 탐관 오리배 앞잡이에 지나지 않는단 말씀이시오?

이방 (펄펄 뛰며) 뭐 어쩌구 어째? (재미있다는 듯 박장대소하는 변학도)

변학도 고것, 볼수록 이쁘구나!

춘향 내 비록 퇴기의 딸이지만 수청이란 말 아예 입 밖에 내지 마십시요!

변학도 (껄껄 웃으며) 과연 봄 향기 아름다운 마음이구나. 허나 춘향아. 구관사 또 자제 이도령은 이미 두 달 전에 명문 재상의 딸과 혼례를 치렀느니라.......

춘향 (매우 놀라며) 무엇이요?

방자 (이몽룡이 결혼 했다는 말에 분개하며) 엠병헐 놈!

변학도 이제 나와 함께 놀아보는 게 어떠하냐? 내 너를 애첩으로 삼아, 평생 호의호식 동거동락 하겠노라.

춘향 당치 않은 말씀이오. 비록 이도령이 변심했다 해도 소녀가 맺은 언약 어찌 저버린단 말입니까! 사또님의 청은 무릇 인간이 할 짓이 아닙니 다. 죽어도 싫습니다!

변학도 (버럭) 이년이! 내가 짐승만도 못하다고? 니가 감히 관장을 조롱해? 관장을 조롱할 시, 중형에 처하고 거역한 죄는 태형에 처한다는 걸 모르느냐?

춘향 그럼 유부녀를 강제로 겁탈하려는 관장의 짓거리는 죄가 아니랍니까?

변학도 저런? 저. 저..... 저년을 잡아들여라. (사지까지 덜덜 떤다)

이방 잡아 들이랍신다.

군노들 녜이!

변학도 급창 듣거라!

급창 녜이!

변학도 그년을 형틀에 묶어라.

이방 형틀에 묶으랍신다.

급창 녜이! 형틀에 묶었소.

변학도 묻지도 말고 물곳장 올려라.

이방 아이구구..... 내 몸이 왜 이렇게 떨리느냐....... 물 곳장 올리랍신다!

일동	녜이!
변학도	사령은 듣거라. 만일 사정 두고 때리는 날엔, 대신 너의 목을 칠 것이니 각별하렸다!
이방	각... 각... 각별하랍신다!
집장사령	녜이!
이방	춘향아 이제 너 죽었다 너 죽었어......!

(집장사령이 곤장을 들고 춤을 춘다. 입에서 물까지 튀겨내며 용트림을 한다. 곤장과 함께 춘향의 울부짖음이 노래로 화답한다

<M-#19:일편단심/사령,춘향 2중창>)

사령	하나요!
춘향	한번 먹은 마음 일편단심이요.
사령	둘이요!
춘향	두 아비 섬김은 당치도 않은 말.
사령	셋이요!
춘향	삼강오륜을 사또는 잊으셨소?
사령	넷이요!
춘향	사지를 찢어도 내사랑 내사랑.
사령	다섯이요!
춘향	오장육부 차라리 날 죽여주오.
사령	여섯이요!
춘향	육시를 찢어 보오. 이 내 마음 변할쏜가.
사령	일곱이요!
춘향	칠흑같은 사또 흑심 어인 말이요.
사령	여덟이요!
춘향	팔다리 부러져도 이내 마음 안 변하네.

사령	아홉이요!
춘향	구중궁궐 내 님께 날 데려다 주오.
사령	열이요!
춘향	열 백번 죽어도 못 잊겠네 내 사랑! 내 도련님!

(기절한다)

이방	춘향이 기절하였소!
변학도	독한 년! 큰 칼 씌워 하옥해라!
군노들	녜이!
변학도	발칙한 년! 퉤! (춘향 앞에 침까지 뱉고 퇴장)
이방	(따라서 춘향에게 침을 뱉으며) 퉤! (방자도 침을 덩달아 뱉고 나간다. 춘향에게 달려가는 월매와 향단. 군노사령 흰 천으로 그녀의 몸을 싼다)
월매	춘향아! 내 딸 춘향아! 이게 무슨일이냐!
향단	아씨! 정신 차리세요!
월매	얼마나 아프면 혼절했겠느냐? 춘향아!

(향두가 노래 소리 들리며, 옥중의 꿈 장면으로 넘어간다. 무대는 감옥이다)

(6)꿈길

[꿈1]

(향두가 노래<M-#20:꿈길에서/합창>)

어와 너와 어화 넘자 너와. 이제 가면 언제 오나
어와 너와 어화 넘자 너와. 북망 산천 나는 간다
어와 너와 어화 넘자 너와. 가네 가네 나는 가네……

(노래와 함께 또 다른 시신을 메고 지나가는 상두꾼들의 모습. 그 앞에는 방자가 가고 있다. 이후 모든 꿈 장면엔 같은 노래가 이어진다)

[꿈2] 한 무희가 향두가 노래 소리에 맞춰, 옥중 춘향이 있는 감방에서 의식 춤을 춘 다음, 꽃을 던지고 사라진다.

[꿈3] 가면을 쓴 두 사내가 검은 깃발을 들고 나와 춘향의 몸을 급선회한다.

[꿈4] 거울을 든 무리들이 춘향 주위를 춤추며 돈다.

무리들 춘향! 춘향! 춘향......!

(이상 꿈 장면은 각각 음악에 맞춰 무용처럼 꾸며진다. 깨어나는 춘향)

춘향 꿈이로구나! 해괴한 꿈이다. 여기 죽은 귀신이 많다더니........

(이때 지나가던 봉사가 춘향의 감옥 앞으로 지나간다)

봉사 문수하오! 문수하오!

춘향 거기 누구시오?

봉사 문수하오! 문수하오!

춘향 여보시오, 거기 가는 봉사양반.

봉사 누구요? 어디서 누가 날 찾아?

춘향 여기서 불렀습니다!

봉사 응? 옥안에서? 어째 날 찾나? (그만 머리를 부딪는다) 아이구 머리야!

춘향 많이 다치셨습니까?

봉사 아! 피다! 내 신세가 천지만물을 못 보는 신세라. 밤낮을 아나 사시절을 아나. 소경이 그르지 애초부터 있는 담벼락이 그르겠소? 근데 뉘시 오? 음성을 듣자하니 춘향 각시가 분명한데.

춘향 맞습니다. 춘향이옵니다.

봉사 소문 들어 알고 있지. 자네를 진작 찾았어야 되는 건데 이거

287

인사가 아닐세.

춘향 무슨 말씀을요? 내내 안녕하십니까?

봉사 나야 그저 죽으나 사나 이 산통이지. 산통 깨지는 날엔 나도 끝장이네만, 산통 아직 깨지지 않았으니 아직 여전하이. 근데 어찌 날 청하였나?

춘향 다름 아니라 간밤에 괴이한 꿈을 꾸었기에 해몽도 하고, 우리 서방님 어느 때나 오실까 길흉여부를 알아보려 불렀습니다.

봉사 그리하세. (보따리에서 산통을 꺼내 흔들며) 사바세계 남섬부주 해동 제일 대한국이요. 불선명당 신조경은 여시아 문 일시불인데 동방에는 청제지신 남방에는 적제지신 서방에는 백제지신 북방에는 흑제지신 중앙에는 황제지신 오방제신 하감하사 소원성취 발원이요. 전라좌도 남원부 천변에 사는 임자생신 곤명열녀 성춘향이 하월 하일에 방사옥중 하올거며 서울 삼청동 이몽룡은 하월 하일에 남 원부사 도착하리까. 엎드려 빌건대 첨신은 신명소시 하옵소서. (산통을 꽤나 흔든다) 어디보자. 일이삼사 오륙칠 어허 좋다. 좋은 괘로구나. 칠간산이다. 고기가 그물을 피하니 적게 싸여 크게 성취할 괘라. 옛날 주 나라 무왕이 벼슬 할 때, 이 괘를 얻어 성공해 고향으로 돌아갔으니 어찌 아니 좋을쏜가. 자네 서방님이 머잖아 내려와 평생의 자네 한이 풀리겠네.

춘향 그러면 오죽이나 좋겠습니까. 그럼 간밤 꿈의 해몽이나 하여주오.

봉사 뭔데? 어서 말해 보게.

춘향 내 죽은 시신이 보이고, 창 앞엔 꽃이 떨어지고, 흑기가 나부끼어 바람을 일으키고, 거울을 든 허수아비들이 보이니…… 나 죽을 꿈 아닙니까?

봉사 옳거니! 그 꿈 장히 좋다! 꽃 떨어지니 능히 열매를 맺을 징

288

조요. 자기 시신이 보이니 윤회 재생할 징조고, 흑기가 나부끼니 북쪽에 있는 서울에서 님 소식이 내려올 것이요, 거울이 보이니 낭군의 얼굴이 어찌 아니 뵐 손가? 좋다! 쌍가마 탈 꿈이로세!

(이때 까마귀 소리가 들린다)

춘향 쉬잇! 까마귀야, 날 잡아 가려거든 조르지나 말거라.

봉사 가만있자! 그 까마귀가 가옥 가옥 하고 울었지?

춘향 예. 가옥 가옥!

봉사 가옥 가옥! 좋다 좋아! 가짜는 아름다울 '가' 자요. 옥자는 집 '옥'자라. 아름답고 즐겁고 좋은 일이 불원간에 찾아와서 평생에 맺힌 한을 풀 것이니 조금도 걱정 말게. 응? 난 가네.....

(봉사 사라진다)

춘향 잠깐만요..... 제 처지가 옥중에 있는 몸이라, 복채가 한 푼도 없으니 대신 저희 집에 가셔서 우리 어머니에게 달라고 하십시오. (아무 소리가 없다) 봉사님! 봉사님! 벌써 가시었나? (멀리서 들리는 봉사의 '문수하오' 소리)

(7)님 소 식

광대 이러구러 세월은 흘러간다. 허구헌날 춘향은 장탄수심으로 옥중에서
세월을 보내는구나. 각설하고! 이때 이도령은 어찌됐나. 밤낮을 가리지 않고 시서백가어를 숙독하더니 나라에 경사 있어 태평과를 보았것다. 이도령 거동봐라. '춘당춘색 고금동'이란 시제를 앞에 놓고, 해제를 생 각터니 용지현에 먹을 갈고 당황모 무심필을 텀벙 찍어, 일필휘지 석 봉의 체로 휘갈기니, 글로는 이백이요 글씨는 왕희지라. 일시에 장원급 제

하였구나! 이도령 암행어사가 되어, 호호 탕탕 전라도로 나려온다! 어사 납시오........!

(어사가 되었으나 남루한 옷을 차려 입은 이몽룡이 등장한다. 그 옆을 한 무리의 아이들이 노래를 부르며 지나간다)

(노래<M-#21:아이들의 노래/합창>)

아이들　여우야 여우야 누구 집에 갔니. 김씨 집에 갔다 박씨 집에 갔다 부뚜막에 앉아서 보리밥 먹었지. 여우야 여우야 언제까지 먹을래

내년에도 후년에도 말년에도 먹지. 이씨네도 장씨네도 먹을 것이 없네

사또 같은 여우한테 다 털려서 없네. 아무 것도 없네......

이몽룡　(지나가는 **아이들**　노랠 듣고 허랑하게 앉아 탄식한다) 나라

에 탐관오리가 끊일 줄을 모르는구나! (광대가 느닷없이 몽룡의 옆에 나타난다)

광대　잿밥에 눈이 어두워 그렇죠

이몽룡　누구냐 넌?

광대　민중 광대올습니다.

이몽룡　민중 광대? 여기서 남원읍까지 얼마나 걸리느냐?

광대　다 왔는 걸입쇼! 반나절이면 될 것입니다.

이몽룡　해질 무렵에 도착하겠구나. 너 나하고 말벗이나 하게 동행할 수 있겠느냐? (돌아보니 광대는 온데간데없다) 괴이한 광대구나. 가만있자. 이쪽이라고 했지? (허우적허우적 퇴장하는 몽룡)

광대　(숨어서 몽룡을 살피다가, 무대로 썩 나서며)

일락서산에 해 떨어진다. 오동잎은 떨어져 낙엽되어 뒹굴고 들녘에 무르익은 벼이삭은 떨어지는 햇살에 황금빛을 되뇌인다. 자 우리의 암행어사 이러구러, 남원읍에 닿았것다.

이몽룡 여기가 광한루가 아니냐!

광대 옳거니!

이몽룡 옛날 놀던 곳이 어제인 듯하구나.

광대 그렇지!

이몽룡 저기가 오작교.

광대 얼쑤!

이몽룡 그리고 저기 춘향이 추천하던 곳 아니냐?

광대 얼씨구!

이몽룡 옛 일이 오늘처럼 흘렀구나. 어디.... 춘향의 집엘 먼저 가 볼까!

광대 얼른 가 보거라!

(무대는 다시 춘향의 집이다. 월매, 향단이가 정화수 앞에 앉아 있고 방자 그 주변을 서성거린다. 등장하는 몽룡, 동정을 살핀다)

월매 비나이다 비나이다

향단 신령님 전 비나이다

월매 금쪽같은 여식 길러내어 외손봉사 바랬더니
무죄한 매를 맞고 옥중에 갇혔으니 살릴 길이 없습니다.
신령님 감동하사 한양성 이몽룡께 청운을 내리소서.
부디 부디 불쌍한 우리춘향 살려만 주사이다.

월매/향단 비나이다 비나이다 신령님 전 비나이다.....

(몽룡이 한쪽에서 가슴 아파하며 눈물을 닦는다)

방자 (갑자기 화가 치밀어) 앗따, 그놈의 이도령인지 감도령인지 그 옘병할 자식은 올라간 후 죽었는지 살았는지 장가를 갔는지 소식조차, 돈절한데 그놈은 자꾸 불러 무엇하겠소?

(그때 삽살개가 몽룡을 발견하고 뛰어가 반갑게 꼬리를 친다)

이몽룡	(어둠 속에서 삽살개를 어루만져주며) 에헴!
방자	에헴? 거 '에헴'하는 이 누구요?
이몽룡	에헴!
방자	에헴? 또 에헴 하네? 누가 왔나? 누구요?
이몽룡	에헴, 이리 오너라!
방자	이리 오너라? 이리 오다니? 대체 누군데 날 이리 와라 저리 와라 하느냐? 아닌 밤중에 오구 갈 것 없이 썩 꺼져라! 이집은 초상난 집이야. 사람 사는 집이 아니야. 사람 잡는 집이지.......
이몽룡	여봐라! 이리 오너라!
방자	앗따! '이리오너라!' 목청 한 번 감나무골 김진사 엿가락 뽑듯 근사하네. 거 누구슈?
이몽룡	나다!
방자	똥을 쌀. 나라니? 나가 누구냔 말요? (삽살개가 짖는다)
이몽룡	(썩 나서며) 방자야 잘 있었느냐?
방자	아니? 이거 누구시오? (월매가 알아듣고, 삽살개가 더 짖는다)
월매	이 서방이라니? 건너 마을 이풍헌의 아들 이서방?
이몽룡	허허 장모 망령일쎄. 날 몰라보는가?
월매	장모?
방자	아이고 이게 귀신이요? 사람이요?
이몽룡	옛부터 사위는 백년지객이라 했으니 어찌 날 몰라보는가?

(몽룡이 삿갓을 벗는다. 삽살개가 연신 짖어대며 몽룡을 반겨한다)

월매	아니 자네가?
방자	도련님!
향단	서방님! (모두 소스라치게 놀라 망연자실이다)
월매	에이고 이게 웬일인고? 어디갔다 이제오나. 바람결에 풍겨왔나 구름결에 흘러왔나 춘향의 소식 듣고, 살리러 와 계신가 건지러 와 계신가. 자, 어서 어서 들어가세. 향단아! 주안상 차

리거라.

향단　네 마님. (월매 그제서야 호롱불을 밝혀 보더니)

월매　(안색마저 변하며) 아니 근데 자네 이게 무슨 꼴인가? 응? 거지 중에 상거지 거렁뱅이 우거지상이니?

이몽룡　아이고 말 마십시요. 한양이라고 올라가서 벼슬길은 끊어지고, 가산을탕진해 부친께서는 서당 훈장으로 가시고, 모친은 친정으로 가셨다네. 집안이 다 각기 갈리고 보니, 여기 춘향에게 내려와 돈냥이나 얻어갈까 왔네. 근데 와서 보니 말이 아니로군. (술상 차려 내오는 향단)

방자　도련님 그걸 말씀이라고 하시오? 네.......?

(주먹까지 불끈 쥐고 화를 못 참는다. 하지만 아랑곳 않고 허겁지겁 밥과술을 마시는 이몽룡)

월매　아이구 이 무정한 사람아! 그나저나 내 딸 춘향은 대체 어쩔건가? 응? (이몽룡의 옷을 잡아 마구 흔든다)

이몽룡　아이구 옷 찢어지겠네...... 내 탓이지 이 옷 탓인가? 그나마 얻어 입은 옷 떨어질까 두렵네. 그나저나 하늘이 무너져도 솟아날 구멍은 있다 잖은가? (다 먹은 빈 밥그릇을 향단에게 넘겨주며) 밥 한 그릇 더 주소.

월매　밥 없네!

방자　(손뼉 치며) 잘한다, 쌀도 없소! (하지만 삽살개가 그러지 말라는 듯이 짖어댄다)

향단　마님 그리 마옵소서. 멀고 먼 천리 길을 서방님이 누굴 보려고 오셨겠소. 도련님 진지 해 올리리다. (나간다)

이몽룡　(향단을 보고) 향단이 너 밖에 옛정을 아는 이가 없구나.

월매　얼씨구, 밥 빌어 쳐 먹는데 아주 이력이 났구나. 이력이 났어...... 향단아. 어제 재놓은 햇김은 제쳐 놔라, 춘향이 내일 오찬 갖다 줄거다.

이몽룡   앗따, 딸이나 사위는 매일반이지, 그 김 반만 먹을테니, 그리 말고 갖다 주소.

향단   (밥과 찬을 더 내오며) 어서 잡수시어요.

이몽룡   어허 오랜만에 꽁보리밥 덤으로 먹어보는 구나!

(삽살개가 옆으로 와 끙끙대자, 몽룡이 얼른 밥 한 숟가락을 던져준다)

월매   (몽룡이 허겁지겁 먹는 모양을 보다 못해) 근데 대체 자네가 왜 이 모양인가?

이몽룡   (밥맛 떨어졌다는 듯이) 향단아, 이 상 물려라. (냅다 방귀까지 뀐다)

월매   (코를 싸매며) 아이구머니, 주제에 방구질까지.....

방자   누가 아니래요......! (삽살개는 오히려 몽룡의 엉덩이를 끙끙대며 파고든다)

이몽룡   장모! 나 담배 한 대 주구료.

월매   에이구. 담배질까지? (준다)

향단   서방님! 마님 하시는 말씀 조금도 괘념치 마십시오. 홧김에 하시는 말씀이오. (이몽룡이 또 방귀를 뀌자)

방자   아 옘병할 방귀 좀 그만 뀌쇼. (객석을 가리키며) 여기 구경 오신 손님들께 미안하지도 않소?

이몽룡   보리밥을 먹었더니 그렇구나. 근데 장모, 내가 얼핏 들어 알고 있소만...... 그래도 여기까지 왔는데 춘향이나 한 번 보고 가야지.

방자   젠장, 봐서 뭘 하겠소. 태형 맞아 피골이 상접해 귀신 형용인걸!

향단   그래도 서방님이 아씨를 안 봐서야 인정이라 하겠습니까? 좀 있다 인경 쇠마치 치거든 가십시오.

월매   에이구 내 팔자야.... (마침 인경 소리)

향단   서방님 어서 가시지요. (행장을 꾸리는 일동)

월매   (밖에 하늘을 보고) 하느님도 무심하지. 비까지 뿌리는구나.

(그때 이어지는 춘향의 옥중 노랫소리와 함께 무대가 전환된다)

(노래<M-#22:님 기다리네/춘향 솔로>)

춘향   이제가면 언제오오. 님의 처소 머나먼 천리
　　　　가신 후엔 언제오오. 독수공방 이내몸은
　　　　시시때때 수심이라 적막야밤 사창 전에
　　　　꾸우욱꾸우욱 불여귀의 울음소리
　　　　구곡간장 녹일테니 기다리다 지쳐이면
　　　　원혼이 악귀되어 어찌어이 살란말요
　　　　이내 몸 스러지오.......

월매   (옥 앞에 당도한다. 삽살개도 함께 따라왔다) 춘향아.
　　　　춘향아......

이몽룡   제길, 크게 한번 불러보소.

월매   모르는 소리 옥사장 깨는 날이면 산통일세.

이몽룡   그럼 내가 부르지. (엄청 크게) 춘향아!

춘향   (놀라 깨어 일어나며) 누구시요? 그 목소리 괴이하네. 꿈결인
　　　　가 잠결인가? 님의 소리 들리네.

이몽룡   어서 내가 왔다고 말을 하소.

월매   자네 왔다고 말할 것 같으면 기절낙담을 할 것이니, 가만히
　　　　좀 있게.

춘향   어머니요? 어머니! 이 밤중에 어찌 오셨소? 아이구 불쌍한
　　　　우리 어머니. 몹쓸 딸자식 생각해, 비 내리는 밤에도 오셨네.
　　　　그러다 행여 감기 들면 어찌시려구......?

월매   내 염련 말고...... 왔다!

춘향   오다니 누가 와요?

월매   그저 왔다!

춘향	뭐가요?
방자	아이구 내 가슴이야! 각설이 하나 왔다구요.
월매	서방인지 남방인지 거지 하나가 내려왔어!
향단	아씨! 서방님이 오셨어요.
춘향	(귀가 번쩍) 허허 이게 뭔 말인가? 꿈인가 생시인가? 꿈속에 보던 님의 형용 생시에 뵌단 말입니까?
이몽룡	(비로소 가슴이 멘다) 춘향아!
방자	아이고 나 죽겠네.
춘향	애고 이게 누구시요? 아마도 꿈이로다. 내 이제 죽어도 여한이 없소.그런데 우리 서방님 복도 없습니다 그려. 내 신세가 이리 되어 만나니 이 무슨 기구한 운명. 이 몸 하나 죽는 거 서럽지 않으나..... (창살틈으로 보인 몽룡의 행색을 그제야 자세히 보고) 서방님 옷이 왜 그러시오?
이몽룡	그렇게 됐다. 얘기가 너무 길구나. 긴 얘기 나중에 하고..... 여하튼 너무 설워 말아라. 인명이 재천인데 설마 죽을 리가 있겠느냐? 반드시 살 방법이 있을 것이다.
방자	거렁뱅이 주제에 헛소린......!
춘향	어머니. 죽기 전에 소원이 있으니 들어주십시오.

(노래한다

<M-#23:죽기 전에/춘향 솔로>)

그동안 모아둔 내 비단옷 팔아다가, 고운 한산 모시로 바꾸어
우리 서방님 도포 짓고, 온갖 패물 비녀 다 팔아다가
서방님 새 신 사 드리시오. 살아서도 내 낭군
죽어서도 내 낭군 부귀빈천 관계없이 오로지 내 낭군이오
그리고 서방님은 들으시오. 내일이 본관사또 생신이라

사또 취중에 나를 불러 또 칠 것이니, 그대로 기절하여 죽거들랑
우리 처음 만나 놀던 부용당에 뉘어놓고 손수 염습하되
입은 옷 벗기지 말고, 그대로 뒷산 양지 바른 곳에
날 묻어주오 묻어주오.........

월매　(울음이 복받치어) 에이구 이것아!

향단　아씨!

방자　옘병헐..... (삽살개까지 섧게 운다)

이몽룡　춘향아! 우지마라. 우지마라 춘향아! 대장부 이내 가슴 쓰리
고 아프구나!

광대　(외마디 소리로 받으며) 춘향아 우지마라! 대장부 이내 가슴
쓰리고 아프도다!

(흐르는 음악.

<M-#24:오! 그날/연주곡>

무대는 바뀌어 동헌이다)

(8)암행어사 출도야

이방　풍악을 울리랍신다! (M-22 연주곡이 변주되며 더욱 커진다)

변학도　기생 불러들이고, 주안상 올려라!

관노들　네이!

변학도　육고자 불러 큰 소 잡게 하고, 승발을 불러 차일을 치게 해라.

관노들　네이!

변학도　사령들 불러, 잡인 잡색을 금하거라.

관노들　네이!

이방	무희 대령이오! (M-22에 맞춰 아름다운 무희들의 춤이 추어진다)
변학도	이웃 원님네들 본관 생일잔치에 이렇게 많이들 왕림해 주셔서 기쁘기 한량없소. 자, 우리 남원고을의 천세를 빌며 한 잔 드십시다.
관노들	사또 천세를 누리소서! (그때 동헌으로 썩 들어서는 몽룡)
이몽룡	(몹시 취한 척) 여봐라 사령들아! 사또께 여쭈어라! 지나던 걸인이 좋은 잔치 구경왔으니, 좀 얻어먹겠다고 여쭈어라!
이방	사또께서 잡인 잡색을 금하신다. 썩 물렀거라!
이몽룡	어허, 듣기에 사또의 인심이 후하다 들었는데, 어찌 이리 옹졸하고 척박하단 말이냐. 잔말 말고 맛 좋은 갈비 한 짝, 내오거라!
변학도	거기 시끄럽게 구는 자가 누구냐?
이방	걸인입니다.
이웃원님1	듣자하니 양반의 자식 같은데 오늘같이 좋은 날, 술이나 한 잔 먹여보냄이 좋을까 합니다.
변학도	그래 그 걸인에게 닭다리 몇 개 건네줘라! (이방이 변학도 귀에다 소곤거린 다음)
이방	닭다리.... 하나만 주시랍신다.
관노들	네이!
이웃원님2	사또 풍류 말고 뭐 재밌는 거 없소? (이방이 얼른 변사또에게 귓속말로 소곤거린다)
변학도	여봐라! 죽을 죄를 짓고 옥에 갇혀 있는 춘향이 대령시켜라.
관노들	네이! (춘향이가 끌려 나온다. 웅성대는 하객들)
사령	춘향이 대령이오!
변학도	춘향이 듣거라! 오늘 내 생일을 자축하는 의미에서, 네가 이제라도 내말을 들으면 살려 주겠거니와 만일 거절하는 날이

면 죽을 때까지 태형을 맞을 것이니 어찌하겠느냐?

춘향 더 이상 묻지 마십시요! 지아비를 배반함은, 간신배가 임금을 모략하는 것과 같은 일. 열녀는 아니로되, 어찌 내 뜻을 굽히겠소. 사또는 옛 시조마저 잊으셨소? 이 몸이 죽고 죽어 일 백번 고쳐 죽어 백골이진토 되어 넋이라도 있고 없고 님 향한 일편단심이야 가실 줄이 있으랴.

변학도 저, 저, 저런 요망한 년! (몸까지 떤다) 여봐라!

관노들 녜이!

변학도 당장 물고를 내렸다! 내 그년의 생피를 마시지 않고는, 오늘 밤 잠을못 자겠구나!

관노들 녜이!

이몽룡 잠깐! 사또께 한 말쌈 여쭙시다. (일동 모두 쳐다본다) 오늘 같은 좋은 경사에 하찮은 계집의 피를 부름은, 안한 것만 못함이라, 춘향인지 춘몽인지는 내일 육시 처참하시고, 다시 흥겹게 놀아봄이 어떠하겠습니까?

이방 지당한 말인 듯하옵니다.

이웃원님1 그렇게 하시지요.

변학도 음, 좋다. 내 잔치 구경케 해라. 그리고 일체의 음식을 주지 말아라.

관노들 녜이! (주흥이 도도할 무렵 음악.

<M-#25:오! 그날/연주곡 REPRISE>)

이몽룡 사또께 아뢰오! 지나던 객이 배불리 얻어먹고, 취기 또한 도도하니, 시 한 수 진상코자 합니다.

변학도 주제에 시를 읊는다?

이몽룡 행색을 보고 사람을 판단하는 사또가 심히 걱정됩니다 그려!

(갑자기 좌중이 술렁인다) 오늘 하늘도 드높고 기름진 백성들의 음식이풍성하니 운자를 높을 고자에 기름질 고자로 띄워보겠소이다. 이방어른께선 겨우 천자문 정도 떼었을 테니, 언문으로 여기 오신 손님분들께 풀나 하여주소.......

이방 에헴, 이래봬도 동몽선습도 떼었느니라.

이몽룡 금준미주는 천인혈이요, 옥반가효는 만성고라.

이방 금 술잔의 아름다운 술은 만백성의 피요,
옥소반의 맛좋은 안주는 만백성의 기름이라.

이몽룡 촉루낙시에 민루락이요, 가성고처에 원성고라.

이방 촛불이 녹아떨어질 때 백성의 눈물 떨어지고
노래 소리 높은 곳에 백성의 원망소리 드높구나.
언문풀이 '딱' 떨어지게 했다! (더욱 술렁이는 좌중) 가만있자? 백성의원망소리? (갑자기) 아이구 배야! 사또 갑자기 배가 아파서 측간에 좀다녀오겠사옵니다.

이웃원님2 아이고 난 오줌이 마려워서.......

이웃원님1 아 난 골치가 아파.......

변학도 아니 왜들 이리 야단이냐? 한낱 걸인이 읊은 시 한 수 가지구......?여봐라 악사청! 풍악을 울려라. 그리고 여기 주안상 다과상 더 올리고. (아무도 듣지 않고 수군대며 법석인다. 몇몇은 이미 슬슬 퇴장한다)
풍악을 울려라! 이방, 형방은 어딜 갔느냐? 아무도 없느냐?

이몽룡 (마패를 하늘 높이 치켜들고) 암행어사 출도야!

일동 암행어사 출도랍신다! 암행어사 출도야......!

(음악소리.

<M-#26:암행어사 출도야/연주곡>

삽시간에 천지를 진동한다. 그사이 광대가 설명하는데, 무대에선 광대
의 말대로 재연한다)

광대　암행어사 출도야! 암행어사 출도야! 변사또 잔치상이 가관이
　　　　다. 암행어사 출도소리 천지를 진동하고 역졸들 말굽소리 지
　　　　축을 뒤흔든다.변사또는 똥을 싸고 이웃 원님네들 오줌싸고
　　　　방귀뀌고 벌벌기니 이아니 가관이냐. 상다리는 부러지고 방
　　　　문은 찢어지고 도포는 벗겨지고갓 탕건 사정없이 떨어졌것
　　　　다. (사이) 삽시간에 남원 고을에 방이 나붙고 옥에 갇힌 죄
　　　　없는 죄수들이 풀려나니 바야흐로 태평성시를 맞았다.

모두들　옳거니!

이몽룡　얘 광대야! 그만 주절대고, 저기 저 계집이 누구냐?

광대　저 계집으로 말씀드리면, 기생 월매의 딸 춘향이라 하옵는
　　　　데 구관사또수청을 거절한 죄목으로 옥중에 갇혀있는 죄인
　　　　이로소이다.

이몽룡　춘향........? 여봐라! 얼굴을 들어라! 날 알아보겠느냐? (사이)

춘향　낭군님!

이몽룡　(뛰어 내려오며) 춘향아!

춘향　낭군님!

이몽룡　춘향아! (으스러지게 껴안은 두 사람)

(이어 춘향과 몽룡의 노래로 이어지고 마침내 출연진 모두의 합창으
로 이어진다.

<M-#27:사랑의 메아리 REPRISE/합창>)

　　　온 세상 온 누리 사랑이 가득
　　　하늘에 맺은 인연 누구에 닿을런가
　　　두엉실 인연사랑 가지마다 만만개화

부귀와 사랑공명 연연이 이어지어

두엉실 인연사랑 영원토록 누리고져..........

(노래와 더불어 두둥실 두 사랑이 춤을 추고, 전 출연진이 따라서 춤을 추고,

삽살개도 덩달아 춤을 추며 돌고 도는데......)

-천천히 내리는 막-

1986. 7.13

흐르는 강물처럼

-국악 뮤지컬-

작의

한국은 반도의 나라이지만 5 천년의 유구한 역사 못지않게 담고 있는 신화와 설화,토속종교, 의식주의 독특한 문화와 풍속, 전통 무용, 연극, 음악의 보고를 지닌 문화예술의 황금 같은 곳이다.

이 가운데 공연 예술의 꽃인 우리의 '민요'는 그 다양한 종류는 물론, 특히 외국 어느 나라 어느 민족에 비해도 손색없는 고유의 음악적 특성(리듬, 템포, 창법)을지니고 있다. 이 중 특히 우리 민요의 창법은 세계 최고의 유래가 없는 창법으로서그 아름다움과 독자성을 지닌 인류 최고의 문화 유산이라 하겠다.

이에 현재 서양의 오페라나 뮤지컬이 마치 세계 유일의 음악공연 양식인양 판치며공연되고 있는 데, 필자는 이러한 현장에 우리 민요의 우수성, 독자성, 미학적 특성을 극의 형식을 빌어, 총망라해 보여주고자 이 대본을 집필한다.

장소

북한강에서 서울 한강 하류까지

때

현대와 꿈속

-등장인물-

최진성 (30세 중반의 전직 컴퓨터 회사 사원)

돌쇠 (꿈에 나타난 진성 집안의 전생 하인)

아랑 (한강변에서 만난 진성의 전생 애인)

진이 아씨들1,2,3 (황진이의 혼령들)

김진사 (양반)

주모 (북한강 기슭에서 만난 강촌집 주인)

강심 (강촌집에서 일하는 어린 기녀)

동자 (금강산과 한강을 지키는 동자. 그림 속 상상의 인물)

폭주족들1,2,3,4 (강가에서 만난 폭주족들)

간호사 (최진성이 입원한 병원의)

혼령 (피리 부는 국악의 영혼)

노모 (90세의 김진사 모친)

서도소리꾼 (노모의 잔치에 소리하는)

소리꾼1,2,3,4 (노모의 잔치 집에서 진성에게 소리로 감성을 전달하는 전문 소리꾼들)

뱃사람들 (한강변의)

동네 사람들 (칠순 잔치에 온 사람들, 저자거리의 행인들)

-뮤지컬 넘버-

(1)유산가 (2)양산도 (3)청춘가 (4)태평가 (5)정선 아리랑

(6)한오백년 (7)한강수 타령 (8)뱃노래 (9)노래가락 (10)창부타령

(11)회심곡 (12)는실타령 (13)백발가 (14)경복궁 타령

(막이 오르면, 어둠 속에서 들리는 피리 소리.

조명이 들어오면 전 배역진이 진성의 병원 침대를 에워싸고 있다.

이윽고 경기 소리. 한 가지만의 노래가 아니다.

소리는 여러 민요가 겹으로 들리며, 서서히 장내를 압도한다.

혼령이 진성 머리맡에서 피리를 불고 있다. 뒤척이는 진성.

이윽고 벌떡 일어선다. 멈춰지는 피리 소리와 민요. 그때 하늘에서 떨어져 허공에매달리는 글씨)

"일체의 소리는 藝音이라!"

출연자 전원　　(글씨와 거의 동시에) '일체의 소리는 예음이라!'

　　　　　　　　(메아리로 공명된다)

진성　　여보세요, 여보세요. 여보세요......! (그때 들어오는 간호사)

간호사　　일어나셨어요?

진성　　여기가 어디죠?

(타잔처럼 밧줄을 타고 허공을 가르며 나타나는 돌쇠. 그는 곡예사 수준으로 공간을 공연 내내 날아다닌다)

돌쇠　　야호! 부르셨습니까. 주인 나리.......! (솜털처럼 날아 침대 맡에 섰다)

진성　　넌 누구냐?

돌쇠　　그런 당신은?

진성　　뭐라구?

돌쇠　　뭐라구?

진성　　대체 누구요?

돌쇠　　누군데? 당신은?

진성/돌쇠 누구냐니까!

(이때 경기 민요

<M#1-유산가>

가 유량하게 들리며 등장하는 소리꾼 1,2,3.4각각 다른 방향에서 혼령처럼 등장한다. 동시에 가면을 쓴 일행들이 진성의옷을 벗기고 갓에다 옛 두루마기로 행장을 차려준다)

소리꾼 1,2,3   화란 춘성하고 만화방창이라 때 좋다 벗님네야
                  산천 경개를 구경을 가세
                  죽장망혜 단표자로 천리강산 들어를 가니
                  만산 홍록은 일년 일도 다시피어
                  춘색을 자랑노라 색색이 붉었는데
                  창송 취죽은 창창 울울한데
                  기화요초 남만중에 꽃 속에 자던 나비
                  자취 없이 날아간다
                  유산 앵비는 편편금이요 화간접무는 분분설이라
                  삼춘가절이 좋을시고
                  도화만발 점점 흥이로구나
                  어주축수애산춘이라던무릉도원이예아니냐........

(안개처럼 사라지는 소리꾼들. 망연자실한 진성)

돌쇠   나리! 정신 차리셔요! 꿈을 꾸셨나? 나리 모시고 바람처럼 다녀옵지요!

진성   어디를 가잔 말이냐?

돌쇠   무릉도원이지 어디겠습니까! 자, 어서 앞장 서셔요!

(다시 음악 소리가 들려온다.

<M#2-양산도>

를 부르며 무대는 어느새 저자거리로 변한다. 전 출연자들이 꿈처럼

저자거리를 소요한다)

사람들 (노래)

　　　　도화유수 흐르는 물에 두둥실 배띄고 떠놀아 볼까

　　　　일락은 서산에 해 떨어지고 월출동령에 달 솟아 온다

　　　　양덕맹산 흐르는 물은 감돌아 든다고 부벽루로다

　　　　삼산은 모란봉이요 이수중분에 능라도로다

　　　　이화도화 만발하고 행화방초 흩날린다

　　　　우리 님은 어디가고 화류할 줄 모르나

　　　　에라 놓아라 아니 못 놓겠네. 능지를 하여도 못 놓겠네 에헤

　　　　이에....

(많은 사람들이 오가는 저자거리. 거리에서 눈이 마주치는 진성과 진이.
이윽고 박연 폭포에 당도하는 진성과 돌쇠)

돌쇠 (소리꾼들을 저지하며) 쉬잇........! 나리! 여기가 개성 송도
　　　　삼절로

　　　　유명한 박연 폭포입니다요. 보십시오. 비류직하 삼천척이요,
　　　　의시은하 낙구천 아닙니까?

진성 그렇구나. 떨어지는 폭포가 은하수 같구나........

돌쇠 여부 있겠습니까! (소리를 그럴듯하게 흉내 내며) "박연 폭포
　　　　흘러가는 물은 ......"

진성 예끼 이놈! (부채로 때린다)

돌쇠 그러니까요! 명색이 소리하시는 분인데, 그것도 박연 폭포
　　　　앞이라, 소리 한 마디 하셔야 하지 않습니까?

진성 좋다. (목청을 가다듬고 개성 난봉가를 노래한다. 이때 지나
　　　　가던 행인들이 소리를 듣고 모여든다. 그러다 황진이 일행이
　　　　나타나면서 사라진다)

　　　　박연 폭포 흘러가는 물은 범사정으로 감돌아 든다

　　　　에 에헤야 에 에루화 좋고 좋다 어라함마 디여라 내 사랑아

박연 폭포가 제 아무리 깊다해도 우리 양인의 정만 못하리라
삼십장 단애서 비류직하 하니 박연이 되어서 범사정을 감도네
범사정에 앉아서 한 잔을 기울이니 단풍든 수목도 박연의
정취로다.....

(이때 사방에서 나타나는 미모의 황진이 혼령들. 함께 어우러져 춤을 춘다.
이윽고 범사정에 좌정한다)

진성　　　아가씨들은 뉘시오?

진이아씨들　　　나리께서 먼길따라 박연폭포와 범사정엘 오셨
　　　　　　　　으니 저희가 모시지요. (진성이 어리둥절, 돌쇠를
　　　　　　　　쳐다본다)

돌쇠　　　왜 절 보십니까요? 그 유명한 개성이니 송도삼절의 황진이가
　　　　아니겠습니까!

진이아씨들　　　(반주 없이 노래가락 조로)
　　　　　　　　청산리 벽계수야 쉬이감을 자랑마라
　　　　　　　　일도창해하면 다시오기 어려우니
　　　　　　　　명월이 만공산 하니 쉬어 감이 어떠리

돌쇠　　　얼씨구 좋다! 나리, 소리 받으셔야합지요.

진성　　　옳다구나. (역시 반주 없이 노래가락 조로)
　　　　청산은 내 뜻이요 녹수는 님의 정이
　　　　녹수가 흘러간들 청산이야 변할 손가
　　　　녹수야 청산 못잊어 울어예어 가노메라

돌쇠　　　쥑인다! (홀연히 사라지는 황진이의 혼령들. 따라가다가 놓치
　　　　는 돌쇠)
　　　　나리, 나리! (진성 황진이에 넋이 빠져 못 듣는다) 엠병헐,
　　　　(소리조로) 나리 나리 개나리...... (큰소리) 나리!!

진성　　　깜짝야, 왜 그러느냐?

돌쇠　　　그렇게 넋 잃고 계시지 말고 어이 갑시다요. 해가 집니다요.

(갑자기 노래조로) 서산 낙조- 떨어지는 해는......

진성   시끄럽다 이놈! 그런데 아가씨들은 다 어디 갔느냐. 온데 간
데 없으니.......

돌쇠   (진성 주위를 뱅뱅 돌며) 저기 있구먼요. 아니, 여기. 아니 여
기... (멀리 도망가며) 자고로 사내대장부가 여색에 눈이 멀
면, 세상을 놓친다 하였 습니다. 자, 어서 갑시다요!

(반주 음악. 걷는 두 사람. 진성은 자꾸 미련이 남아 오던 길을 되돌아
보곤한다. 몇 번에 걸쳐 아낙들이 지나가면 보거나 묻곤 한다. 하지만
모두 허탕이다. 사실은 이들이 황진이의 혼령들이다. 무대를 한 바퀴
돌고, 바위 등걸이에 앉아 쉰다. 어느새 돌쇠는 잠이 들었다.
그때 갑자기 오토바이의 굉음과 함께 일당의 폭주족들이 들어온다.
진성과 돌쇠의 괴나리봇짐을 훔치는 폭주족)

진성   뉘시요? 내 봇짐이에요.

두목   누가 모르나?

진성   네?

폭주족2   빈 봇짐 갖구 유세해?

진성   돌쇠야! 돌쇠야........!

돌쇠   (잠에서 깨어나며) 예! 누가 잡아먹습니까? 죽자구 소릴 지
르게.......!

(잠에서 깨어 폭주족들이 있음을 알고 줄행랑을 친다. 그러다 폭주족
3 에게 덜미를 잡힌다)

폭주족3   요 쥐새끼는 또 뭐야?

돌쇠   아이구 난.... 아무죄두 없어요. 저기 서있는 저 허옇게 생긴
양반이 여행 같이 가자구 해서 그냥 따라나선 죄밖엔...

폭주족3   (돌쇠를 진성에게 떠다민다) 잔소리 말구!

두목   뒤져봐!

폭주족3   (물건들을 하나 둘씩 꺼내 보이며) 치약......

폭주족1   칫솔.

폭주족2   런닝샤츠.

폭주족3   빤쓰. (이윽고 신기한 걸 꺼내들고) 이게 뭐야?

폭주족들   (뭔가 모여들어 보고는) 와! 콘-돔!!

돌쇠   (참다못해 버럭 소릴 지른다) 야! (놀라는 폭주족들) 니들 인권침해다.....!

더는 못 참아!

두목   돌려줘라! 노숙자들이다!

돌쇠   노숙자? (어이가 없어 진성에게) 나리? 말씀 좀 하셔요!

진성   (제법 기어들어 가는 바튼 기침을 하고) 댁들은 뉘시요?

두목   우리요?

폭주족1   P-boy!

돌쇠   P-boy? 왜? 떡보이라구 그러지......! B-boy는 들어봤어두, P-boy는처음일세.......!

두목   야! 보여줘! (음악에 맞춰, 비-보이 춤을 그럴싸하게 추는 폭주족들)

파악하셨나? 폭주족. PORK-boys! (진성과 돌쇠에게 은근히 다가오며)

계룡산에서 하산하셨어?

진성   아닙니다........

폭주족1   도사신가 봐!

진성   아닙니다. 저흰.........

폭주족3   교폰가?

폭주족2   연변?

폭주족1   L.A?

폭주족3   재일교포?

돌쇠   (버럭) 시끄러........워요! 이제 가도 되죠?

폭주족3 가거나 말거나.........!

두목 야, 보내줘라! (가다 돌아서며) 콘돔은 챙기구.........!

폭주족들 네!

돌쇠 야, 이 놈들아! 콘돔은 주고 가야지........ 여행길에 반드시 필요한 물건인데........ 아이구, 저 망할 놈들........

(오토바이 굉음 소리와 함께 사라진다. 잠시 정신을 가다듬는 진성)

진성 돌쇠야! 이게........

진성/돌쇠 꿈이냐 생시냐.

돌쇠 그 말 하실 줄 알았어요. 나리 이제부턴 정신 '바싹' 차리구 가시자구 요..... 무서우니까 우리 손 '꽈악' 잡구 가시지요.

진성 (부채로 손을 찰싹 때리며) 예끼, 이놈. 누가 보면 오해하겠다. 어서 앞장 서!

(다시 길 떠나는 일행. 음악 반주와 함께 무대 한 쪽에는 어느새 주막이 들어서고, 주모 밑에 일하는 강심의

<M#3-청춘가>

노래 소리가 들린다)

주모/강심 (노래)

이 팔은 청춘에 소년 몸 되어서 문명의 학문을 닦아를 봅시다.
청춘 홍안을 네 자랑 말어라 덧없는 세월에 백발이 되노라
무정 세월아 가지를 말어라 장안의 호걸이 다 늙어 가누나
세월이 가기는 흐르는 물 같고 인생이 늙기는 바람결 같구나
강상에 두둥둥 떠가는 저 배야 한 많은 이 몸을 싣고서 가거라
가는 곳마다 정들여 놓구요 이별이 잦아서 나 못 살겠네.

(노래 소리에 돌쇠는 다짜고짜 주막 앞에서, 한 바탕 춤을 넌실넌실 추어댄다. 그러다 기침소리)

주모	(찢어지는 소리로) 강심아! 소리 그만 하구 손님 모셔!
강심	네에...! (진성 일행을 맞으며 간드러지게) 어서 오셔요!
진성	목이 컬컬한데 좀 쉬었다 갈까?
돌쇠	전 온 몸이 컬컬한 댑슈.......!
주모	에이구. 산에서 내려오시는 모양인데, 우리 강촌집을 안 들리면 말이 안되죠!
돌쇠	맞습니다 나리! 강촌 민심이 천심이라 술도 공짜구, 밥두 공짜...... (강심을 와락 껴안으며) 우리 강심이두....
주모	강심아, 저 돌두 쇠두 아닌 거지 아범은 술찌꺼 한 사발만 퍼 멕여 재워!
강심	네에.......!
돌쇠	앗따, 됐어요. 옛말에 (돌연 노래조로) “미운 놈. 떡 하나 더 준다고 뭔 인심이 그 모양이요. 엠병하다 땀을 낼.........”
주모	강심아 술찌꺼기도 그만두고, 개밥에 도토리 묵사발이나 줘.

(너털웃음을 웃는 진성)

돌쇠	나으린 지금 재미있단 말씀이요?
진성	문전 박대라더니 네가 지금 그 모양이구나. 어서 강심이 따라가서 술한 상 잘 받아먹어라.
돌쇠	제기럴.... 니미럴.... 대구럴.... 소구럴.......!

(그러면서도 강심의 뒤를 암캐 좇듯, 따라가며 좋아하는 돌쇠)

진성	그런데 조금 전에 청춘가는 주모가 부르던 소리였소?
주모	네. 왜요? 뭐가 캥기슈? 아니면 쏠리슈!
진성	소리가 보통은 아닌 듯 싶어서.....
주모	그냥 어깨너머로 배운 건데, 지나는 객이 들으면 소쇄하죠!
진성	소쇄하다? 그것 참 듣던 중 처음일세.
주모	저두 나리한테 처음 쓰는 말이요!

진성	고맙소. 어쨌든 그 명창 소리 한번 더 들을 순 없나 해서?
주모	팁이나 두둑이 내셔.
진성	여부 있나! 어디 태평가나 한곡 뽑아 보게나.
주모	좋죠. 그런데 듣다가 죽어도 원망은 마슈?

(장고를 앞에 두고

<M#4-태평가>

를 노래한다. 중간쯤에 돌쇠와 강심이 나와한 바탕 맞춤으로 무대를 돈다)

주모	(노래) 짜증은 내어서 무얼하나 성화는 받치어 무엇 하나
	속상한 일도 하도 많으니 놀기도 하면서 살아가세
	니나노 닐리리야 닐리리야 니나노 얼사 좋아 얼시구 좋다
	벌 나비는 이리저리 펄펄 꽃을 찾아 날아 든다
	청사초롱에 불 밝혀라 잊었던 낭군이 다시 돌아온다
	공수래 공수거하니 아니 노지는 못하리라
	춘하추동 사시절에 소년 행락이 몇 번인가
	술 취하여 흥이 나니 태평가나 불러보자
	학도 뜨고 봉도 떴다 강상 두루미 높이 떠서
	두 나래 훨씬 펴고 우줄우줄 춤을 춘다.
주모	(소리하다 멈추며) 앗따, 내 노래가 무슨 권주가요? 아니면 자장가요?
	둘 다 정신을 못 차리네.......!

(권주가처럼 부르는 주모의 태평가에 진성이 어느새 녹고, 술에 거나히 취했다. 돌쇠는 한 쪽에서 강심에게 푹 빠져있다)

| 주모 | (진성을 깨우며) 이봐요! 양반 나리! 날두 저무는데 주무시 구 가실려우....? |

진성	예가 어디냐? 돌쇠야! (대답이 없다) 돌쇠야! (또 대답이 없다) 이놈 돌쇠야......!
돌쇠	(강심 품에 있다가 그때야 듣고, 술에 취해 휘청거리며 덕담조로) 예......! 나리! 뒤깐에 개새끼 부르듯 찾으셨습니까!
진성	그랬다, 뭘 하느냐? 어서 가자!
돌쇠	(객석에 대고) 제기럴. 이제껏 실컷 퍼 마시고 주무르고 하다가 이제 와서 재촉이야 재촉이! (부채를 펴며) 예! 갑니다요. 가요! 근데 나리! 이 돌쇠가 오늘밤 강심이와 함께 야반도주합니다요. 강심아 가자!

(부채로 강심을 가리고 앞장선다. 음악.....
다시 무대를 한 바퀴 돌때, 들리는 강원도

<M#5-정선 아리랑>과 <M#6-한 오백년>.

희뿌연 안개 속에 한 낭자와 도령이 사랑의 염원을 담은 기원의 춤을
추고 있다. 바로 전생의 진성과 아랑 낭자다. 진성이 자신의 전생을 지
켜보고 있는 셈이다)

아랑	(노래)
	강원도 금강산 일만 이천봉 팔람 구암자 유점사 법당 뒤에
	칠성단 모두 몽고 팔자에 없는 아들딸 낳달라고 석달열흘
	노구메 정성을 말고 타관객리 외로이 난 사람 괄시를 마라
	정선읍내 물나드리 허풍선이 궁글대는 사시장천 물거품을 안고
	비비뱅글 도는데 우리 님은 어디를 가고서 날 안고 돌 줄 왜 몰라...
	(한오백년으로 넘어간다)
	한 많은 이 세상 야속한 님아. 정을 두고 몸만 가니 눈물이 나네
	아무렴 그렇지 그렇구 말구. 한 오백년 살자는데 웬 성화요
	청춘에 짓밟힌 애끓는 사랑. 눈물을 흘리며 어디로 가리.........

(도령은 홀연히 사라지고 낭자만 남아 치성 드리고 있다.
한 쪽에서 이 광경을 보고 자신도 모르게 눈물을 흘리는 진성)

진성　뉘 신데 이렇게 애타게 님을 기다리시오.

아랑　전생에 맺은 인연 내생에 인연될까, 치성 드리고 있습니다.

(나이 어린 동자가 돌쇠에게 뭔가 속삭인다)

돌쇠　나리! 저 낭자가 나리의 전생 배필이십니다.

진성　무엇이? (진성과 아랑 비로소 서로 쳐다본다. 사이)

진성　낭자!

아랑　서방님! (와락 몸이 으스러지게 껴안는 두 사람)

진성　낭자를 꿈에라도 만날까 고대하였소.

아랑　저도 그렇습니다.

진성　용서해 주오. 이제 절대 낭자와 떨어지지 않을 것이요.

아랑　하오나.....

진성　무엇이오? 왜 그러시오?

아랑　차차 알게 되시옵니다.

진성　뭘? 응? 뭘?.......

돌쇠　아따, '뭘? 응? 뭘?' 그렇게 꼬치꼬치 알려구 그러시어요? 인명이 재천이듯, 사랑두 인연 따라 가는 겁지요. (강심을 폴싹 안으며)
우리처럼.......!

진성　이놈아! 그럼 우린... 인연이 아니었드냐?

돌쇠　아, 그게 아니라, 목숨이... 아니 전생과 이생.... 아니 전생, 내생, 삼생, 사생, 오생, 팔생, 아니 팔자.

진성　무슨 말이냐? 이놈!

돌쇠　아따, 왜 자꾸 이놈 저놈 하셔요. 나중엔 그놈, 고놈, 개놈, 쌍놈까지 하시겠어. 여하튼 차차 아실 터인즉 어서 가던 길이나 재촉하시자구요.

진성   가긴 어딜가? 여기가 내 집이다.

돌쇠   집? 아니구, 오랜만에 아씰 만나드니 눈깔이 '획까닥' 뒤집 혔구먼.
여긴 북한강변이에요. 그리고 금강동자가 벌써 배까지 대놨는데, 어서 선상 유람을 하셔야지요.

진성   금강동자? 선상 유람? 천상 유람이라두 난 여기 있다!

아랑   서방님. 제가 배웅할테니 가옵소서.

진성   배웅이라니 또 헤어지잔 말?

아랑   아니, 모시고 간다는 말입니다. (아직도 진성 못 알아들었다)

돌쇠   (두 사람 사이를 비집고 들어가서) 뜻인즉, 아씨가 나리를 이렇게 안고 가 시겠단 말씀입니다요. (진성을 와락 껴안는 돌쇠, 깜짝 놀라 진성이 부채로돌쇠를 때린다. 아랑에게) 본래는 저런 분이 아닙니다.

진성   아, 이제 알았다.

돌쇠   빨리두 알았네. (무대 한쪽을 바라보며) 어마, 저기 금강동자가 옵니다요.

금강동자 (곡예질을 하며 나타난다) 나리. 배로 모시겠습니다.

진성   근데 동자는 누구신가?

금강동자 정선선생 그림에 나오는 동자입니다.

진성   정선 선생? 금강산화로 유명한 분?

금강동자 맞습니다.

돌쇠   전 금강산과 한강을 지키는 동자입지요. (멀리 보다가) 저기 뱃사람들이 몰려옵니다요........! (뱃사람들이 배를 타고 들어오며

<M#7-한강수 타령>과<M#8-뱃노래>

를 진성과 주고받는다)

뱃사람들 (노래)

한강수라 깊고 얕은 물에 수상선 타고서 에루화 뱃놀이 가잔다

한강수야 네가 말을 하렴아 눈물 둔 영웅이 몇몇 줄을 지은고

유유히 흐르는 한강물 위에 뗏목 위에 노래도 에루화 처량하다

양구 화천 흐르는 물 소양정을 감돌아 양수리를 거쳐서 노

들로 흘러만 가누나.

아아 아하 에헤요 어허야 얼사함마 둥게 디여라 내 사랑아.

(뱃노래로)

어기야 디여차 어야디야 어기여차 뱃놀이 가잔다

부딪치는 파도소리 잠을 깨우니 들려오는 노소리 처량도 하구나

만경창파에 몸을 실리어 갈매기로 벗을 삼고 싸워만 가누나

낙조청강에 배를 띄우고 술렁술렁 노 저어라 달맞이 가잔다.

(자진 뱃노래까지 이어지며 진성일행이 한강을 내려오다가,

강 건너편에 이른다. 그곳에 김진사의 구실이 된 노모 생신 잔치가 열린다)

진성   얘, 돌쇠야. 뉘 집 잔치인지 요기나 하자.

돌쇠   여부가 있겠습니까! 금강산도 식후경이라, 먹고 마시고자는 덴

일가견입죠.........

(진성 일행이 들어서자 반가이 맞으며 술상을 거나히 차려 준다.

이윽고 소리꾼 1,2,3 이 번갈아

<#9-노래가락>

을 불러 잔치의 흥을 돋운다)

소리꾼1,2,3   (노래)

충신은 만조정이요 효자열녀는 가가재라

화형제 낙처자하니 붕우유신 하오리라

318

무량수각 집을 짓고 만수무강 현판달아

삼신산 불로초를 여기저기 심어놓고

북당의 학발양친을 모시어다가 년년익수

운종룡 풍종호라 용이 가는데 구름이 가고

범 가는데 바람이 가니 금일송군 나도가요

천리에 님 이별하고 주야상사로 잠못이뤄

내 사랑 남 주지 말고 남의 사랑 탐내지 마라

알뜰한 내 사랑에 행여 잡사랑 섞일세라

우리도 이 사랑 가지고 이별없이 잘 살아볼까.

김진사 여러분 고맙습니다. 모친 구십 잔치에 이렇게 많은 분들이 오셔서 우리 가문의 홍복이요. 더구나 많은 명창 분들이 또 오셨으니, 가문의영광이 아니구 무엇이겠소? 어디, 이 자리에 명창 윤평화 선생두 오셨는데, 그냥 지나칠 순 없지? (좌중을 둘러보며) 우리 윤평화 선생서도 소리 한번 청해 봅시다.

일동 좋구말구요. (모두 박수를 친다)

(서도 소리꾼 윤평화, 노모에게 경의를 표하고는 익살스런 서도 소리를 불러 제낀다. 한쪽에서 그윽이 노래를 듣던 진성이 일어나 김진사에게 절을깍듯이 하고)

진성 지나던 객인데, 이렇게 후한 대접을 받았으니, 소리 한마디로 고마움을 대신할까 합니다. 괜찮겠습니까?

김진사 아이구, 그렇구말구 여부가 있나요?

진성 고맙습니다.

(<#10-창부타령>

을 부른다)

덩더꿍 덩떠꿍 아니 노지는 못하리라

한 송이 떨어진 꽃을 낙화진다고 설워마라

한 번 피였다 지는 줄을 나도 번연히 알건마는

모진 손으로 꺽어다가 시들기 전에 내 버리니

버림도 쓰라리거든 무심코 밟고 가니 긴들 아니 슬플소냐

생각사록 애달파라 숙명적인 운명이라면 너무도 아파서 못

살겠네

지척동방 천리되어 바라보기 묘연하고 은하작교가 콱 무너

졌으니

건너 갈 길이 아득하다 인정이 끊었으면 차라리 잊히거나 아

름다운자태거동 이목에 매양있어 못 보아 병이 되고 못 잊어

한이로다

천추만한 가득한데 끝끝이 느끼워라.

섬섬옥수 부여잡고 만단정회 어제런 듯

조물이 시기하여 이별 될줄 뉘라 알리

이리 생각 저리 궁리 생각 끝에 한 숨일세

얄밉고도 아쉬웁고 분하고도 그리워라

아픈 가슴 움켜잡고 나만 혼자 고민일세

사랑 사랑 사랑이라니 사랑이란게 무엇인가

알다가도 모를 사랑 믿다가도 속는 사랑

오목조목 알뜰사랑 왈칵달칵 싸움사랑

무월삼경 깊은 사랑 공산 야월 달 밝은데

이별한 님 그린 사랑 이내 간장 다 녹이고

지긋지긋이 애탠 사랑 남의 정만 뺏어가고

줄줄 모르는 얄민 사랑 이 사랑 저 사랑 다 버리고

아무도 몰래 호젓이 만나 소근소근 은근 사랑.

노모 (노래 소리에 감탄하여, 진성의 손을 덥썩 잡으며) 자네 누군
가? 듣자하니 분명 명창일세!

김진사 누가 아니랍니까? 어머님의 구십 장수 잔치에 귀한 손님이 오셨어요. 이보게! 자넬 그냥 보낸 순 없지. 노래 한 곡 더 부탁하이.

돌쇠 나리 앵콜입니다요. 앵콜! (객석에 대고) 안 그렇습니까? 여러분?

진성 그럼 구십춘광을 맞으신 어르신 위해, 회심곡 한곡 올리지요.

김진사 아이구, 여부가 있나?

진성 돌쇠야! (돌쇠가 봇짐에서 꽹과리를 꺼내준다)

(<M#11-회심곡>

을 열창한다)

진성 일심으로 정념 아하아미로다
보홍오오 오호오
억조 창생은 다 만민 시주님네에 이네에
말씀을 들어보소 인간 세상에 다 나온 은덕일랑은
남녀노소가 잊지를 마소 건명전에 법화경이로구나
곤명전에 은중경이로다 우리 부모 날 비실제에
백일 정성이며 산천기도라 명산 대찰을 다니시며
왼갖 정성을 다 들이시니 힘든 남기 꺾어지며 공든 탑이 무너지랴
지성이면 감천이라 부모님 전 드러날 제
석가세존 공덕으로 아버님 전 뼈를 빌고 어머님 전 살을 빌어
제석님 전에 복을 빌고 칠성님 전 명을 빌어
열 달 배설한 후 이 세상에 태어나니 우리 부모 날 기를 제에
겨울이면 추울세라 여름이면 더울세라
천금 주어 만금 주어 나를 곱게 길렀건만
어려서는 철을 몰라 부모 은공을 갚을 소냐.

아아아하 아아 나네 열에 열 사십소사 나하아아아
(회심곡을 부르는 동안 무대 상수 쪽에선 한 무용수가 법무를 추고 있고,
노모를 중심으로 사람들은 노모에게 장수를 축원하는 절을 올리고 있다)

김진사 (감격했다) 젊은이 얼굴 좀 봅시다. (가까이 와서 얼굴을 만진다)
이제 보니 영락없이 20년 전에 죽은 내 아들 같구먼. 꼭 이
맘때야. 해가 뉘엿뉘엿 넘어가는데........

이웃사람1 고기잡이 갔던 애가 물에 빠져 죽은 거에요.

이웃사람2 홍수에 떠내려가는 노인을 구하곤,

이웃사람3 목숨까지 바쳤지.

진성 그렇군요........!

이웃사람4 그만 하세요.

이웃사람5 그래, 이 기쁜 날, 어른 모시고 춤이나 춰요.

이웃사람6 그래, 만수무강 백발가나 한곡 뽑자구. (그때 강심
을 찾아 온 주모 가 썩 나서며)

주모 백발간 무슨 백발가, 더 늙으시라구? 그러지말구 는실타령
이나 한번 들 어 봐요.

모두 맞아. 어르신 잔치지 우리 잔치야? (모두 노모를 쳐다본다)

노모 뭘? 왜? 소리하라구? 소리하면, 돈 줘? (모두 웃는다)

모두 드릴게요.

노모 먼저 줘! (손을 내민다. 김진사가 얼른 돈을 쥐여 준다) 아들
한테 돈 받아 보기 생전 처음이다. 오래살구 봐야해! (다시
웃는 좌중)
악사 놈들, 뭐해! 장단을 쳐야 노랠 부르지!
(반주음악이 나온다.

<M#12-는실타령>

을 멋들어지게 노래하는 노모)

닭이 운다 닭이 운다 저 건너 모시당굴 닭이 운다

얼씨구좋다좋기만좋지 는실는실 너니가 난노 지화자좋을시고

개가 짖네 개가 짖네 건넛 말 삽작 밑의 개가 짖네

봉이 운다 봉이 운다 울 밑에 오동남게 봉황이 운다

두견이 운다 두견이 운다 뒷 동산 송림 속에 두견이 운다.

(이어서 모두 부르는

\<M#13-백발가\>.

얼마 후, 서서히 조명이 어두워지는 속에 다시 스포트라이트.
무대는 바뀌어, 병실의 진성에게로 넘어간다. 돌쇠가 극의 처음처럼 줄
을 타고 뛰어 내린다)

돌쇠　　나리! 나리! 일어나세요! 웬 잠을 그렇게 주무셔요! 이제 퇴
　　　　원하셔야죠!

(벌떡 일어나는 진성)

진성　　으응? 꿈이었구나! 내가 꿈을 꿨어.

돌쇠　　꿈도 꿈도 징그럽게 꾸셨는 갑쇼. 베갯모가 흥건히 젖었어요.

(간호사가 책을 하나 건네준다)

간호사　이제 퇴원하셔도 됩니다.

진성　　제가 지금 병원인가요?

돌쇠　　(간호사에게) 앗따, 정신이 오락가락하는 게, 다시 입원하셔
　　　　야겠구먼.

진성　　근데.... 이게 무엇입니까? 웬 책? (책을 본다) 경기 민요집?

(주위를 둘러본다. 출연자 모두가 그를 에워싸고 있다. 다시 책을 보
고 읽는다)

혼령　　나리의 인연이십니다!

진성   일체의 소리는...?

모두   藝音이라!

(아랑이 꽃을 들고 들어온다. 이어 모든 출연자들이 진성의 퇴원을 축하하며

\<M#14-경복궁 타령\>

을 흥건히 부르는데.......)

- 하염없이 막이 내린다 -

2000.3.16

제비의 노래

청소년을 위한
우리말과 영어로 공연하는
이중 언어 국악 뮤지컬

* 이 작품은 한국의 전통설화 「흥보가」를 외국인과 우리 청소년 관객을 위하여
한글과 영어 두개의 언어를 사용한 음악이 있는 '이중 언어' 음악연극 (Musical Theater)입니다. 청소년들과 가족을 위한 뮤지컬 연극입니다.
* 일인 다역의 무용이 많이 들어간 앙상블 '댄스컬' 연극이며,
공연 장소 또한 극장은 물론, 교실 또는 마당 등 다양한 장소에서 공연될 수 있게구성되었습니다.
* 무대는 간단한 대도구만 사용하여 연극적 효과를 극대화했으면 합니다.

-등장인물-

해설자
흥부
흥부   아내
놀부   (흥부의 형
놀부아내
흥선   (흥부의 아들)
흥자   (흥부의 딸)
흥일   (흥부의 아들)
흥인   (흥부의 딸)
돌쇠(놀부의 하인)

코러스   (제비/제비나라 왕녀/제비나라 신하들/도깨비들 등의 멀티연기자들)

-뮤지컬 넘버-

(1)오프닝 연주음악

(2)옛날옛날, 한 옛날에

(3)비나이다

(4)봄 테마 연주음악

(5)구렁이와 제비 싸움 연주음악

(6)이별의 노래

(7)제비왕국 노래

(8)제비왕국 무용음악

(9)제비왕국 노래 REPRISE

(10)세월이 간다

(11)톱질이야

(12)놀부영감 나가신다

(13)화초장 노래

(14)꼭꼭 숨어라 노래

(15)봄이 왔네 연주음악

(16)심어라 심어

(17)놀부 톱질

(18)도깨비 놀음 연주음악

(19)옛날옛날, 한 옛날에 REPRISE

-1장-

(징소리와 함께 막이 오른다.

\<M#1-오프닝 음악\>.

노래에 맞춰 모든 출연자들이 춤을 춘다. 춤이 멎으며 해설자가 관객 앞으로 나오며)

해설자　Once upon a time in Korea. There lived two brothers.

코러스　The elder brother was

놀부　Nolbu!

해설자　The Younger was

코러스　(손으로 흥부를 가리키며) Hungbu!

흥부/놀부 나비야 나비야 청산가자!

(음악에 맞춰 까치걸음으로 무대를 돈다. 이때 노래를 부르는 코러스들)

코러스　(노래

\<M#2-옛날 옛날 한 옛날에\>)

옛날 옛날 한 옛날에 **흥부**　놀부가 살았는데
형님 놀부는 욕심많고 동생 흥부는 착했대요.
옛날 옛날 한 옛날에 두 형제가 살았는데
같은 피의 형제지만 너무 너무 달랐대요.

-2장-

해설자　아버지가 돌아가신 다음에 착한 흥부는 형 놀부와 같이 살고 있었습니다. 그러던 어느 날....

놀부　(큰소리로 찾으며)

애 흥부야, 흥부야! where is he? (관객에게 물어본다)

Excuse me, have you seen my little brother? 애 흥부야!

흥부　네! 부르셨어요. 형님! (온 흥부의 가족이 뛰어와 한 줄로 놀
부 앞에 선다)

놀부　Listen, you and you family. Let me see. (가족 머리수
를 센다)

one, two, three....

아이들　four, five, six.....

놀부　많이도 낳았다.

흥부　네? 뭐라고 하셨는지....?

흥자　(흥부에게 속삭이며) Daddy, never mind.... He is crazy.

놀부　뭐? You said something?

흥인　(머리를 흔들며) 아뇨?

놀부　어른이 말할 때 얘들이 말참견 하는 게 아녜요. 알겠냐? (대
답이 없다)

알겠어? 왜 대답이 없어. 모두 꿀 먹은 벙어리냐.....? (큰 소리
로 버럭)You've got that?

아이들　(각자 동물소리로 대답한다)

놀부　이런 쯧쯧쯧... 꼭 돼지우리에 돼지들 같구나.

흥일　흥, 저는?

놀부　(흥부에게) 자식은 많이 나아 뭘 해? 아무짝에도 쓸모가 없
는걸.

흥선　지 얘기 하네?

놀부　Anyway.

아이들　Anyway?

놀부	Do you know how much your family spend money and meals per day?
흥부&아이들	No. 모르겠는데요.
놀부	대체 아는 게 있어야지. 밥이 열두 그릇에 쓰는 돈도 엄청나다 이 말이 야. 이러다간 아버지가 물려준 재산, 며칠 후면 다 바닥이 나겠어. Too much, too much. I think I can't take care of you anymore.
흥부	네? 형님!
놀부	So.
아이들	So.
놀부	I am telling you, actually suggest you. Take your family and goaway. I don't want to see you anymore!
흥부&아이들	Oh, No! (이어지는 노래

<M#3-비나이다>)

비나이다 비나이다 천지신명께 비나이다
우리 가족 어딜 가며 간다 한들 어디로 가나
어루와 둥둥 떠나 간다. 간다 간다 떠나 간다
구름을 벗삼아 떠나가네 어루와 둥둥 떠나 간다
손을 잡아라 허릴 붙들고 하염없이 떠나가네
어루와 둥둥 떠나 간다 간다 간다 나는 간다
얼씨구러 나는 간다 산 넘으니 강이로다
날은 어두어 저무는데 산은 첩첩 물은 겹겹
모래는 쩸쩸이 참나무 결결이 어디로 갈가나
간다 간다 나는 간다 얼씨구러 나는 간다

뭇새도 집이 있고 짐승도 집이 있어

한 곳에 당도하니 그곳이 바로 집이로세

(쓰러져 가는 초가집이 노래와 더불어 식구들에 의해 만들어진다)

-3장-

해설자	As you see, they had nothing nothing at all.
	(악사들과 코러스들에 의해 바람소리)
	It was the middle of winter.
	How could Hungbu take care of his wife and chil dren?
	(웅크리고 있는 식구들. 식구들이 잠을 청한다. 바람소리)
	Wind was blowing. It was freezing.
	The only heat in the house was the heat of their bodieshuddledtogether. (서로 몸을 부비며 추위를 달랜다)
흥인	엄마, I'm cold!
흥일	Me too....
아내	조금만 참아라 덮을 이불 하나 없으니... (아이들이 서로 밀 쳐 댄다)
흥자	Come on, don't push me.
흥선	I did not.
흥자	Yes you did...
흥선	No, I did not!
아내	얘들아! 그만하고 어서 자거라. (더 큰 바람소리)
흥인	I can't sleep because I am cold.
아내	(흥부에게) 여보. 어떡하면 좋아요? 이러다 눈이라도 오면 어 떡하우?

What shall we do? When the snow falls?

흥부　Don't worry! 다 사는 방법이 있겠지. 하늘이 무너져도 솟아날 구멍이 있다지 않소! Look! 뚫린 지붕 사이로 뵈는 달 좀 봐. 얼마나 밝소?

그리고 저렇게 많은 별들을 볼 수 있으니 얼마나 좋소!

Someday heaven will reward us. 하늘은 스스로 돕는 자를 돕는 법 이오. We have to live honest way. That's it! That's all we must do.

아내　But still I have fear with me! (운다. 아이들도 따라 운다)

흥부　Don't cry. From tomorrow we have to work very hard.

Then It'll be better.

-4장-

해설자　What a pity! (아이들이 닭소리를 낸다)

Next morning they started work in the field.

Even though the family was very poor, the were happy as they worked together. (열심히 일하는 모습. 새소리 들린다)

As time passed. Spring came....

(봄의 음악 소리가 연주되며, 마당에서 흥부 아이들이 춤을 추며 한바탕 논다. 그때 제비가 나타난다.

<M#4-봄 테마음악>)

One day, a swallow made its nest on Hunbu's house.

흥인	Look!
흥일	Oh, my god. A swallow.
흥인	A baby swallow! (제비가 춤을 추며 주위를 돌고 있다)
흥선	(제비를 따라돌며) Hello. Hello....
흥자	You silly boy, swallow doesn't understand us.
흥일	Really?
흥자	Really!
제비1	That's not true!
흥인	Oh, do you speak?
제비1	Certainly, I can speak with you anything.
아이들	Anything? Wow, amazing.
제비1	So, How are you today?
흥자	I'm just fine and you?
제비1	I feel good, very good. What's your name?
흥인	me?
흥일	me?
흥자	me?
흥선	me?
제비1	I mean all of you.
흥선	I'm Hung sun.
흥자	Hung cha.
흥일	Hung Il.
흥인	Hung In.
흥일	What's your name then?
제비1	Swallow, 제비
흥선/흥자/흥인	제비?
흥자	Where are you from?

제비1	Oh, It's a long story. I'm from all the way way out there!
흥인	North?
흥선	West?
흥자	East?
흥일	South?
제비1	You are right. We also have our own kingdom.
흥자	In your country?
제비1	응.
흥선	Really? Kingdom?
제비1	Yes. Many birds are living together....... Like sparrow, crane, peacock and hawks too.
아이들	Wow!
제비1	But now It's very cold out there. Because it's winter.
흥일	That's why you came here.
제비1	Correct.
흥인	Then, you like my house?
제비1	Oh, very much. And I like You too!
흥자	That's nice.
흥인	Thank you.
제비1	천만에요.
흥선	What's that?
제비1	Pardon?
흥선	What did you say?
제비1	Oh, I said. '천만에요.' It means...
흥자	means....?

334

제비1	Don't mention it.
아이들	Oh, I see.
흥일	그런데 제비야! We don't have anything to give you right now.
제비1	Oh, don't worry. I can get things always in the field. No problem. (그때 아이들이 지붕 위를 보고 수군대기 시작한다)
흥인	Look! A big snake!

(음악 소리가 커지면서 커다란 구렁이 한 마리가 제비에게 다가온다. 놀라는 제비.

\<M#5-구렁이와 제비 싸움 BG음악\>

이윽고 제비와 구렁이가 어 우러져 싸운다)

아이들	Daddy. Mom...! (아이들이 울며 뛰어 다닌다)

(마침내 구렁이에 물린 제비가 쓰러지고, 뱀이 사라진다. 제비 주위로 몰려드는 식구들)

흥부	제비야! 아이구 이 피 좀 봐! 불쌍두 하지. (만질 때마다 아픈 비명을 지르는 제비)
흥일	아빠. 여기 붕대 있어요.
흥부	오 착하다. 우리 흥일이. (붕대로 다친 다리를 감아준다)
해설자	Hungbu set the bird's leg and took care of him.

(해설자가 제비에게 지팡이를 준다. 지팡이에 의지해 걷는 제비.
처량한 슬픈 음악에 맞춰 제비가 무대를 한 바퀴 돌며 제비 왕국으로 향한다. 흥부 가족을 돌아보며)

제비	Well, Listen everybody. I have to say thank you and goodbye.

I will not forget all of you. Never ever......! See you again!

(이어 코러스가 노래하는 동안, 제비와 흥부가족이 이별의 아쉬운 춤을 춘다)

(노래

<M#6-이별의 노래>)

코러스 떴다 봐라 저 제비야 비리고 배리고 비리고
    건너집 놀부네 집 갔더니 비리고 배리고 비리고
    콩 한쪽도 안 주더라 비리고 배리고 비리고
    아버지요 아버지요 저 새 조금 쫓아주소
    아야 아야 그 말마라 니 어머니 넋일래라
    찬물에도 목이 메고 숭늉에도 목이 멘다
    비리고 배리고 비리고 떴다 봐라 저 제비야
    비리고 배리고 비리고 건너집 흥부네 집 잊지마라 잊지마
    비리고 배리고 비리고...

제비1 Good bye everyone!

가족들 Bye 제비야!

흥일 (울면서) Please, don't go!

제비1 Don't cry. I'll be back next spring.

흥일 Really? Do you promise?

제비1 Definitely! I promise. Bye. Au Revoir, Adios. 안녕!

가족들 안-녕!!

(이어 코러스들이 다음 장면의 제비 왕국을 만드는 동안, 제비 혼자 제비 나라로 가는 긴 여정의 연기를 한다)

(노래

<M#7-제비왕국 노래>)

제비   제비 제비 떴다 헬 수 없이 떴다
          멍석말이 줄게 고기 고기 내려라
          제비왕국 떴다 헬 수 없이 떴다.
(무대는 어느덧 제비 왕국으로 바뀐다)

-5장-

해설자   Ladies and gentlemen. Now we are in bird's Kindom.
          The Queen was pleased to see every bird.
          She held a big banquet.
Queen   풍악을 울리거라!
Bird1   풍악을 울리랍신다!
(이어 제비왕국의 궁중 무용이 화려하게 펼쳐진다.

<M#8-제비왕국 무용음악>

이때 제비가 다리에 붕대를 맨 채 절룩이며 나타나 쓰러진다. 모두 놀
라는제비들)
Queen   풍악을 멈춰라.
Bird2   풍악을 멈추랍신다.
Queen   What happened to you? 제비야?
제비   황송하옵니다. I will tell you what happened in Korea.
(이어 제비가 음악에 맞춰 수화를 하며 설명한다. 여왕을 비롯해서 모
두 열심히 듣고 있다)
해설자   The Queen was deeply moved when she heard the

story.
And she gave the swallow a seed to take to Hungbu
as apresent. (왕비가 제비에게 커다란 호박씨를 준다)

제비　황공하옵니다. I think Hungbu will be very happy to
get this special present.

(다시 음악이 흐르며 제비가 걷기 시작한다.

\<M#9-제비왕국 노래,REPRISE\>

무대는 다시 바뀌어 흥부네 집 앞. 식구들이 밭을 갈고 일하고 있다)

-6장-

흥부 식구들&코러스　(노래) 제비 제비 떴다 헬 수 없이 떴다
멍석말이 줄게 고기 고기 내려라.

흥일　Look! Over there! Our friend is back!

흥자　That's right. Look at his leg.

흥부　그렇구나. He remembered us.

흥선　Hey 제비야. Stay with us this year too ung?

아내　고개를 끄덕 끄덕 하네? (주위를 춤추며 돌던 제비가 이윽고
씨앗을 던져준다)

흥부　He gave us something!

흥인　제비가 그냥 가는데요?

흥선　Oh, He is gone!

흥일　(운다) 제비야!

흥부　얘들아, 이것 좀 봐.

흥자　What's that?

홍선	Wow, pumpkin seed!
홍일	Wait! I see something
아내	뭐니?
홍인	It says...
아이들	"Your reward, plant me please".
홍일	Let's plant it then now.
흥부	저쪽에다 심자.

(흥부와 아이들이 씨를 심으며 노래를 한다.

<M#10-세월이 간다>)

아이들	(노래)
	One month, two month
	Three month, four month spring is gone.
	One month, two month
	Three month, four month summertime.
	One month, two month
	Three month, four month autumn has come.
아내	It grows so quickly.
홍자	I never seen such a big pumpkin.
흥부	누가 아니냐? I think it's ripened already!
홍선	That's right.
홍인	Let's cut it then.
해설자	It was strange though, the pumpkin was so huge, three times bigger than any pumpkins. Finally they started to cut.

(노래하며 톱질을 하는 흥부 식구들.

<M#11-톱질이야>)

코러스 (노래)
슬근 슬근 톱질이야 당기어라 톱질이야
너도 부자 나도 부자 우리 서로 살아보세
슬근 슬근 톱질이야 당기어라 톱질이야
너도 부자 나도 부자 우리 서로 살아보세
슬근 슬근 실근 실근 시리렁 식 삭
슬근 슬근 슬근 슬근 시리렁 시리렁 시리렁 시리렁
뚝 딱!

가족들 와! (모두 놀라 자빠진다) Look! It's gold... It's rice....

해설자 Yes. Finally, Hungbu and his family become very rich now.

(그때 한 쪽에서 놀부가 등장해, 소리 지른다)

놀부 No! No way! What are you talking about?
How come he became a rich? That's impossible.

(해설자의 목덜미를 움켜쥔다)

해설자 It's true...

놀부 맹세 하렸다?

해설자 Certainly sir!

놀부 But still sounds like a stupid fairly tale to me.
그 게으른 흥부 놈이 하루아침에 부자가 돼? 어디 그놈을 만나, 자세히 들어 보자!

(<M#12-놀부영감 나가신다>)

코러스 (노래)

나가신다 나가신다 놀부 영감이 나가신다
욕심쟁이가 나가신다 맘보 고약 놀부가 나가신다
심술쟁이 욕심쟁이 수전노 쌈쟁이 도둑쟁이 개구쟁이
험담쟁이 허풍쟁이 놀부 영감이 나가신다
(놀부가 노래 소리에 맞춰 춤을 추며 돌고, 이어 부자가 된 흥부 집에
도착한다)

-7장-

놀부　　(흥부 집 문 앞에서) 나왔다! 나왔어! 문 열어라, 문 열어!
(코러스와 악사들에 의해 개 짖는 소리)

아내　　흥선아! 거지가 왔나보다. 동냥 좀 줘라.

흥선　　네.

놀부　　(객석에다 대고) 불쌍한 거지...? 어디 두고 보자. 근데 무슨
　　　　대문이 이리 크고 높아? (발로 대문을 차본다. 꿈쩍도 안한
　　　　다. 또 찬다, 안 열린다.
　　　　이번엔 뒤로 뛰어갔다가 크게 차다가, 그만 넘어져 다리를
　　　　잡고 엄살을 부린다. 개 짖는 소리)

놀부　　아이고, 아야야! 내 다리... (그때서야 나오는 흥부가족들)

흥부　　아니 이거 형님 아니십니까?

놀부　　누가 아니냐? 아이구 다리야. 형 기억은 하는 구나.

흥일　　(놀부를 한참 들여다보다가) Who 's this man? Another
　　　　begger?
　　　　He is a kind of new.....

놀부　　뭐야? Begger?

흥부　　얘들아... 큰 아버지시다.

흥인　　You kidding, He is not!

아내　쉿!

놀부　아이고 아이고 내 다리 나 죽네......

흥부　(부축하며) 형님! 많이 다치셨어요?

놀부　(버럭) 뭣들 하는 거야, 안으로 모시지 않구!

흥부　네. 형님. 절 잡으십시오.

(온갖 엄살을 떨며 집안으로 들어와 앉는다. 그리고 연신 흥부 집안의 호화로움을 훔쳐본다)

아내　차라도 한 잔 드릴까요? 아주버님!

놀부　무슨 차? 캐딜락? 리무진?

흥부　아닙니다. 마시는 차. Tea 말씀이에요.

놀부　에이그 난 또 잔소리 말고... 내가 불원천리 오늘 여기 온 건?

흥부　네....

아이들　온 것은?

흥부　뭣이든 말씀 하십시오.

놀부　너... 년 전에 제비 발목을 '똑'! 아야야 아얏. '아 아프다' 발목을 부러뜨려 날려 보냈드니, 호 호 호박씨를 가져왔다구?

흥부　부러뜨린 게 아니라,

아이들　We cured her! 고쳐줬다구요!

놀부　(별안간 소리 지르며) 여하튼! 다리가 '똑'! 부러진 거 아냐!

흥부　네 그렇습죠.

아이들　귀청 떨어지겠네.

놀부　뭐야?

흥자　'똑' 부러진 큰 아버지 다리처럼 다친 게 아니고요?

놀부　그럼?

흥인　뱀한테 물릴 뻔 하다가, 그만 지붕 위에서 '똑' 하고 떨어졌거든요.

흥일　그래서 다리가 '똑' 부러졌죠.

놀부　'똑' '똑' 하다 '똑' '똑' 해. 여하튼 각설하고

흥인	What?
흥선	What he said?
흥자	I don't know.
놀부	Wait a minute. 저게 뭐냐?
아이들	뭐요?
놀부	저기 저것!
흥부	화초장이란 건데요.
놀부	화초장. 장. 장. 고추장?
아이들	(웃으며) Stupid!
놀부	Be quiet! 저걸 다우. Give it to me. Right now!
흥부	필요하시면 가져가십시오.
놀부	그러구 말구. (집안을 쩔뚝쩔뚝 걸어 다니며) 그리고 저것......! 요것두....! 이것두....! 모두 다!

(그가 말 할 때마다 아이들이 매번 소리치며 놀란다)

해설자	Nolbu picked out all the best things as much as he could carry. He was such a hurry to take them all.
놀부	(노래하며

\<M#13-화초장 노래>

무대를 돌아 놀부 집에 도착한다)
아이구 무겁다
화초장 화초장 화초장 \<화초장>
장화초 화장초 화초장 \<화초장>
간장 고추장 구둘장 \<화초장>
천장 위 송장 면장 \<화초장> 다 왔다!

-8장-

놀부	(집 앞에서 죽는 소리로) 얘 돌쇠야! 이놈, 돌쇠 쇠돌아!
돌쇠	어느 개 같은 놈이 쇠돌이라고 불러? 너 오늘 죽었다. (나오다 놀부를 보고) 아이고, 벌써 댕겨 오셨어요?
놀부	Where were you?
돌쇠	I'm here.
놀부	Where?
돌쇠	Right here.
놀부	(턱에 숨이 차) 잔말 말고 얼른 가서....
돌쇠	네.
놀부	"......이" 가져오너라.
돌쇠	뭐요?
놀부	"......이"
돌쇠	(똑같이 흉내 내며) "......이"라뇨?
놀부	아, "......이"도 몰라?
돌쇠	글쎄 "......이"가 뭐예유?
놀부	이런 병신을 봤나?
돌쇠	누가 아니래? (놀부를 가리키며) 병신!
놀부	뭐야? 이 뒈질 놈아!
돌쇠	(손뼉을 치며) 아! 몽. 둥. 이.........
놀부	(맞장구치며) 그래, 이 몽둥이로 쳐 맞을 놈아!
돌쇠	근데 몽둥이는 왜요?
놀부	(버럭) 냉큼 가져오지 못해?
돌쇠	네... (뛰어다니며) 몽둥이. 몽둥이. 몽두리. 몽고리. 몽룡이....
놀부	뭐해!
돌쇠	네.... 뭐라고요?

344

놀부	아이구 저 쳐 죽일 놈.
돌쇠	아! '몽. 둥. 이!' 병신, 진작 얘기 하지.
놀부	뭐야?
돌쇠	여기 갑니다. (지팡이 두개를 쥐어 준다)
놀부	됐다. (그가 지팡이를 움직일 때마다 돌쇠가 방어태세를 갖 춘다) 뭐하는 거야? 얼른 잡지 않고?
돌쇠	뭘요?
놀부	지금부터 아무 제비를 잡아서, 다리 몽둥일 분질러뜨리란 말이야.
돌쇠	제비 다리요?
놀부	제~비. A swallow! Break swallow's leg!
돌쇠	Why?
놀부	What?
돌쇠	Why?
놀부	Why not?
돌쇠	That's right.
놀부	Absolutely.
돌쇠	Yes, right....!
놀부	준비 됐지? 아이구 좋아 죽겠다.
돌쇠	미치겠네. (관객에다 대고 놀부가 돌았다는 시늉을 하며) I think he's gone.
놀부	(미치광이처럼 소릴 질러대며) Are you ready?
돌쇠	아이구 소리 좀 고만 치세유. 오던 제비 다 날아가 버리겠어유.
놀부	오냐 오냐! (이번엔 모기만한 소리로) Are you ready?
돌쇠	돌겠네! I'm ready already!
놀부	O.K Ready go!

(둘이 서로 허공에 있다고 가상한 제비를 잡으려다 함께 부딪혀 넘어

지고 야단 이다. 이리저리 찾아다닌다.그때 제비 한 마리가 나타나 쫓
겨 다닌다.

<M#14-꼭꼭 숨어라>)

코러스 (노래)
비리고 배리고 비리고 제비야 저 제비
꼭 꼭 숨어라 나무 위에 숨어라
심술쟁이 놀부가 목이 메어 찾는 구나
비리고 배리고 제비야 저 제비
꼭 꼭 숨어라 높이 높이 날아라
비리고 배리고 제비야 저 제비
떴다 보아라 제비 하나 떴다
비리고 배리고........ 잡혔다! (제비가 쓰러진다)

놀부 I've got it, I got it!

돌쇠 No, I gotcha!

놀부 Shut up. I just hit him down

돌쇠 Poor bird.

놀부 No, It's a good bird. (제비 다리를 만져주며) 내가 고쳐
줄게......!
(준비된 붕대를 감아준다)
Please, next spring get for me a good magic seed O.K?
Then I'll be a rich man in this world.
(제비가 아파한다) Don't worry. I'll take care of you.
(이윽고 놀부에게 지팡이를 받은 제비가 음악과 함께 절룩
이며 걷는다.
그 뒤를 따라가며 절룩이는 제비 흉내를 내는 놀부와 돌쇠. 제비가 사

라진다)

-9장-

해설자 Yes, It is really terrible. Nolbu could hardly wait for spring tocome. Time just passed.

(<M#15-봄이 왔네 연주음악>)

Finally spring has come.
(무대엔 제비가 돌아오길 기다리며 놀부가 절름발이 제비 흉내를 내고 있다. 돌쇠가 나오다 이 모양을 보고)

돌쇠 영감마님. 이제 고만 하세유. 그러다 정말 절름발이 되겠어유.

놀부 모르는 소리. 내가 그냥 이러는 줄 알아? 한번 쩔룩일 때 마다, 기도드리는 거야 이 놈아. Please, get me a magic seed. Swallow, get me a good magic seed. I want to be a rich.

돌쇠 (하늘을 올려다보며) Look!

놀부 Look what?

돌쇠 Over there!

놀부 여기?

돌쇠 No, over there.

놀부 어디?

돌쇠 Not in the ground.

놀부 Not here?

돌쇠 In the sky!

놀부 In the sky? Where? (비로소 제비를 발견한다) 응? 그래.

떴다봐라, 기다리고 기다리던 강남 제비로구나. (제비가 춤을 추며 돌다 호박씨를 떨어뜨린다)

돌쇠 He is dropping something. (얼른 놀부와 돌쇠가 박씨를 줍는다)

놀부 That's it! I'm sure it's a magic seed. Look at this, oh, my god. Now, I'll be a really rich man in the world. Let's plantthis.... No, not here! I don't want my neighbors to see this.
There.......! (한쪽으로 갔다가) No, not here. Over there! (역시 맘에안 든다) No no good........

돌쇠 How about....

놀부/돌쇠 (동시에) There! 에이그 그저 따라하긴! (관객 중 한 사람, 바지가랑이에다 심는다)
(노래.

\<M#16-심어라 심어\>)

놀부/돌쇠/코러스 심어라 심어라 씨를 심어라 \<무슨 씨\>
하나 심으면 열이 되고 \<무슨 씨\>
그 속에는 금은보화 \<무슨 씨\>
부자 씨라 일컬으세 \<무슨 씨\>
심어라 심어라 꽁꽁 심어라 \<무슨 씨\>
이 씨는 무슨 씨 \<무슨 씨\>
하나 심으면 열이 된다 \<무슨 씨\>
그 속에는 금은보화 \<무슨 씨\>
부자 씨라고 하자꾸나 \<무슨 씨\>

놀부/돌쇠 다 심었다!

-10장-

해설자	Pumpkins grow so fast. As Hungbu had before. Nolbu's pumpkin was also huge.
놀부	돌쇠야! Where are you?
돌쇠	여기 있잖아유.
놀부	Where?
돌쇠	여기 호박 밭요. 어제도 한 숨 못자고 지키고 있다니까요.
놀부	이제 톱 가져와!
돌쇠	네? 톱은 왜요?
놀부	왜긴 이 놈아 짤라야지?
돌쇠	아 아직 익지도 않았어유.
놀부	I can't wait any longer. I want to cut it right now.
돌쇠	As you wish. That's your pumpkin, not mine.
놀부	어서 가져오지 못해?
돌쇠	갑니다요 가. (얼른 톱을 가지고 와서) 여기 있습니다요.
놀부	빠르기도 하다. 가만 있자. 이렇게 아니라 기왕에 따는 박이니, 동네 사 람들한테 자랑하면 어때? 흐흐... (큰 소리로 관객들에게) 여보시오! 동네 분들!
동네사람들(코러스들)	왜 그러시오?
놀부	좀 와 보시요.
동네사람들	그럽시다.
놀부	I myself Nolbu is about time to cut this magic pumpkin. Isn't it special event?
동네사람들	(놀부와 돌쇠가 박을 자른다.

<M#17-놀부가 톱질하세>)

슥삭 슥삭 식삭 식삭 덜커덩 덜커덩 꺼그적 꺼그적

슥삭 슥삭 식삭 식삭 덜커덩 덜커덩 꺼그적 꺼그적

왜 이리 힘드나 멍텅이 호박아 영락없는 놀부로세

슥삭 슥삭 식삭 식삭 덜커덩 덜커덩 꺼그적 꺼그적

슥삭끼 슥삭끼 식삭끼 식삭끼 덜커덩 덜커덩 꺼끄르적 꺼끄르적

슥삭끼 슥삭끼 식삭끼 식삭끼 덜커덩 덜커덩 꺼끄르적 꺼끄르적

왜 이리 힘드노 호박 같은 호박아 놀부 형상이 영락일세

슥삭 슥삭 슥삭 슥삭 슥삭 슥삭 슥삭 슥삭끼

쩌~억!

(바로 그때, 연기와 폭음 그리고 괴이한 음악과 함께, 도깨비 탈을 쓴 도깨비들이 나타난다.

<M#18-도깨비 연주음악>

도깨비들이 놀부를 매도한다)

놀부   아이구 아이구 아이구, 사람 살려! (기절하는 놀부)

돌쇠   아이구 영감님. 영감님. (몸 냄새를 맡고는) 불쌍한 우리 영 감님이 죽은 방귀를 뀌었구나. Terrible smell... (돌쇠가 심 폐소생술을 한다. 놀부가 움찔 움찔 하더니 살아난다)

돌쇠   아이구 살아나셨군요?

놀부   Where am I? Um? Why do I have a headache? I think I had a bad dream.

(그때 다시 음악소리와 함께 도깨비가 또 나타난다. 다시 기절하는 놀부)

놀부   Help me.... 사람 살려! (이때 흥부가 가족과 함께 등장한다)

흥부   형님! 형님! 이게 웬일이세요?

놀부	(깜짝 놀라며) 누구요? Who are you?
흥부	형님, It's me Hungbu!
놀부	Oh, is that you? (비로소 모든 걸 깨닫고) 흥부야. I am terribly sorry. I'm very bad.
흥부	That's all right 형님. 형님! Let's live together under the same roof happily ever after.
놀부	Really? Does that mean you forgive me?
흥부	Of course. You are my brother.
놀부	흥부야!
흥부	형님! 놀부 형님! (두 사람 뜨겁게 포옹한다. '옛날 옛날 한 옛날에' 음악이고즈너기 흐르는 가운데 해설자가 등장)
해설자	So Hungbu invited Nolbu to live with him. They lived together happily and peacefully for a long long time.
코러스	(이어

<M#19-옛날 옛날 한 옛날에 REPRISE>)

옛날 옛날 한 옛날에 흥부 놀부 살았는데
옛날 옛날 한 옛날에 흥부 놀부 살았는데
욕심쟁이 놀부 형을 모시고 착한 흥부가
행복하게 살았다는 이야기랍니다.
Good Bye...! See you next time...!

— 천천히 막이 내린다 —

2017.9.7

뮤지컬 칸타타

-무대-

대도구들을 중심으로,
끊임없이 무대가 움직이며 극적인 장소를 창출한다.

-때-

예수님의 살아생전

-출연진-

베드로(남)
안드레(베드로의 동생/남)
나사로(남)
마리아(여)
예수님(목소리만)
어부1,2,3,4.....
여인들1,2,3,4.....
로마병사
군중들1,2,3,4,5.....
아이들

-뮤지컬 넘버-

(*찬송가는 제작진 측에서 자유로이 삽입함을 전제로 합니다)

베드로의 눈물

M#1 -   찬송가
M#2 -   찬송가
M#3 -   찬송가
M#4 -   찬송가
M#5 -   찬송가
M#6 -   찬송가
M#7 -   찬송가
M#8 -   찬송가

(막이 오르면서 음악이 연주된다.
갈릴리 호숫가. 베드로를 비롯해 어부들이 바닷가에서 그물을 쳐 고기
잡이를 하고 있고, 여인들과 어린아이들이 그물을 수선하며 노래한다)

-1장: 만남-

<노래#1: 합창-뱃노래>

베드로   잡았다... 고래가 걸린 것 같아.

어부1   (큰소리로) 어~이! 고래가 걸렸대.

모두   (웅성댄다) 응?/고래가?/정말?/고래두 있어?

여인1   갈릴리 호수에 고래가 산다는 얘긴 난생 처음 들어보네요....

베드로   분명 고래야! 저기 묵직하게 끌려오는 거 보란 말이야.

(모두 일어서서 그물 걷는 쪽을 응시한다)

(사이)

어부2   나무 등걸 아닐까?

베드로   (힘껏 잡아당기며) 봐! 끌어 올릴 수가 없어. 엄청 큰 놈인 걸.....!

어부3   모두 올려보자구.....

모두   (남녀 모두 그물에 매달려 끌어올린다) 영차, 영차, 영차,
영차......

어부1   잠깐....... (그물 안을 살펴본다)

아이1   나무토막이에요!

모두   (모두 실망하며 한 마디씩) 에이.....!/내가 뭐랬어?/고래는 무
슨 고래?/차라리 새우가 낫지?/이젠 고기도 안 잡혀!/이러단
굶어 죽지..../가뭄은 벌써 몇 년 째야? (베드로만 남겨두고
모두 흩어져 하던 일들을 한다)

어부2   베드로. 자네 허풍에 속은 게 벌써 몇 번째야?

여인2　　그러니까요!

베드로　　아냐! 강렬히 요동치는 느낌이었어.......

여인3　　당신 마음이 요동쳤겠죠.

어부3　　도대체 물고기들이 다 어디로 숨은 거야.

여인1　　작년 만해도 많이 잡혔는데......

베드로　　자, 다시 그물을 내려보자구. (그때 여인들이 세리를 발견한다)

여인2　　저기.... 저 사람, 세리 아냐? (모두 무대 앞 쪽을 응시한다)

여인3　　누굴 또 잡으려구 여길 왔지?

여인1　　턱없이 세금을 올려서 파산했다니까요.

여인2　　인간이 아니라.

여인3　　거머리야 거머리.

여인1/어부3　　　피 빨아 먹는 거머리.

여인2　　인간의 얼굴이 아냐.

어부3　　악마의 낯판때기지.

어부1　　관리들한텐 얼마나 아부를 하는데....

어부2　　(흉내까지 내며) 하두 손을 비벼대서 지문이 없어졌다며?

어부3　　(세리를 쫓아버리듯) 훠어이!

모두　　(함께 따라한다) 훠어이! 훠어이!

(지나가는 세리를 향해 주먹질을 하는 무리들. 침을 뱉는 어부들. 돌을 던지는 아이들의 모습)

<노래#2: 합창

이 이어진다. 다시 일상으로 돌아가는 어부들과 여인들>

-2장: 초청-

(노래가 끝날 즈음, 안드레가 나타난다. 먼 여행을 다녀온 보따리를 들었다)

안드레　(흥분된 목소리로 사람들을 부르며) 베드로 형님.....!
　　　　　메시아! 메시아를 만났어요!

모두　　메시아? (사람들이 일손을 놓고, 베드로를 따라 안드레 주변
　　　　　으로 모여든다)

베드로　(안드레를 포옹하며) 안드레! 무사히 돌아왔구나! 잘 다녀왔니?

안드레　세례 요한이 예수님을 '하나님의 어린양'이라고 하셨어요.

베드로　하나님의 어린 양?

어부1　누구야? 그 분이?

여인1　어떻게 생겼어?

여인2　젊어?

안드레　한 눈에 알아보겠던데요!

모두　　(웅성댄다) 한 눈에?/정말?/메시아?/누구야?/어떻게 생겼는
　　　　　지 궁금해!
　　　　　잘 생겼어......?

어부2　나도 들었어. 예수라는 사람이 나타났다는 걸.

어부3　뭘 하던가?

안드레　네?

여인3　요술을 부리든지......

여인4　마술 같은 거!

어부4　비가 오게 한다든가....!

안드레　아뇨!

어부1　뭘 주던가?

안드레　뭘요?

어부2　고기!

여인1　빵!

아이2   과자!

여인2   돈!

안드레   아뇨. 제 가슴에 뜨거운 성령의 기쁨을 주셨습니다!

(사이. 모두 잠시 생각에 잠긴다)

어부3   우리가 메시야를 기다린 게 수 백 년, 수 천 년 아냐?

어부4   맞아. 환상은 버리구, 어서 고기나 잡자구!

　　　　농부는 땅에서 죽구, 어부는 물에서 죽는다구 했어!

안드레   (감격에 무릎까지 꿇으며) 우릴 구원하러 오신 구세주...

　　　　예수님을 정말 봤어요!

여인3   긍율히 여기십시요1

여인1/4   거두어 주십시요!

모두   구원해 주십시요!

예수님의 목소리　　두려워 말라.

　　　　하늘의 높음과 땅의 깊음처럼

　　　　내가 너희를 사랑하노라

　　　　나를 따르라.

　　　　내가 너희를 사람을 낚는 어부가 되게 하리라!

(예수님의 목소리가 들리자, 모두들 깜작 놀라서 주변을 경외롭게 두리번거린다)

안드레   가슴 속 깊은 곳을 울리는 음성.

베드로   주님의 음성!

모두   주님의 음성. 네. 우리 주님을 따르렵니다. 주님을 따르렵니다....

(모두 간절히 기도한다)

여인1   마음이 청결한 자는 복이 있나니

아이들   하나님을 볼 것이요

어부1   심령이 가난한 자는 복이 있나니

아이들   천국이 그들의 것이요

여인2	애통한 자는 복이 있나니
아이들	그들이 위로를 받을 것이요
어부2	온유한 자는 복이 있나니
아이들	그들이 땅을 기업으로 받을 것이요
여인3	의에 주리고 목마른 자는 복이 있나니
아이들	그들이 배부를 것이요
어부3	화평하게 하는 자는 복이 있나니
아이들	그들이 하나님의 아들이라 일컬음을 받을 것이요
여인1	긍휼이 여기는 자는 복이 있나니
아이들	그들이 긍휼이 여김을 받을 것이요
어부1	의를 위하여 박해를 받은 자는 복이 있나니
모두	천국이 우리들의 것이라! 천국이 우리들의 것이라!

(이어서 일행 모두 예수님을 찾아 나간다. 마지막으로 베드로가 그물을 거둬 따라 나선다. 합창으로 이어진다)

<노래#3: 합창>

-3장: 체포-

(삽시간에 군중들이 객석과 무대에서 몰려나온다. 양분된 두 군중의 모습이다)

군중1	온통 예수 얘기뿐이야.
군중2	예수가 왕 중의 왕?
군중3	나라를 세운다구?
군중4	'가이사의 것은 가이사에게'?
군중5	(버럭) 여러분! 잠깐! 로마의 칼날 아래 쓰러졌던 우리 형제들을 잊으셨습니까!

군중6	안되지! '자유 아니면 죽음을 달라!'
군중7	뼈에 사무치게 새긴 말들이오. '자유 아니면 죽음을 달라!'
군중8	(선동하며)여러분!그럼 이제 자유의 깃발을 볼 수 있는 겁니까?
군중9	(확신에 차서) 당연하지. 사람들이 외치는 소리를 들었잖아! 호산나. 호산나!
모두	(외친다) 호산나! 호산나! 호산나! 호산나......!
군중10	여러분! 절대 군중심리를 믿지 말아요. 어려움이 닥치면 다 시 잠잠해져! (사이)
군중11	예수를 유대의 왕으로 세웁시다!
모두	샬롬~!
군중12	소문에 죽은 사람도 살린대!
군중13	예수가 유대 왕의 자릴 거부하면 어떡해?
군중14	그건 비극이지. 우리가 목이 터져라 호산나를 외쳤는데.....!
군중15	사람들이 가만 두지 않을걸.
군중16	바보가 아니라면 유대의 왕이 될 거요!
군중17	왕이 될 수 없다면 죽음이지.
모두	(외친다) 호산나! 호산나! 호산나!.....
로마장교	(무대 뒤에서 호각소리.... 잠시 후에 등장) 모두 체포해! (군 중들이 풍지박산 흩어진다.안잡히려고 숨고 도망치고 난리다)

<노래#4: 합창>

-4장: 피신자들-

(베드로가 어떤 집, 문 앞에 도착한다. 주변을 살피다가 문을 두드리는 베드로.....)

노인	누,구,요? (문을 연다) 오, 베드로! 예수님은?

베드로 모두 흩어졌습니다.

노인 (베드로의 손에 들린 칼을 보고 빼앗는다)
칼을 든 자, 칼로 망한다 했어. 예수님을 죽여야한다고 난리
라고?

베드로 네.....

노인 유다는?

베드로 그가 배신했습니다. 죽여야 할 놈은 유다입니다.

노인 예수님이 가장 아꼈던 제자가?

베드로 어디나 물 먹은 것들이 문제죠.

노인 자넨 어쩔셈인가?

베드로 모르겠습니다.

노인 모르다니? 그게 무슨 말이야? 예수님을 보좌하고, 보필해야
지? 자네가 있어야 할 곳은 여기가 아니야....? (문 두드리는
소리. 놀라는 베드로)

베드로 누... 누구요?

나사로 나사로예요.

베드로 (문을 열며) 오, 나사로? (반갑게 끌어안는 두 사람)

나사로 누군가 뒤따라오는 것 같아서.......그래서 늦었어요. (문 밖
을 살핀다)

노인 세상이 모두 미쳤어.

베드로 예수님은?

나사로 가야바로 가셨습니다! 사람들이 예수님을 십자가에 매달아
야 한다고 아우성이에요.

노인 예나 지금이나...사람들은 둘로 찢어지고, 쪼개지고, 나누어져!
호산나를 소리 높이 외치던 땐 언제였나?! 응.....?

(베드로가 차마 못 듣겠다는 듯이, 뛰쳐나간다. 나사로도 베드로를 따
라 뛰어나간다)

<노래#5: 합창>

-5장: 대혼란-

(가야바 광장에 사람들이 모여 예수님에 대한 얘기로 난리다)

군중1   메시아라고 큰 소리 치더니 꼴좋다.

군중2   감쪽같이 우릴 속인 거지.

군중3   왕은 아무나 하나?

군중4   성전에 들어가서 아버지 집을 강도의 소굴로 만들었다고
책상이랑 의자를 몽땅 둘러엎었대.

군중5   목수 아들이잖아.

군중1   지가 지고 갈 십자가나 만들 것이지!

(웃는 군중들. 이때 베드로, 나사로, 노인이 등장해서 군중들 속에 합
류한다)

군중2   햇병아리 목수 주제에 대제사장을 우습게 알고 덤볐어.

군중3   미쳐 날뛰다가 결국 죽음을 맞이하게 된 거야.

군중4   제자랍시고 몰고 다니는 뜨네기들이 전부 갈릴리 어부들
이라며?

군중5   물고기 다섯 마리로 수 천 명을 먹여 살렸다고 하더니,
그 놈들이 잡은 물고기였나.....? (다시 왁자지껄 웃는 군중들)

군중1   그 놈들도 잡아들입시다!

모두   (외친다) 잡아라!

군중2   잠깐! 어부들이라고 우습게 봐선 안 돼요. 예수 잡으러 군인
들이 몰려갔는데 칼을 빼들고 덤볐대잖아....

군중3   입으로는 자유, 평화가 어쩌구저쩌구 떠들어대지만, 깡패들
이야.

군중4   (베드로를 유심히 살펴보며) 가만! 이 사람 예수 제자 아냐?

베드로	(몹시 당황하며) 아닙니다. 저 아녜요!
군중5	맞아... 내가 봤어! 예수 제자야.
베드로	아뇨... 전.....
군중1	항상 옆에 있는 걸 나두 봤어.
군중2	맞아. 나두 본 거 같애. 갈릴리 사람, 맞지?
군중3	예수 제자야. (마지못해 베드로가 피한다)
군중3	(이번엔 나사로를 가리키며) 이 친구도 예수 제자 아냐?
나사로	네? 전 아닙니다.

(군중들이 나사로 쪽으로 몰려들자, 나사로가 도망한다. 삽시간에 술렁이는 군중들. 군중들이 베드로를 잡는다)

군중들	너 맞지?
베드로	아녜요! 전 아녜요! 맹세합니다! 전 예수란 사람 누군지도 몰라요!

(그때 닭이 우는 소리. 앙상블 단원 중에 누군가 홰치는 소릴 낸다. 놀라는 베드로. 군중들이 베드로를 밀치고, 떼밀며 진실 규명을 한다)

군중1	바른 대로 말해!
군중2	너도 한패지?
군중3	틀림없어!
군중4	예수 제자야!
군중5	잡아! (다시 닭이 홰치는 소리. 베드로가 절망의 고통 속에 눈물을 흘리며 뛰어서 퇴장한다. 무대 밖에서 들리는 군중들의 외침)
군중들	예수를 십자가에 못 박아라.
군중들	십자가! 십자가! 십자가.......!

<노래#6: 합창>

-6장: 십자가-

(합창 후, 막달라 마리아를 비롯해 예수님을 따랐던 여인들과 아이들이 울면서 지나가는데, 반대편에서 베드로가 비통에 젖어 허겁지겁 등장한다)

마리아   (마리아가 베드로를 발견하고) 베드로!

베드로   (겸연쩍어 하며) 오, 마리아!

마리아   어디 가는 거예요? (여인들이 베드로 주변으로 몰려든다)

베드로   그냥..... 멀리......

여인1   예수님과 물위를 걷던 사람이야.

어린아이   맞아! 예수님 제자! 그쵸?

여인2   이 분 위에 교회를 세우겠다고 하셨어!

여인3   당신이 '주는 그리스도요, 살아계신 하나님의 아들이시다!' 라고 말했지?

베드로   (괴로워하며) 그만, 제발.... 그만!

마리아   끝날 때까지 끝난 게 아니예요.

여인4   시작은 제대로 했나?

(사이)

베드로   더 기다려야 할 끝이 있다면 십자가 아래로 가시오.

마리아   당신은?

베드로   제발! 날 찾지 말아요!

여인1   그 말 밖에, 할 말이 없나 보지?

여인2   무슨 할 말이 있겠어?

여인3   철면피!

여인4   배신자!

여인1   사기꾼!

베드로   아~! 그만! 제발 그만! 난 없어지겠어. 사라지겠어.....!

364

마리아　　(가려는 베드로를 잡고) 실수는 누구나 할 수 있어요.

여인2　　하지만 세 번의 부인은?

여인3　　첫 닭이 울기 전에 세 번 부인하리라!

여인1　　(베드로 흉내를 내며) "나.... 예수란 사람 몰라요."

여인2　　"나 아네요."

여인3　　"나 아니라구요!"

어린아이들　　　(닭 우는 소리를 낸다) 꼬끼요! 꼬끼요! 꼬끼요!

베드로　　(자책감에 오히려 버럭 소릴 지른다) 그래! 그게 바로 나요! 나야.. 나야...

(베드로가 쓰러져 얼굴을 파묻는다)

마리아　　(베드로를 일으켜 세운다) 용서하실 거예요!

베드로　　내 자신이 부끄럽고 후회스럽고 저주스럽소....! (무릎을 꿇으며) 난 지울 수 없는 죄를 지었소! 예수님을 반석으로 삼겠다는 내가 세 번이나 예수님을 부인한 거요. 그리구 예수님 덕분에 이 구차한 목숨도 선물로 받았구.... 아! 어찌 이리도 비참하단 말인가! 차마 눈 뜨고 세상을 못 보겠다. 차마 눈 뜨고 이 거리를 다닐 수가 없다! (여인들에게 매달리며) 날 죽여주시오! 날 죽여줘! 날 죽여줘...! (베드로의 비참한 비통의 신음 소리)

마리아　　예수님이 예루살렘에 입성하실 때 사람들의 환호성을 기억해 봐요.

모두　　(조용히) 호산나. 호산나. 호산나.....!

베드로　　(더욱 괴로워한다) 그만, 그만.....!

마리아　　(베드로를 위로하며) 천국이 곧 열릴 거예요. 예수님이 제자들에게 남긴 말씀이 궁금해요. 마가네 다락방에서 나누셨던 말씀, 무어라 하시던가요?

베드로　　"내가 세상을 이겼노라" (울먹이며) 그리고 끌려가셨어요.

마리아	고난이 올 거라고 말씀하셨죠? 유다 얘기 들었어요?
베드로	우린.... 배신자요!
어린아이	배신자!
베드로	배신자!
여인들	배신자!
베드로	배신자!
여인들	배신자!
베드로	배신자! (베드로가 마침내 고통에 못 이겨 뛰쳐나간다. 여인들이 경멸의 웃음을 웃으며 퇴장한다)
마리아	(기도의 모습으로) 오, 주여! 그를 용서하소서! (사라진 베드로를 향해) 베드로! 주님은 반드시 당신을 용서하실 거예요!

<음악#7: 합창

이 이어진다. 마리아가 천천히 퇴장한다>

-7장: 용서-

(사람들이 왁자지껄 십자가를 거꾸로 짊어진 베드로를 데리고, 등장한다)

군중들 처형해!/배신자!/예수의 제자?/제자 아닌 제자!/처형해!
(돌멩이로 베드로를 때린다. 침을 뱉는다. 힘에 겨워 무릎을 꿇는 베드로. 그때 예수님의 목소리가 들린다. 마치 꿈속에서처럼)

예수님의 목소리 요나의 아들 시몬아! 일어나거라!
(베드로 놀라 애써 일어난다)

니가 이 사람들보다 나를 더 사랑하느냐?

베드로 주님! 그렇습니다! 내가 주님을 사랑하는 줄 주님께서 아십니다.

예수님의 목소리　　니가 이 사람들보다 나를 더 사랑했더냐?

베드로　　그렇습니다! 주님!

군중들　　배신자!/예수의 제자?/베드로!/몹쓸 놈/제자 아닌 제자/처형해.

베드로　　오 주여! 긍휼히 여기시옵소서!

예수님의 목소리　　베드로야! 니가 진정으로 나를 사랑하느냐?

베드로　　주님! 그렇습니다! 내가 주님을 사랑하는 줄 주님께서 아십니다!

예수님의 목소리　　그럼, 내가 너희를 사랑한 것 같이,
　　　　　　　　　　너희도 서로 사랑하라!

베드로　　오, 주여! 우리의 죄를 대속하신 주여!
　　　　　내 영혼 깊은 곳에 주님의 십자가를 앙망하나이다!
　　　　　주님을 위해 이 한 목숨을 버리겠나이다! 주여!

<노래#8: 합창

이 울려 퍼지며, 출연자 모두가 거꾸로 십자를 멘 베드로를 앞 세워, 객석을 천천히 빠져나간다. 끌려가는 베드로와 군중들을 바라보고, 홀로 서 있는 마리아의 애련의 모습.
점차 고양되는 음악과 함께....>

-천천히 쏟아져 내리는 막-
2019.6.28